이세계 마법은 뒤떨어졌다!

8

히츠지 가메이 지음
네코나베 아오 일러스트
김보미 옮김

"스이메이 님께
추천하고 싶은
기분 전환법,
그건
풀이에요!!"
레피르
그라키스
쿠치바
하츠미

페르메니아
스팅레이
리리아나
잔다이크

"마기(魔技)를 쓸 수 있는 건
너뿐만이 아니야."

루카스 드 하드리어스

샤나 레이

"스이메이, 조심해!"

야카기 스이메이

이세계 마법은 뒤떨어졌다! 8

히츠지 가메이 지음 | 네코나베 아오 일러스트 | 김보미 옮김

목차 *contents*

이세계 마법은 뒤떨어졌다! 8

커버 그림, 본문 일러스트 | 네코나베 아오

프롤로그 마왕 성에서

마족들의 본거지는 북쪽 끝에 있다.

드래고뉴트 인르가 일자르에게 "찬밥을 먹으면서"라고 비꼬았듯이, 그곳은 영원히 녹지 않는 눈과 얼음에 갇힌 극한(極寒)의 땅이다.

인간은 살아남을 수 없는 장소. 아니, 인간이라고 한정할 것도 없이 그것은 모든 생물이라고까지 단언할 수 있을 것이다.

요컨대 극한(極限)의 땅이다.

그러나 그것을 극한이라고 말하는 것은 생활이라는 생명의 영위가 필요한 생물이기 때문이고, 그것이 필요 없는 존재는 혹독하다는 의식조차 갖지 않을지 모른다. 오히려 인간이 비집고 들어올 수 없는 곳이기에 그곳을 본거지로 삼자고 생각하는 존재가 있다고 생각할 수도 있다.

인간이 살 수 없는 환경이라면 당연히 쳐들어오는 것도 쉽지 않다. 그것을 역이용한 본거지라면 실로 합리적이라고까지 말할 수 있으리라.

그리고 그런 땅에 자리한 마족의 본거지는 자신 있게 성이라고 불러도 좋을 곳이었다.

석벽이 있고, 첨탑이 있고 성벽과 문도 있다. 열 명이 본다면 열 명 모두 성이라고 답할 외관이다. 흡사 인간의 문화를 토대로 탄생한 듯한 건축은 인간을 증오하고 인간에게 혐오받는 존재에게는 어울리지 않지만, 그런 모순을 안고 있는 것은 인형(人型)으로 태어난 자가 마족의 정점에 있기 때문일까. 따라서 내부가 인형의 존재가 지내기 편한 구조인 것도 지극히 당연하다고 할 수 있으리라.

몹시 무겁고 둔한 어둠에 감싸진 방 안. 그 열린 문틈으로 비스듬한 빛이 새어 들었다.

어둠을 가르고 실내를 밝힌 것은 마족이라는 어둠의 힘을 다루는 자들에게는 어울리지 않을 정도로 온기가 있는 불빛.

그 불빛이 만들어낸 작은 틈새를 미끄러지듯, 그림자 하나가 실내로 들어왔다.

"실례합니다."

앞서 무례에 대한 사죄의 말을 한 것은 군청색 갑옷을 두르고 장검을 허리에 찬 여자 마족이다. 갈색 피부에 흰 머리카락, 선혈을 연상시키는 붉은 눈동자는 언뜻 인간으로밖에 보이지 않지만, 늘 찌를 듯한 살기를 두르고 있는 탓에 평범하다고는 말하기 어렵다.

어쨌든 그녀가 오기를 기다리고 있었다는 듯이 방에 설치된 촛대에 불이 켜졌다.

그러자 나타난 것은 그곳에 앉아서 기다리던 사람들의 모습이다. 흑발에 거무스름한 피부를 가진 소녀, 마왕 나크샤트라. 금색 앞머리를 음울하게 늘어뜨린 남자, 리샤밤. 박쥐 같은 날개를 가진 여성, 라툴라. 긴 은발을 가진 아름다운 외모의 남자, 일자르. 지금 세상에 존재하는 모든 마족을 다스리는 존재들이었다.

"다 모였나……."

"오랜만!"

여자 마족이 도착하자, 일자르의 못마땅한 듯한 목소리와 라툴라의 허물없는 인사가 울려 퍼졌다.

그러나 여자 마족은 일자르와 라툴라를 싸늘한 눈빛으로 일별하고, 곧바로 나크샤트라 앞에 무릎을 꿇었다.

"기다렸다, 무라."

"제 주인이시자 우리들의 왕. 당신을 다시 뵙게 되어 무한한 영광입니다."

여자 마족── 무라는 인사말을 한 뒤 무릎을 꿇은 채로 머리를 숙였다. 그 직후 "편하게 해라"라는 나크샤트라의 말에 그녀는 일어나 자리를 둘러봤다.

"──자리에 앉은 장군들도 많이 줄었군요."

무라가 거침없이 말한 것은 그런 싸늘한 감상이었다.

"어쩔 수 없지. 인간 따위에게 져서 멸한 자는 모두 우리 신의 대망을 이루기에 부족한 그릇이었다는 거야. 약했다는 거지."

"그렇습니다. 우리 신의 가호를 남들보다 많이 받았음에도 불구하고 인간 따위에게 지는 건 마족의 수치. 나아가서는 나크샤트라 님의 얼굴에 먹칠을 한 것과 마찬가지지요. 쓰레기는커녕 먼지만도 못합니다."

패배자에 대한 평가는 냉정하다. 아니, 가차 없다. 힘이 전부라고 말하는 듯한 발언이지만 거기에 이의를 제기하는 자는 없었다. 그것은 실력주의, 약육강식이라는 마족의 존재방식을 있는 그대로 나타낸 것이라고 해도 좋으리라.

"——하지만 공석은 어떻게 하실 생각이시지요. 그대로 둔다 해도 이렇게 비는 것은……."

바람직하지 않다. 그것은 무라도 알았다. 마족은 나라의 목적을 위해 매진하는 존재지만, 군중을 동반한 이상, 이끄는 자—— 사신의 뜻을 나타내는 선도자는 필요하다.

그것이 없는 상태로 군대를 움직이면 마족도 혼란을 피할 수 없다. 각자의 뜻대로 멋대로 움직이면 설령 힘으로 뒤처지는 인간이 상대라 해도 반드시 지게 되어 있다.

그런 무라의 염려에 나크샤트라는 알고 있다는 듯이 천천히 끄덕였다.

"그건 이미 정해졌다. 리샤밤."

나크샤트라가 말과 함께 눈짓을 보낸 것은 이 땅에 나타난 이후로 참모처럼 마왕을 모시고 있는 한 마족이었다.

나크샤트라의 부름에 리샤밤은 과장된 몸짓을 섞어 말했다.

"그 건에 관해서는 무라 님이 군단을 몇 개 맡아주셨으면 합니다."

"몇 개라고? 지금도 나는 말(駒)들을 맡고 있어. 여기서 더 일을 늘리라는 거야?"

"네. 다른 장군들과 마찬가지로 세 개 내지 네 개의 대를 맡아주셨으면 합니다."

"리샤밤. 내 원래 역할은 나크샤트라 님을 지키는 거야. 그런데도 또 다른 역할을 지우는 건 도리에 어긋나는 것 같은데."

"하지만 인력이 부족하니까요."

"그렇게 만든 장본인이 무슨 말을."

무라는 찌를 듯한 시선을 리샤밤에게 향했다. 그야말로 꿰뚫어 보는 듯한 날카로운 눈빛은, 리샤밤의 웃음 뒷면에 무언가가 있다는 것을 간파하고 있었다.

"이거 이거 알고 계셨군요. 하지만 그건 쓸데없는 소비가 아닙니다. 필요한 지출이었어요."

리샤밤의 무시하는 듯한 말투에, 무라도 이번만큼은 눈빛에 살기를 담아 말했다.

"……넌 무슨 생각을 하고 있지? 대체 무슨 목적으로 여기에 있지?"

"여러분과 같습니다. 이 세상에 존재하는 모든 생명을 없앤다. 그것뿐입니다."

"그게 말들을 줄이는 것과 관계가 있다는 거야?"

"네."

지극히 정직한 지적에 아무런 꾸밈없이 답한 마족 남자의 내면에는 무엇이 있을까. 계속 노려봐도 그 속에 깃든 빛이 무엇인지까지는 무라는 읽어낼 수 없었다.

무라는 소용없는 탐색을 관두고 자기 자리에 앉았다.

"……아까도 말했다시피 나는 나크샤트라 님을 지킬 의무가 있다. 나에게 그건 무엇보다 우선시되는 사항이다. 하지만 나크샤트라 님이 그러길 바란다면 그렇게 하지."

"무라 님은 그러시다는데, 어떠신지요."

리샤밤의 중신 같은 물음에, 나크샤트라는 유쾌하다는 듯이 옅은 미소를 지었다. 그리고,

"나의 친위대장 무라여. 그대의 진력을 다해다오."

"예. 미력하나마 최선을 다하겠습니다."

"좋다. 그럼 무라가 앞으로 장군 중 한 명으로 움직이는데 이의가 있는 자는?"

나크샤트라의 물음에 먼저 일자르가 눈썹을 움찔 하며 반응했다.

"나한테 물었어? 난 강하기만 하면 불만은 없어."

"나도 일자르와 같아. 강하다면 이론은 없어. 오히려 친위대장 무라라면, 이런 일에는 우리보다 적임이지. 안 그래? 마왕님!"

라툴라의 경박한 대답에 반응한 것은 무라였다.

"……라툴라. 너는 마족인데도 불구하고 나크샤트라 님에 대해 그 말씨는 뭐지?"

"뭐가? 내가 옛날부터 이런 건 무라도 알고 있잖아?"

"때와 장소를 구분하라는 거야."

"새삼스럽게? 마왕님도 괜찮지?"

"상관없다."

나크샤트라는 라툴라의 편을 들었지만 무라는 싫은 내색도 없이 그 뜻을 조용히 받아들였다. 무라에게 나크샤트라는 절대적인 존재이기에 이의를 제기하는 법은 없다.

하나의 화제가 마무리된 것을 보고, 리샤밤이 입을 열었다.

"그건 그렇고, 오늘은 여러분에게 보여드릴 것이 있습니다."

"흠? 당신의 꿍꿍이 중 하나가 드디어 밝혀지는 건가."

"네. 이것입니다."

그렇게 말한 리샤밤은 자신의 등 뒤로 몸을 기울이고 가볍게 뒤돌아봤다. 그 몸짓에 다른 이들도 따르듯 시선을 옮겼지만—— 그곳에는 아무것도 없었다. 의아하게 생각하는 자와, 리샤밤의 역량을 알고 방심하지 않고 관찰하는 자가 있었다.

이윽고 리샤밤의 그림자가 입을 벌리고, 그 안에서 더욱 거대한 그림자가 나타났다.

리샤밤의 그림자에서 나온 그것은 그 자리에 있는 인외들조차 본 적 없는 이형이지만, 확실히 마족이었다.

옆으로 크게 찢어진 듯한 눈이 좌우 비대칭으로 배열돼 있고, 산(酸)을 연상시키는 타액을 흘리는 주둥이가 하나. 성인 인간 정도 크기의 거대한 팔이 우뚝 솟은 어깻죽지부터 늘어뜨려져 있고, 군데군데 찌그러진 뼈의 돌기와 뿔이 튀어나와 있다. 피부색은 빛바랜 보라. 혹처럼 부풀어 오른 모습에서 단련된 근육이 들어차 있다는 것을 여실히 알 수 있다.
거대한 외모. 그리고 지금껏 만났던 마족과는 비교도 되지 않을 정도의 추악함. 그러나 그 이상으로 그 자리에 있던 이들을 경악케 한 것은 마족이 가진 사신의 힘의 방대함이었다.
"우와, 이거…… 진짜야?"
"호오……?"
라툴라가 질린 이유에는 물론 미추의 요소도 포함되어 있었지만, 일자르의 감탄은 그 힘에 대해서다.
놀란 외침이 울려 퍼진 한편, 리샤밤은 정중한 태도를 유지하며 무라를 마주 봤다.
"이것이 조금 전 무라 님이 품은 의문에 대한 답입니다. 기존의 마족을 땔감으로 새로운 말을 만들어냈습니다."
"……이렇게 큰 걸 대체 어디에 숨기고 있었어?"
"틈새, 입니다."
"……당신의 힘인가."
리샤밤의 능력을 다시금 떠올린 무라는 납득했다는 듯이 중얼거렸다.
그때, 의문을 입 밖에 낸 이가 한 명 있었다.
"——하지만 리샤밤. 그건 기존의 말만큼의 지능은 없어 보이는데?"
일자르의 지적은 옳았다. 그가 아는 말 중 하나인, 날개를 가진 마족은 인간의 언어를 이해할 만큼 높은 지능을 가지고 있다. 그러나 지금 그들 앞에 있는 마족에게는 지성을 뒤덮을 정도의 사나움이 전부이고, 그 눈빛에 지혜의 빛이라고는 없었다.

지성은 힘과 직결된다. 그러나 리샤밤은 그렇게는 생각하지 않는 모양으로——

"사신에게 부여받은 힘을 따른다면, 지성 같은 것은 크게 필요하지 않습니다. 강력한 힘이 있으면, 쓸데없이 생각하는 머리 같은 것은 여분에 지나지 않습니다."

"머리 쓰는 걸 좋아하는 당신답지 않은 대답이네."

"용도가 다릅니다. 말하자면 이것은 인간에게 있어 공포의 상징. 섣불리 지성을 가져 인간의 언어를 이해하면 공포는 옅어지고 말지만, 무슨 생각을 하는지 알 수 없다는 것은 그것만으로도 지성을 가진 존재에게 두려움을 주는 법입니다."

"약한 인간에게는 특히나, 인가."

일자르가 동의하는 것을 보고, 리샤밤은 만족스럽게 끄덕였다. 그리고,

"어떠십니까. 여러분의 기대에 부응할 만한 것을 보여드렸는지요."

"우리는 이제 이걸 데리고 다닌다는 거지? 이거라면 이끌어야 할 숫자가 지금보다 훨씬 적어지는 건가?"

"확실히 이걸 늘려간다면, 인간들—— 용사도 문제가 안 되겠어."

라툴라와 무라는 각기 감상을 말하며 납득했다. 그러나 거기서 또 험악한 목소리를 낸 것은 일자르였다.

"리샤밤. 그건 그렇고 너한테 묻고 싶은 게 있다."

"이것에 무슨 문제라도?"

"아니. 다른 이야기다."

그러자 리샤밤은 떠오른 것이 있는지, 희열에 사로잡힌 꺼림칙한 미소를 입가에 지어 보였다.

"그렇다는 건, 지난번 일 말이군요?"

"그래. 넌 그 인간과 아는 사이인 모양이던데, 그건 대체 어떻게 된 거지?"

그렇게 말한 일자르가 싸늘한 시선을 향해왔다. 그의 질문은 리샤밤과 스이메이의 관계를 탐색하는 것 그 이상도 이하도 아니다. 그 눈빛에 리샤밤은 도발하는 듯한 미소로 응수했다. 한편 그런 이야기는 금시초문이었던 라툴라가 말했다.

"엣? 뭐야, 뭐야. 당신, 아는 인간이 있었어?"

"네, 뭐."

리샤밤은 특별히 숨기지 않고 인정한 뒤, 과거의 한때를 떠올리듯이 천장을 보며 말하기 시작했다.

"저는 원래 이곳과는 다른 세계에 있었습니다. 그쪽 세계에서도 비슷한 일을 했었습니다."

이야기에 반응한 것은 역시 일자르다.

"비슷한이라……. 네가 원래 있던 곳에 여신과 사신이 있다고는 단정할 수 없어. 그렇다면, 공물들을 근절하는 일인가?"

"**목적은 다르지만요.**"

"목적이 다르다? 없애는 건 그 자체로 목적일 텐데?"

"저에게 그것은 수단에 지나지 않습니다. 그런 점에서 제 목적은 여러분과 정반대라고 해도 좋습니다."

그 표현은 그 자리에 있던 이에게는 이해가 되지 않았을까. 오직 마왕 나크샤트라가 납득한 표정으로 웃었을 뿐이다.

"흠…… 공물들을 죽이는 걸로 네가 얻을 건 없다고 생각하는데."

"그렇지 않습니다. **저는 애당초 필요한 것이 없습니다.**"

그 말은, 다양한 생각과 접촉하는 일이 없기에 이곳에 있는 자들은 이해하지 못하는 것이리라.

"뭐, 결국 저는 그 남자한테 졌습니다. 별위상(別位相)에 정착한 채로 힘을 잃었기 때문에, 차원의 저편에 묻힐 터였지만…… 외각 세계로 추방당한 것이 저에게는 행운이었다고 할 수 있겠지요. 지금 이렇게 이곳에 있을 수 있으니 말입니다."

거기서 말을 끝맺은 리샤밤은 일자르에게 시선을 향했다.

"일자르 장군. 저보다 당신은 어떠십니까?"

"내가 뭘 말인가?"

"인간은 당신에게 음식이나 마찬가지입니다. 그것을 스스로 없애려고 하는 것은 스스로 죽기 위해 애쓰는 것이 아닙니까? 당신이야말로 어떤 생각을 가지고 나크샤트라 님을 돕는 것입니까?"

리샤밤의 말대로 식인귀인 일자르가 마족을 돕는 것은 스스로의 의지로 음식을 없애려는 것처럼 보인다. 그것은 생물에게 모순된 행동임에 틀림없다.

그러나 그런 질문을 받고도, 일자르는 무엇이 문제냐는 듯이 태연한 반응을 보였다.

"아무리 음식이라고 해도 그렇게 온갖 것들이 있으면 거슬리기도 하잖아? 일정량은 솎아 내지 않으면 성가셔."

"그래서 우리를 도우신다고요? 성가시다고는 하셨지만, 우리가 당신의 식량을 없애버릴지도 모릅니다?"

"아니, 공물들을 없애지는 못 해."

일자르의 단언에 오직 무라가 기분이 상한 듯이 눈썹을 찡그렸지만 어쨌든——. 리샤밤이 그 말을 받았다.

"그건 무슨 이유로?"

"그렇게 어려운 얘기도 아니야. 그만큼 공물들이 탐욕스럽다는 것뿐이다. 놈들은 말이야, 생각보다 끈질겨. 죽여도 죽여도 어디선가 금세 솟아 나오지. 아무리 숫자를 줄이려 해도, 아무리 궁지에 몰아넣으려 해도 말이야. 너도 공물들을 없애는 걸 목적으로 삼았었다면 모르는 이야기도 아닐 텐데?"

일자르의 지적에 리샤밤은 짐작 가는 구석이 있다는 듯이 눈을 가늘게 떴다.

"……교활한 생물이라는 점에서는 일리가 있군요."

말한 것은 그런 동의. 그러나 마족을, 나아가서는 마왕과 사신의 존재를 지상으로 하는 무라에게 그들의 말은 허용할 수 있는 것이 아니었던 모양이다. 당장이라도 검을 뽑을 듯한 기세를 가까스로 억누르며, 그러나 그 일부를 눈빛으로 드러내며 거칠게 외쳤다.

"일자르! 감히 나크샤트라 님 앞에서 우리들의 신의 대망을 부정해?!"

"뭐야. 기분이라도 상했나? 점잖은 척하는 것치고는 성미가 급하군."

"너 이 자식……."

무라가 내뿜은 강렬한 살기를, 일자르는 어딘가 기분 좋은 듯이 받아들였다. 이 귀신에게는 무라의 날카로운 살기조차 시원한 바람 같은 것이리라.

"됐다, 무라. 물러나라. 나는 일자르의 생각도 알고도 함께 싸우는 거다."

"송구하오나, 이런 자가 없어도 우리가 인간 따위에게 뒤처질 일은——."

"없다고 말할 수 있나? 실제로 이 자리에 있던 자들 대부분은 네가 말한 그 인간 따위한테 졌어."

"그건 그들의 실력이 형편없었던 것뿐이다."

죽은 이에게조차 가차 없는 말을 내뱉는 무라에게, 일자르가 질린 표정으로 물었다.

"너는 그렇지 않다고 말할 수 있나?"

"시험해볼 텐가?"

일자르의 말을 도발로 받아들인 무라는 이번에야말로 칼집에서 칼을 뽑았다. 그야말로 일촉즉발. 양자 간의 대립이 번개와 불꽃을 환시시킬 정도의 농밀함을 띠었을 때, 중재에 나선 것은 나크샤트라였다.

"무라, 일자르. 그만해라."

싸늘한 한마디에 일자르가 무라를 향해 옅은 미소를 지어 보였다.

"그러라는데. 그래서, 어떻게 할 거지? 친위대장 씨? 이대로 나크샤트라의 뜻을 어기고 나와 붙어볼 텐가? 나는 전혀 상관없는데."

"……두고 보자."

무라는 일자르를 죽일 듯이 노려보며 검을 도로 집어넣었다. 그러나 적의는 거둬들일 수 없는지 높아진 무위와 살기는 그대로다. 분노를 거둬들이지 않는 무라에게 나크샤트라가 말했다.

"무라. 우리의 대망을 이루기 위해서는 일자르가 필요하다."

"……주인님. 아둔한 저에게 그 이유를 알려주시겠습니까. 이자가 우리에게 어떻게 필요한지, 그 이유를 알려주십시오."

무라는 그렇게 말하며 나크샤트라에게 무릎을 꿇었다. 그러자 나크샤트라는 의미심장한 미소를 입가에 띠우고는——

"그건—— 놀이다."

"놀이…… 말입니까?"

"그래. 이 세상에 일어나는 온갖 현상에는 모두 차질이라는 것이 존재한다. 그걸 가미해서 조정할 수 있는 유연한 무언가가 없다면 언젠가 파탄 나고 말아."

"그건——."

"아니라고 말하지 마. 그것 때문에 지금까지 마족은 그 대망을 이루지 못하고 여기까지 온 거다. 그렇잖아? 우리처럼 하나로 묶인 존재는 특히나 돌발적인 현상에 약해."

"그럼, 거기에 대응하기 위해 초빙한 것이 일자르라는……."

"리샤밤이기도 해. 그리고 실제로 이 둘은 잘 해주고 있어. 현재, 우리만으로는 대응하지 못할 이물이 분명 적측에 있고, 그것을 억제하는 힘이 되고 있으니까."

"그 이물이 네 명의 용사라는 말씀이십니까?"

"시야가 좁구나, 친위대장. ……흠, 그렇다면 널 한번 인간 세계에 보내는 것도 좋을지 모르겠구나."

그렇게 혼자 납득한 듯이 중얼거린 나크샤트라는 그 자리에 모인 자들을 슥 훑어본 뒤 입을 열었다.

"그럼 명령이다. 먼저 무라. 넌 처음에 리샤밤이 말한 대로 마족 장군을 겸임해라. 하는 일은 지금까지와 같을지 모르지만 군대를 이끄는 행위에 대한 거부권은 없어. 그리고 현재 가진 말을 이끌고, 허술해진 북쪽 땅을 공격해라. 잘

하면 거기서 잡힌 자가 아까 말한 놀이의 유용성에 대한 답이 되어줄 거다."

"알겠습니다."

"리샤밤. 넌 기존의 말을 땔감으로 새로운 말을 늘리는 일을 서둘러라. 시간은 여유가 있지만 용사에게 시간을 줘서 힘을 너무 기르게 하는 건 좋지 않아. 그것만은 확실히 염두에 두도록."

"알겠습니다."

"나머지는 새로운 말이 갖춰질 때까지 잠시 쉬도록 해라. 말이 필요한 만큼 갖춰지면, 그때야말로 진지하게 인간들을 공격한다. 그때까지 힘을 비축해두도록 해라."

그녀의 말에, 일자르를 제외한 나머지가 고요한 표정으로 머리를 숙였다.

그것을 본 나크샤트라는 감출 수 없는 희열을 입가에 흘렸다.

"──자, 인간들이여. 그렇게 여신의 뜻대로는 되지 않을 거다."

그런 불길한 예언을 남기고, 마왕은 마족 장군들이 모인 방에서 소리도 없이 사라졌다.

제1장 들킨 후

네페리아 제국과 마족 간의 전쟁은 초원에서의 전투를 앞두고 마족이 철수하는, 다소 의외의 형태로 끝을 맺었다.

많은 인적 손실을 안게 될 마족과의 결전을 피할 수 있었던 것은 그곳에서 싸울 터였던 자들에게 뜻하지 않은 행운이었으리라. 그러나 그 대가로 잃은 것은 최전선에 포진된 병사 수천 명의 목숨이었다.

아니, 대가라고 하는 것은 옳지 않으리라. 분명 병사들은 리샤밤을 그리드 오브 텐(마에 빠진 십인)이게 하는 마술『크로스디멘트(공간 자재법(空間 自在法))』에 의해 목과 몸통을 등 뒤에 있던 산들과 함께 절단당했다. 그러나 그 학살은 그들에게 필요한 것이 아니라, 떠나는 순간 리샤밤이 부린 변덕에 불과했다. 철수를 패배로 인식시키지 않기 위한 단순한 빈정거림이었다.

어쨌든 리샤밤의 크로스디멘트, 다임 퍼니쉬먼트(위상 절단)의 대상에서 제외된 스이메이 일동은 마족이 모두 떠난 뒤, 그 뒤처리로 몹시 분주해졌다. 남겨진 이들은 적었지만 마족의 시체 처리와 죽은 병사들의 장례는 물론이고, 원군 소집과 주변 경계 등 할 일은 산더미. 스이메이 일동도 대응에 쫓기다 지금은 겨우 안정을 되찾아가고 있었다.

아직 병사들이 주위에서 바삐 움직이는 가운데, 잠시 작업에서 풀려난 스이메이와 레이지는 천막 뒤쪽에서 한숨 돌리고 있었다.

"——뭐, 그러니까, 내가 말하고 싶은 건 말이지……."

"에—아—우—. 레이지가 말하고 싶은 건."

천막을 등지고 나란히 서서 말하는 한쪽은 마치 설교를 하는 말투고, 한쪽은 진땀을 흘리는 상황이다. 물론 전자가 레이지이고, 후자가 스이메이인 것은 자명하다.

어쨌든 이렇게 된 것도 전부 스이메이가 마술사라는 사실을 레이지에게 숨겨왔던 것과 앞선 전투에서 레이지와 리샤밤이 대치한 것이 원인이다.

마술사인 것을 숨긴 것에 대해서는 레이지도 어느 정도 이해가 가는지 감정적이 되지 않고 냉정한 태도를 유지했다.

"물론 나도 너와 상의도 없이 마족과 싸우기로 결정한 건 잘못했지만 말이야."

"응, 응. 그렇지, 그건 너무했어. 지금까지 네가 불러들인 귀찮은 일 중에서도 워스트 쓰리에 들어."

조금 전까지 짓고 있던 기가 죽은 표정에서 일변하여 스이메이는 귀신의 목이라도 벤 듯이 우쭐대며 다그쳤다. 한편 레이지는 레이지대로 그 점을 신경 쓰고 있었던 모양으로,

"윽…… 그러니까 나도 그건 잘못했다고 생각한다니까……."

"그래도 말이야——."

"그, 그래도! 지금까지 말 안 한 건 좀 너무했다고 생각해!"

"엣? 아, 아니아니! 그러니까 그건 나도 사정이……."

"그런 거면 미즈키가 그렇게 됐을 때 말해주면 좋았잖아. 그렇게 생각하지 않아?"

"그……그때는 이제 말해야겠다고 생각했었어! 진짜야! 모두한테 물어보면 알 거야!"

스이메이는 그럴 뜻이 있었다는 것을 증명하기 위해 다른 사람을 끌어들이기 시작했다. 그러나 그것은 세간에서 말하는, 말하는 사이에 깜빡 사실을 이야기해버리는 실수였다.

아차 하는 순간에는 이미 늦어버린 뒤다. 레이지가 비난 섞인 눈빛을 보내왔다.

"……하— 그 말은—— 나랑 미즈키 빼고 다 알고 있었다는 거네? 티아도, 그라체라 씨까지!"

"…………그게, 미안! 진짜 미안!"

이런 상황에는 스이메이도 사과하는 수밖에 없었다. 레이지 말대로 이오 쿠자미가 나타나고, 새크라멘트를 봤을 때 사실대로 말하는 것이 가장 좋았다.

타이밍을 놓친 잘못은 확실히 스이메이에게 있다.

"……돌아갈 방법을 찾으려고 헤어진 건 이해해. 너니까 우리를 위해서라는 것도 있었을 거고. 그래도 말이야, 그런 거면 그렇다고 제대로 알려주는 게 도리 아니야?"

"뭐라고 할 말이 없어…… 그것에 관해서는 내 마음이 나약했어."

정론으로 치고 들어오자, 스이메이는 미안하다는 말을 되풀이하며 계속 작아져갔다. 한편 레이지도 친구가 난처해하는 모습에 어느 정도 기분이 풀렸는지 이야기를 매듭짓듯 한숨을 토했다. 그리고,

"나도 잘못했으니까. 이걸로 서로 비긴 걸로 하자."

그렇게 말하며 이야기를 마무리하려는 레이지에게, 그러나 스이메이는 일변하여 반론할 자세를 취했다.

"잠깐. 넌 뭘 은근슬쩍 없었던 일로 하려는 거야? 네가 한 행동에 대한 마이너스가 더 크다고!"

"에엣?! 지금은 없었던 일로 하고 끝내는 흐름 아니었냐? 네가 그걸 다시 문제 삼는다면 나도 하고 싶은 말을 하겠어!"

"나, 나도 지금까지 하고 싶었던 말을 참고 있었다고!"

그렇게 말한 두 사람은 이세계에 오기 전에 저지른 서로의 과오를 서로 말하기 시작했다. 레이지는 여자들 틈에 둘러싸여 고생했을 때 버림받았다는 둥, 스이메이는 스이메이대로 레이지를 좋아하는 여자애가 귀찮게 굴어서 힘들었다는 둥 거론된 이야기는 시시한 것들뿐이었지만…… 어쨌든.

실컷 말싸움을 한 두 사람은 어깨를 거칠게 들썩이며 말했다.

"하아하아…… 저기, 이제 그만할까?"

"으으…… 그래. 확실히 바보 같아."

어깨를 들썩일 정도로 격렬했던 언쟁은, 생산성이 없다는 것을 깨달은 것과 동시에 마무리됐다. 두 사람은 무의미한

싸움에 종지부를 찍고 후회가 반쯤 섞인 한숨을 내쉬었다. 실수만 언급한 탓에 얼마간 낙담한 표정으로, 레이지는 문득 그 자리에 앉아 하늘을 올려다봤다.

"지금까지 이런저런 일들이 있었지만 말이야, 결국 마음을 터놓고 이야기한 건 이번이 처음인 건가?"

"……아아. 그러네. 이걸로 너나 나나 비밀이 없어진 거니까."

스이메이도 레이지를 따라 털썩 주저앉으며 답했다. 레이지 말대로 기만하고 있다는 것에 대한 부담감이 없어져서 후련해진 것 같은 기분도 들었다. 그리고 왠지 모를 감개무량함 같은 것도 느껴졌다. 두 사람이 그런 쓸쓸함과 후련함이 뒤섞인 심경을 느끼는 가운데, 레이지의 시선은 진지에 생긴 부자연스러운 공터를 향해 있었다.

그렇다. 그곳은 바로 얼마 전 처참한 광경이 펼쳐진 곳으로――

"저기서 많은 사람이 죽었어."

"그래…… 역시 괴로운 거냐?"

"그게 아니라, 뭐라고 해야 하나……."

레이지는 말하기 어렵다는 듯이 웅얼거렸다. 그 가슴 속에 맺힌 것은 과연 무엇일까. 레이지가 소화하지 못하고 품고 있는 그 마음에, 그러나 스이메이는 짚이는 데가 있었다.

"――실감, 안 나는 거지?"

"……응. 불경스럽다고는 생각하지만, 그렇게 사람이 죽은 것도 전부 나쁜 꿈이 아니었을까라는 생각이 들어. 나도 그들의 장례를 도왔지만, 왜 그런 식으로 생각해버리는 걸까."

수많은 사람의 죽음이 슬프게 느껴지지 않는 것이 레이지의 고민일까. 단순히 당황한 것뿐일까. 아니면 올바른 인간이 품어야 할 감정을 품지 못해 불안한 걸까. 갑자기 많은 사람이 죽어서 감정이 현실을 따라잡지 못하는 걸까.

역시 그런 감정이 드는 것은 지금까지 수많은 사람의 죽음을 목격한 적이 없었기 때문일 것이다. 그리고 생각할 수 있는 것이라면 한 가지.

"그건 여기가 우리가 사는 세계와는 다른 세계라서……일지도 몰라."

"다른 세계라서?"

"그래. 이 세계라는 건 극단적인 얘기로, **우리가 아는 현실이 아냐**. 보는 것도 듣는 것도, 우리 세계의 상식조차도 전혀 통용되지 않는 곳이야. 그래서 이곳에서 일어났던 일은 우리가 사는 세계의 사건과는 관계가 없다고 생각해. 마음 한구석으로 말이야. 그래서 꿈처럼 생각하는 거 아닐까?"

그렇다. 레이지의 가슴 속에 맺힌 응어리의 정체를 스이메이가 정확히 알아맞혔다. 그러나 그것을 정확히 알아맞혔기에 레이지도 문득 깨달았다.

"혹시 너도 그런 거야?"

"응. 살짝 그런 기분이야."

"그렇구나. 오컬트에 심취한 너도 그렇구나."

"그만큼 이세계라는 곳은 충격적인 거야. 나나 너뿐만이 아냐. 저쪽의 마술사들 사이에서도 이세계나 평행 세계, 가능 세계의 존재는 무시당하는 이야기야."

다른 세계의 존재는 현실과 동떨어진 얘기다. 다른 별에 다른 생명체가 있다 없다 하는 이야기와는 차원이 다르다. 공상으로 시작해서 공상으로 귀결되는 꿈같은 이야기일 뿐이다.

"꿈이라."

"이번 일로 그런 거면 분명 앞으로도 계속 그럴 거라고 생각해. 단지——."

"단지?"

그 되물음에, 스이메이는 답하지 않았다. 그 꿈에서 깨는 순간은 소중한 누군가를 잃었을 때기 때문이다. 스이메이 자신이 그랬듯이. 그의 꿈이었던 아버지를 영원히 잃어버린 그때처럼.

스이메이의 쓸쓸해진 표정을 보고, 레이지도 뭔가를 깨달은 듯 화제를 바꾸기 위해 주머니에서 어떤 물건을 꺼냈다.

"스이메이 넌 오컬트…… 신비랬나? 그런 걸 잘 알지?"

"뭐, 나름대로."

"……이건 역시 굉장한 거야?"

"새크라멘트 말이네."

스이메이는 레이지가 꺼낸 물건을 보고 한숨을 쉬었다. 새크라멘트. 그것은 스이메이가 비밀을 고백하기로 마음먹

게 한 물건이었다.

레이지는 굉장하냐고 물었다. 일으킬 수 있는 현상에 대한 정도를 묻는 거라면 대답은 정해져 있었다.

"그건 기본적으로 감당할 수 없을 정도로 위험한 거라고 생각해. 그건 나보다 네가 더 잘 알 거라고 생각하는데……."

"그럴까? 확실히 지금도 굉장하다고는 생각하지만, 뭐랄까, 내가 생각하는 게 다가 아닌 것 같은 기분이 들거든."

그것은 레이지가 품은 소감대로이리라. 아직 자기가 모르는 무언가가 있는 것 같다고. 지금의 레이지로서는 사용하면 감각이나 신체 능력이 비약할 거라는 인식밖에 없을 터다. 그러나 이 새크라멘트라는 병기의 진면목은 다른 데 있다.

"나도 그것에 대해서는 아는 게 거의 없지만, 그게 품고 있는 힘은 보증해."

"예를 들면?"

"……이 세상에서 최초로 새크라멘트가 군사에 쓰인 게 대략 4년 전이야. 그때 새크라멘트 하나가 군대를 사단 규모로 가볍게 날렸대. 5나 10 단위로."

"10사단이면, 그러니까……."

"아아, 뭐였더라. 그러고 보니 나도 전에 그 사람한테 같은 질문을 했었어. 편성이 진행돼서 1사단이 1만에서 2만 정도라고 했었어. 적어도 10만은 되겠지."

스이메이의 대답에 레이지는 화들짝 놀란 표정을 지었다.

"시, 10만이라니…… 아무리 그래도 전투 한 번에 그렇게 많이…….”

“그렇지. 기갑 부대나 항공 부대도 붙어 있을 테니까 손해는 그야말로 장난이 아니지 않았을까?”

“그게 아니라, 그게 아니라 말이야! 전투 한 번에 십만 명은 너무 많다는 소리야! 현대의 전쟁은 고대의 전쟁이나 이쪽 세계의 전쟁처럼 많은 사람이 모여서 싸우는 게 아니잖아?”

“아니, 그 사람이 그렇게 말했어. 종심 전투가 어쩌고로 상륙 부대를 터무니없는 규모로 움직여서 광범위한 지역을 제압하는 수법이 쓰인 모양이야. 뭐, 녀석들과 싸우기 위해서 부득이 취한 전법이었을지도 모르지만── 그래서 게릴라전 이외에 부대를 대규모로 움직일 때는 만 단위에, 거기다 금지됐던 마술사까지 투입됐으니──.”

──악몽을 보여줬다고.

“악몽…….”

몹시 싸늘하게 울려 퍼진 스이메이의 목소리에, 레이지는 꿀꺽 침을 삼켰다.

그렇다. **약 6년 전**, 동유럽의 동단에서 시작된 전쟁. 그래서 중동과 서남아시아 연합군을 떨게 했다고 알려진 동유럽 전쟁의 악몽이 되살아났던 것이다.

하나, 붕천검(崩天劍)에 의해 일어난 참극의 시작, 『하늘이 떨어지는 밤』.

둘, 극와검(極渦劍)에 의해 심신이 공포로 얼어붙은『한여름의 블리자드』.

셋, 진명검(震鳴劍)에 의해 모든 것이 모래에 삼켜진『사막의 거대 해일』.

넷, 집뢰검(集雷劍)에 의해 전장이 퇴화된『노 리스폰스 사이드』.

다섯, 빙수검(憑水劍)에 의해 지상에서 익사하는 고통을 받은『익사의 언덕.』

여섯, 철상검(鐵床劍)에 의해 숲을 헤치고 들어간 모든 것을 굵은 철사로 변하게 한『아이언 포레스트(강철의 삼림)』.

일곱, 부회검(腐灰劍)에 의해 흩어진 여신(余燼)에 폐를 좀먹힌『결코 치유되지 않을 폐병』.

여덟, 갈자검(渴茨劍)에 의해 피를 뽑히고 시든 송장이 된『형극의 분묘』.

아홉, 창궐검(猖獗劍)에 의해 모든 총화가 아군으로 향한『동지(同士) 공격의 총화』.

열, 출수검(出帥劍)에 의해 태어난 죽음의 그림자에 쫓긴『킬러 도플갱어』.

그것들 새크라멘트가 일으킨 인지를 초월한 힘에 의해 동유럽의 하늘과 땅이 부서졌다고 한다.

"…………."

일어난 일을 들은 레이지는 말문이 막힌 모양이다. 만 단위의 목숨을 앗아간 전투가 총 10회. 너무나도 압도적인 힘이 자신의 손에도 있다는 것을 알았기 때문이리라.

"이야기가 옆으로 샜는데, 네 손 안에 있는 건 그 정도로 위험한 거라는 인식은 해두는 게 좋아. 아마 비슷한 걸 할 수 있는 물건일 가능성이 높을 거야."

"이게, 그렇게……."

"아마도."

그렇게 다짐하는 말을 끝에 해서 불명료함을 강조했지만, 결국 그 아마도도 앞으로 부정될 것이다. 스이메이가 아는 초상(超常)의 병기와 동등하다면, 그야말로 신에게마저 닿을 터다. 그리고 그것을 손에 넣은 레이지야말로 이 싸움을 매듭지어야 할 인물이리라.

한편, 레이지는 새크라멘트을 응시한 채 시선을 거두지 않았다.

그리고 희미하게 떨리는 듯한 웃는 목소리로, 어딘가 어울리지 않는 감상을 말했다.

"그렇게 굉장한 거면 세상에 알려질 법도 한데, 그렇지 않네."

"우리 세계에서는 신비와 관련된 건 무조건 숨겨지니까. 사람들한테 알려지는 것만으로 영원하고 보편적인 원리가 무너져서 사상이 불안정해지면 곤란해. 게다가 새크라멘트는 절대적으로 숫자가 부족하고, 지금은 만들 수 없는 것으로 알려져 있어."

"그렇구나."

"연구하는 곳이 있다는 얘기는 들었지만 재현은 전혀 불가능하대. **비슷한 것조차 못 만드는 모양이야**. 뭐, 완벽히 재현할 수 있다면 세상의 에너지── 사정이 뒤집힌다는 거고."

"어째서?"

"거기에 붙어 있는 푸른 보석── 라피스 유다익스(부서진 감벽)야. 그게 새크라멘트의 힘의 원천이라는 건 이미 알고 있겠지만…… 그건 근원── 지금까지 소비된 에너지가 도달하는 장소와 이어져 있다고 알려져 있어."

"소비된 에너지가 도달하는 장소? 그게 뭐야? 에너지는 소비되면 사라지는 거 아닌가……."

"그렇게 여겨졌지만, 아무래도 그렇지 않은 모양이야."

스이메이의 말을 듣고, 레이지는 목을 좌우로 기울였다. 무슨 말인지 이해하지 못한 것이리라. 과학적으로 설명되지 않는 사유이기에 그것은 어쩔 수 없다고 할 수 있다.

답을 이끌어내려고 생각하다가 급기야 끙끙대기 시작한 레이지를 차마 보지 못한 스이메이가 요약에 들어갔다.

"사용한 에너지가 사라지느냐 마느냐 하는 이야기는 제쳐두고서야. 요컨대 그것은 세계가 태어난 이래로 사용된 모든 열에너지를 뽑아낼 수 있대──."

"자자자, 잠깐! 그건 정말 말도 안 되게 굉장하잖아! 사용된 에너지를 쓸 수 있다니! 지금까지 세계에서 사용된 에너지는 단순히 방대하다거나 그런 차원이 아냐!"

"그러니까 말했잖아? 위험하다고."

레이지가 거품을 물었듯이 그것은 보통 물건이 아니다. 그것을 태연히 사실이라고 말하는 스이메이도 스이메이지만.

스이메이가 재차 새크라멘트의 터무니없는 힘을 강조하자, 레이지도 웃음밖에 나오지 않는지 메마른 웃음을 띄엄띄엄 퍼뜨렸다.

"……이걸 둘러싼 전쟁은 반드시 일어나겠지."

"이미 일어났어. 동유럽에서."

"동유럽이라니…… 제3차 동유럽전쟁?! **지금도 진행 중인**, 그거?!"

"그래."

스이메이의 담백한 긍정에 레이지는 할 말을 잃고 숨을 삼켰다. 그렇다. 이 제3차 동유럽전쟁── 동유럽전쟁이 그 새크라멘트가 처음으로 사용된 것으로 알려진 전쟁이다. 표면적으로는 종교와 인종에 기인한 민족 간의 대립으로 되어 있지만, 진실은 『라피스 유다익스의 생성과 맞물릴 신에너지원 개발과 그것에 동반한 석유 수출 규제에 대한 염려』가 중동 제국과 서남아시아 제국을 전쟁에 착수시킨 것이다.

전쟁이 시작되고 벌써 6년의 세월이 지났지만 아직 종전의 실마리는 보이지 않는다. 악마 같은 책략을 꾸미는 그 남자가 아직 전쟁을 끝내지 않는 것은 의문이지만 뭔가 이유가 있으리라.

철저히 상대의 전투 능력을 깎고 남은 것은 적대 국가들의 강경파와 화평론자의 균형뿐인데도 불구하고, 정치 전략적으로 몰아넣지 않기에 쓰러뜨리지 않으면 안 될 무언가가 아직 그 전장에는 존재하고 있다는 뜻이다.

마술사일까, 아니면 그 외에 새크라멘트를 가진 자일까. 그것은 묘연하지만, 어쨌든.

레이지는 자기가 가진 것이 얼마나 위험하고 『주위를 휘말리게 하는 것』인지 깨달았는지 피로한 표정으로 한숨을 내쉬었다.

"……머리가 아프기 시작했어."

"잘못 사용하지만 않으면 괜찮겠지."

"그렇겠지만……."

불안은 떨칠 수 없는 걸까. 그러나 다름 아닌 레이지라면 잘못 사용하는 일은 없을 거라고 스이메이는 생각했다. 레이지는 마족 토벌을 승낙한 것처럼, 누군가를 위해서 행동할 수 있는 올곧은 인간이다. 게다가――

"당장 사용할 곳은 하나고."

"마족 말이네."

"그래. 싸움은 지금보다 더 치열해질 거야. 그야 녀석이 있으니까. 그러니까 그 정도가 딱 좋을지도 몰라."

마족이라는 대규모 인원을 상대하기에 새크라멘트의 힘은 유용하다. 그 힘으로 한 영역을 지배하에 둔다고 알려진, 실질적이며 전략적인 병기라고 해도 좋을 물건이다. 대군을 상대하기에는 최적일 것이다.

그러나 레이지가 반응한 것은 스이메이가 무의식중에 말한 다른 부분으로,

"녀석이라면, 너랑 얘기했던 마족 말이야?"

"응? 아아, 그래. 쿠드라크…… 아니, 여기서는 리샤밤이라고 했었나."

"응. 그렇게 말했어. 그리고 네가 쓰러뜨렸다고 했고. 진짜야?"

레이지의 물음에 스이메이는 과거의 한때를 떠올리듯 눈을 감고는, 이윽고 고요한 표정으로 입을 열었다.

"——그래. 그 녀석은 내가 죽였어. 생명력도 HP도 줄이고 종말 증명서(세계의 끝)를 들이밀어 영원의 존재도 부정했어. 세계와의 연결고리도 제거했어. 그런데도 살아 있어. 그런 모습이 되어서도 말이지."

"그런 모습이라는 건…… 원래 인간이었던 거네."

"근본은 말이지. 인간에서 마술사가 되고 또 리치가 되고, 무슨 영문인지 그런 고약한 존재가 됐어."

"강한…… 거지? 강력한 힘이나 기운 같은 건 느껴지지 않았지만, 그런 짓을 아무렇지 않게 하는 걸 보면."

그런 짓이란 리샤밤이 다임 퍼니쉬먼트로 병사들의 목을 등 뒤의 산과 함께 날려버린 것이리라. 그런 일을 숨 쉬듯이 할 수 있는 그 정신이 지금 레이지에게 터무니없는 두려움을 품게 했을지도 모른다.

"그 녀석은 저쪽 세계에서도 감당이 안 된다는 말을 들을

정도였으니까. 저쪽 세계의 동료와 힘을 합쳐서 겨우 쓰러뜨렸어."

"마왕에 마족 대군, 강력한 식인 마족에, 죽지 않는 마술사라……."

"우—아— 새삼 듣고 보니 다 때려치우고 돌아가고 싶다."

"아……."

스이메이가 질린 얼굴로 그렇게 말하자, 레이지는 돌연 불안한 표정을 지었다. 불안해하는 걸까. 갑자기 안색을 바꾼 레이지에게 스이메이는 그 어깨를 두드리며 웃어 보였다.

"그런 얼굴 하지 마. 농담이야, 농담. 나도 제대로 싸울 거야. 녀석의 뒤처리를 다른 사람이 맡게 할 수는 없어."

"지, 진짜? 진짜지?"

"그래."

스이메이가 확실히 끄덕이는 것을 보고, 레이지의 표정이 순식간에 밝아졌다.

"뭐야?"

"아, 응. 아니, 스이메이가 도와준다니 든든해서."

"풉! 무슨 소리야…… 그건 지나친 낙관이라고!"

레이지가 보내온 것은 호감을 주는 미소. 너무나도 티 없이 밝은 그 미소에 스이메이도 잠시 동요했지만, 금세 원래 표정을 되찾고 주의했다.

그러나 정작 본인은 천진한 타입인 걸까. 의아하다는 표정을 지으며 말했다.

"그럴까?"

"그래! 그러지 않아도 우니베르시타스(보편의 사도)라는 패거리도 있다고."

"그 사람들은 그때 도와준 사람들이지?"

"그래…… 하지만 그 녀석들도 도대체 무슨 생각을 하고 있는 건지."

지난번에는 적대하더니 이번에는 아군이 되고, 행동에 일관성이 없다. 인르는 마족 장군을 쓰러뜨릴 때 협력을 요청하고, 질베르트는 마족에게 기습당할 뻔한 레이지 일동을 도왔다. 크라리사 수녀는 레피르를 구하고, 진지로 데리고 와주었다.

그리고 일이 끝난 뒤에는 아무런 대화도 주고받는 일 없이 모두 연기처럼 사라졌다.

"결국 엘리어트에 대해서 물어보지도 못했어."

"아직 하드리어스 공작이 우니베르시타스와 관련되어 있다는 확증은 없지만."

"응. 뭐, 그것도 조만간 밝혀지겠지."

이제 엘리어트를 구하러 크란트 시로 간다. 머지않아 그것은 밝혀지게 되어 있다. 어쨌든 다음으로 해야 할 일은 정해져 있다. 그것을 향해 움직일 뿐이다. 지침은 이미 정해져 있다고 다시금 확인한 그때, 레이지가 갑자기 심각한 표정을 지었다.

"그거 말인데, 우리 쪽은 바로 움직이는 건 어려울 것 같아."

“뭐? 왜?”

“전쟁에서 이겼으니 제도로 개선해야 한대. 레나트 전하가 꼭 부탁한다고 해서…… 게다가 이런 상황에서는 그게 필요할 거고.”

“아—아. 결국 억지로라도 이긴 걸로 하는 건가. 뭐, 졌다고 하기 싫은 건 알겠지만…….”

“싸움이 시작되기 전에 네가 말한 대로야. 유명인은 선전용으로 쓰인다는.”

그것은 알고 있었겠지만 이번 건은 레이지도 복잡한 심경일까. 이용당하는 것에 대한 저항은 없겠지만, 싸움에서 이겼다고도 말하기 어려운 이런 상황에서 사람들을 속여야 한다는 사실이 걱정스러운 것이리라.

“……넌 먼저 돌아갈 수 있을 것 같지만, 엘리어트를 구하러 가는 건 조금 더 기다려줬으면 좋겠어. 티아도 그러길 바라고 있어. 자국 귀족의 일이니까 자기가 직접 매듭을 지어야 후련하겠지.”

“티아도 참 성실해.”

스이메이는 맥이 빠진 투로 그런 소감을 밝혔다. 확실히 그녀의 성격이라면 직접 가야 직성이 풀릴 것이다. 스이메이는 그 성실함 때문에 한때 험한 꼴을 당했지만.

“일단 선생님(페르메니아)이 있지만, 역시 자기가 없을 때 해결되는 건 곤란한 모양이야.”

“상대는 상당히 높은 신분이니까. 신분상으로는 메니아

도 약할 테니, 신분이 높은 사람이 가야 하는 건 맞아."
"……본인은 완력으로 해결할 생각인 것 같지만 말이지."
"으아, 무서워라. 그 공주, 공작을 만나자마자 검이라도 뽑을 기세인 거 아냐? 아무리 그래도 너무 거칠잖아?"
"하하하…… 하지만 그것도 티아의 장점이라고 생각하는데?"
"그게 장점이라니……."
무의식중에 편을 드는 레이지에, 스이메이는 말문이 막혔다. 여전히 사람 좋은 성격을 악화시키고 있는 친구다.
그 후로도 둘이서 엘리어트를 구하러 가는 이야기를 하고 있자니, 진지 입구 쪽이 살짝 소란스러워진 것을 깨달았다.
먼저 의문을 입 밖에 낸 것은 스이메이다.
"뭐지?"
"사람들이 모이기 시작한 것 같은데. 추가 원군인가?"
"이 타이밍에? 이미 파장인데?"
"하지만 그런 느낌인데? 사람이 마구 늘어난 듯한 감각이야."
"감각이라니……."
언어상으로는 불확실하지만, 레이지가 말하니 왠지 신빙성을 가지는 말이다. 그런 표현에 스이메이가 의아한 마음을 얼굴에 드러냈다.
드디어 레이지가 심상치 않은 영역에 들어서기 시작한 편린을 보이기 시작했지만, 어쨌든.

스이메이와 레이지는 상황을 확인하기 위해 진지 입구 쪽으로 이동하기 시작했다.

바쁘게 작업 중인 병사들 옆을 지나 물자가 피라미드처럼 쌓인 곳을 지나자, 이윽고 페르메니아가 보였다.

"어이—— 메니아——. 무슨 소란이야——?"

"아, 스이메이 님. 원군이에요. 그것도 가득이에요, 가득!"

돌아보며 대답한 페르메니아의 얼굴은 밝다. 일단 전쟁터여서 그런지, 원군이 오는 것은 기쁜 일이다.

그러던 중, 문득 원군을 지켜보던 레이지가 어느 사실을 깨달았다.

"저 사람들, 제국 병사가 아니야."

"응? 그러고 보니 그러네. 그보다, 저 모습은 본 적이 있어……."

스이메이는 원군을 온 병사들에게 기시감을 느꼈다. 제국 병사는 마법사가 많고 기본적으로 뭉치지 않고 산병 전술을 취하기에 부대원들은 대부분 경장을 했다. 그러나 원군을 온 듯한 군대는 빈틈없이 갑옷을 두른 자나 허리에 칼을 찬 자가 많고 마법사의 비율이 극도로 적었다.

그리고 언젠가 봤던 군기. 그것은 제국으로 돌아오기 전에 자주 봐야 했던 것으로——.

"네. 제국의 벽지까지 머나먼 길을 와준 그들은——."

페르메니아가 풍만한 가슴을 활짝 펴고 은근히 실례되는 말을 하는데, 한 인물이 울타리를 이룬 병사들을 가르고 나타났다.
보인 것은 길고 아름다운 금발과 여자 교복. 장검과 붉은 토시.
그렇게 스이메이 앞에 나타난 것은 스이메이가 잘 아는 인물이었다.
그것은 스이메이의 소꿉친구이자 마찬가지로 영걸 소환 의식에 의해 이 세계로 불려온 소녀이자 동문인 검객, 쿠치바 하츠미다.
"스이메이, 잘 지냈어?"
주위의 병사들이 황홀함에 한숨짓는 가운데, 전장과는 무관해 보이는 온화함으로 하츠미가 밝게 말을 걸어왔다. 스이메이는 예상치 못한 하츠미의 등장에 순간 어안이 벙벙해졌다.
"너, 하츠미?! 어떻게 된 거야?!"
"어떻게 되긴. 원군을 온 게 당연하잖아? 뭔가 그럴 필요도 없어 보이지만."
그렇게 말하며, 하츠미는 주위를 둘러보았다. 멀리 연합에서 원군을 왔는데 이미 제국 측이 철수 작업에 들어갔으리라고는 생각지도 못했으리라. 맥이 빠진 듯이 어깨를 움츠렸다.
"그보다 너, 그쪽(연합)은 괜찮은 거야? 연합 북쪽에도 마족이 버티고 있잖아?"
"그게, 녀석들이 갑자기 돌아갔어. 정말 무슨 생각인 건지. 어쨌든 그래서 이곳에 올 수 있었지만."

"그럼 네 동료도?"

"바이처랑 가이어스는 거기에 남았어. 여긴 나랑 셀피만 왔어."

그러자 하츠미의 뒤에서 대기하고 있던 하프 엘프 누님이 후드 아래로 얼굴을 내밀며 미소 지었다.

여성의 미소에 내성이 약한 스이메이는 미인의 미소에 순간 당황했다. 그 모습을, 페르메니아도 하츠미도 놓치지 않은 걸까. 두 사람이 스이메이를 쿡쿡 찔렀다.

어쨌든 그 자리에 있던 하츠미와 레이지는 첫 대면이었다.

"당신이 샤나 씨인가요? 이렇게 만나는 건 처음이네요. 스이메이의 어릴 적 친구, 쿠치바 하츠미예요."

"반가워. 스이메이한테 얘기 많이 들었어."

레이지가 밝게 인사하자, 하츠미는 살짝 짓궂은 표정을 지으며 말했다.

"나도 여러 가지로 들은걸요? 타국에서 원군을 보내지 않는다고 굉장한 말을 했다고요."

——물자나 원군을 보내지 않으면 구하러 가지 않겠다. 언젠가 그런 성명을 냈던 사실이 새삼 떠올랐다.

아무리 레이지라도 그것은 초조했는지 흥분한 목소리로 진범의 이름을 밝혔다.

"그, 그건 스이메이 녀석이……."

레이지는 부자연스러운 몸짓으로 스이메이에게 시선을

보냈다. 그러자 하츠미는 납득이 간 듯한 표정으로 질린 한 숨을 토했다.

“역시…… 그럴 거라고 생각했어. 그렇게 고약한 생각을 할 사람은 스이메이 정도밖에 없으니까.”

“어이, 넌 날 어떻게 생각하는 거냐.”

“전혀 위험해 보이지 않지만, 속은 앞에 ‘초’가 붙는 소악당이잖아?”

“아, 응. 확실히.”

그것은 무심코 나온 말일까. 레이지는 하츠미의 말에 빛의 속도로 동의했다. 그러자 하츠미 뒤에서 대기하고 있던 셀피와 옆에 있던 페르메니아가 참지 못하고 웃음을 터뜨렸다.

웃음이 진정되자 하츠미의 보좌관으로 온 듯한 셀피가 레이지에게 정중히 인사했다.

그리고,

“원래는 좀 더 일찍 도착할 예정이었지만 도중에 살짝 귀찮은 일이 생겨서요.”

“귀찮은 일이.”

“네. 처음에는 마족의 수하인 줄 알았지만…….”

셀피가 험악한 표정을 지었다. 이미 마족이 철수한 탓에 납득이 가지 않는 것이리라. 애당초 연합 북쪽의 마족이 철수했기 때문에 그녀들이 이곳에 올 수 있었고, 마족들이 하츠미 일행의 발을 묶고 싶었다면 철수 따위 시키지 않았을 터다.
뭔가가 있는 걸까. 그런 생각을 하고 있자니, 하츠미가 셀피에게 말했다.
"헛걸음을 했는데, 어떻게 할까?"
"그러게요. 특별히 요청도 없고, 제국에 은혜를 베풀어두든 과오를 인정하게 하고 돌아가는 게 상책이겠죠. 후후후."
기분 나쁜 미소를 흘리면서 정치 전략적인 조언을 하는, 속이 검은 하프 엘프다. 그때 스이메이가 하츠미의 어깨를 두드렸다.
"할 게 없으면 내가 부탁하고 싶은 게 있는데."
"뭔데? 음모라면 사양할게."
"아니야. 엄연히 사람을 구하는 일이야."
"아……?"
스이메이의 말에 하츠미는 명백히 당황한 표정을 지었다. 그런 그녀를 본 스이메이는 눈썹을 찌푸렸다.
"이번엔 또 뭔데?"
"그야 네가 직접 사람을 구하는 일이라고 말하는 게 좀 신선해서."
그러나 레이지도 하츠미의 말에 동조했다.
"듣고 보니 그러네. 늘 싫은 것처럼 말하면서 이것저것 참견하는 타입에 츤데레인 녀석이."
"……너희 말이야."
응응 하며 끄덕이는 레이지를 보며, 스이메이는 지친 듯이 어깨를 떨구었다.

이날은 여러모로 정신없는 스이메이였다.

★

레이지와 이야기하고 하츠미와 재회한 후, 스이메이는 전쟁터인 제국 북쪽에서 제국에 있는 거점으로 돌아와 있었다.

원래라면 귀환하는 즉시 엘리어트를 구출하러 갈 계획이었지만. 레이지와 티타니아의 부탁으로 그들이 돌아올 때까지 기다리게 되어 우선 크리스터에게 얼마간 기다려달라는 뜻을 전달하고, 지금은 기다리는 동안 무엇을 할까 생각하던 참이었다.

페르메니아와 리리아나는 인편을 이용해 정보 수집에 나섰지만 스이메이가 할 일이라면 한 가지밖에 없었다.

"그러니까, 이게 옮겨 그린 마법진과 그 분해도인데……."

스이메이가 해야 하는 일. 그것은 스이메이가 아스텔 왕성 카멜리아에서 나온 이유이자 큰 목적, 영걸 소환진 해석과 귀환 마법진 작성이었다.

……그러나, 술식과 마법진 작성은 순조롭지 않았다.

그렇다. 현재 절찬 정체 중이다.

"여기를 이렇게, 그쪽 술식을 전례화해서…… 아아, 그래, 이건 안 되고……."

정보를 기입한 백 장이 넘는 양피지를 바닥에 늘어놨다 옮기기를 반복하면서 아니야, 아니야라고 부정하고, 끙끙 앓는 소리를 냈다. 작업은 그야말로 속수무책 상태였다.

"빨리 저쪽으로 돌아가야 한다고……! 지금 막히는 게 말이 되냐고……."

나온 것은 명백히 초조한 목소리였다. 그러나 스이메이가 조급해하는 것은 그만큼 상황이 좋지 않다는 것을 의미했다.

그렇다. 마족 장군을 쓰러뜨려서 적의 숫자가 줄었다고 생각했더니 오히려 늘어나고만 있다. 그것도 죄다 강적이라고 부를 만한 자들이다. 신기루의 남자를 비롯해 리샤밤, 그리드 오브 텐 쿠드라크 더 고스트하이드. 양자 모두 스이메이를 능가하는 마술사로 고전은 면할 수 없다. 신기루의 남자에 관해서는 아직 선 위치가 분명하지 않아 확정적인 말은 할 수 없지만, 쿠드라크에 관해서는 반드시 제 손으로 결판을 내야 하기에 현상 유지를 기대고 있어서는 확실히 상황은 나빠질 것이다.

그것이 쿠드라크인 이상, 가로막고, 가로막힐 것은 틀림없다. 그 정도의 인연이 있는 것이다.

그렇다면 만약 그때 스이메이가 지금과 같은 상태라면 패배는 확실하다.

저쪽의 동료가 없는 것도 그렇지만 현재 스이메이는 뜻대로 전력을 다할 수 있는 상태가 아니다. 이쪽 세계와 저쪽 세계는 별의 존재, 정령의 유무, 공간의 뒤틀림, 영맥(靈脈)의 관계 등의 조건에 차이가 있는 탓에 뜻대로 힘을 발휘하지 못하고 있다. 스이메이 마술의 대명사인 엔스 아스트랄레(유성락)도 대응하는 별이 없어 마술 자체가 뼈대만 남아 그 힘을 절반도 끌어내지 못하고 있다.

엔스 아스트랄레를 필두로 사이킥 템페스트, 패권 라그라 인베르제, 저주받은 테라 마리스, 그리고 마력로의 무한화. 쓰지 못하고 있는 것, 필요한 것은 아직 더 있다.

저쪽 세계로 돌아가서 전력을 끌어낼 수 있을지 없을지는 모른다. 그러나 저쪽 세계에는 이쪽 세계에는 없는, 마술의 심연을 들여다본 선배들이 있다. 그들에게 가르쳐달라고 하면 해결의 실마리나 대체할 힘 정도는 얻을 수 있으리라.

"……남한테 기대는 건 성미에 맞지 않지만."

어엿한 마술사는 당면한 문제는 스스로 해결하는 것이 당연하다. 그러나 그렇게 말하고 있을 수도 없다. 상황은 그만큼 생각보다 더 절박하다. 꾸물거리고 있다가는 레이지는 물론이고 이 세계 사람들 전부가 리샤밤의 손에 죽을 가능성도 있다.

어쨌든 그것을 해결하려면 저쪽 세계로 돌아가는 술식을 어떻게든 마련하는 것이 먼저다.

"어떻게 된 건지……."

수중에는 아스텔 왕국에 소환됐을 당시에 사용된 마법진과 연합 북부에서 손에 넣은 가장 오래된 오리지널 데이터가 있다.

이것을 이용해 이 세계에 남겨진 소환술의 지식과 자신이 가지고 있는 강령술의 지식을 합쳐 귀환 마법진을 만들고 있었다.

(한 수, 한 수가 모자라.)

용의 눈 조각이 빠진 퍼즐을 보며, 스이메이는 이를 갈았다. 초조함 탓에 저도 모르게 무릎을 달달 떨 정도로, 막다른 상황에 대한 욕구 불만이 넘쳐흘렀다.

데이터는 갖춰졌다. 부족한 것은 이미지다. 이 마술이 발현했을 때 자신들의 시각이 파악하는 그 형태. 워프일까. 문을 여는 걸까. 구멍을 뚫는 걸까. 아니면 텔레포테이션일까. 이 정보가 어떤 형태로 조합되는지 그것을 알 수 없었다.

물론 이대로 억지로 마술을 발동시키면 틀림없이 실패한다. 형태를 이루지 못하면 그것은 이른바 탁상공론이다. 어떤 형태인지 떠올리지 못하면 미지라는 불확정 요소가 더해지고 술식이 불안정해져 치명적인 실패를 불러올 것이다.

그렇게 되면 어떻게 되는지는 상상하기 어렵지 않다. 그 필라델피아 실험처럼 동화 현상이나 사상 염전에 의한 리바운드 에어(반례풍)에 의해 온갖 재액이 자기 몸을 덮친다.

——미완성인 마술은 판도라의 상자나 마찬가지야.

그것은 언젠가 결사의 맹주, 네스테하임에게 들은 말이다. 자신은 궁지에 몰렸을 때 종종 불리한 도박을 할 때가 있다. 인르와의 싸움에서 『까닭 없는 까닭의 빛』을 찾은 것도 그렇다. 위험한 도박을 하기 때문에 그런 말을 들은 것이다.

그것은 마술의 심연에 존재하는 희망을 찾아, 과분한 힘을 행사해서 재액을 입는 것을 비꼰 말. 그것을 명심하라는 충고를 들었다.

그렇다면 시비를 가릴 수 있는 차분한 상태인 지금, 그것에 손을 뻗을 수는 없다.

그러나 눈앞의 문제가 해결되지 않는 이상, 기분은 출구가 보이지 않는 캄캄한 터널 속에 있는 듯하다.

"아—— 좋은 생각이 안 떠올라! 전부 더위 탓이야……."

그렇다. 스이메이의 생각을 방해하는 것은 눈앞의 문제뿐만 아니라 기온도 그랬다. 제국은 북방 지역에 초여름인데도 불구하고 푹푹 찌는 날씨였다. 북쪽 산간에서 막 돌아온 탓에 기온 차에 익숙하지 않은 이유도 있겠지만 그렇다 해도 갑자기 30도 가까이 기온이 오른 것에는 완전히 질렸다.

스이메이가 더위를 포함해 괴로워하고 있자니 문득 방 밖에서 말을 걸어왔다.

"스이메이 님. 지금 괜찮으세요?"

"아아, 메니아구나. 들어와. 무슨 일이야?"

목소리의 주인공은 페르메니아였다. 스이메이가 대답하

자 조용히 문이 열렸다.

"실례할게요. 어때요? 마법진 작성은 진척이 있나요?"

"전혀. 막혔어. 길이 안 보여."

"아, 아하하……."

축 처진 어깨로 현재 놓인 상황을 몸소 나타내자, 페르메니아는 뭐라고 말해야 좋을지 모르겠다는 듯이 난처한 웃음을 흘렸다.

"술식의 답이 나오지 않는다거나 전례화가 어렵다는 게 아냐. 남은 건 발상이랄까, 번뜩이는 섬광이랄까, 심상의 이매진이랄까……."

"어렵다는 건 이해해요. 이 세계에서도 줄곧 귀환 마법진은 만들 수 없는 것으로 여겨져 왔으니까요……. 참고로 소환하는 경우의 『이미지』는 어떤 상태인가요?"

"근본은 빨아 당기는 듯한 느낌이야. 청소기……라고 하면 모르겠지. 이쪽의 이미지로 말하면 강력한 바람 마법으로 억지로 당기는 흐름을 만들어."

"그럼 그걸 반대로 해보면 어떨까요?"

"그건 안 돼. 빨아 당기는 경우는 도착 지점이 안정되지만, 공기의 흐름으로 밀어내는 경우는 방향이 안정되지 않아서 도착 지점이 이상해져. 그렇게 되면 우리는 목적지에 도착할 수 없어."

"흐음. 그럼 저쪽 세계로 이어지는 통로를 만들면 어때요?"

"그럼 막힘 현상이 일어날 것 같단 말이지. ……젠장. 역시 청소기가 걸림돌이야……."

영걸 소환 마법진을 참고로 하여 마술의 형태를 떠올렸을 때 이미지가 청소기로 굳어진 것이 스이메이를 괴롭히는 원인이었다. 한 번 그렇게 생각하면 거기서 벗어나지 못하는 것이 뼈아픈 점이다.

스이메이가 깊은 한숨을 토했다. 그가 우울의 늪에 빠져 있자 페르메니아가 짝 하고 박수를 쳐 기분 좋은 소리를 퍼뜨렸다.

"스이메이 님, 기분 전환을 하는 건 어때요? 우울한 기분을 떨쳐내면 좋은 생각이 떠오를지도 모르잖아요?"

"기분 전환이라. 그것도 일리가 있어…… 그런데 뭘 하면 되지?"

"후후후…… 저한테 한 가지 생각이 있어요."

"……아, 아아. 그래서, 그게 뭔데?"

페르메니아의 의미심장한 표정에 스이메이의 표정이 의심으로 물들었다. 한편 페르메니아는 일부러 기분 나쁜 미소를 지은 건지 표정을 바꿔 밝고 쾌활한 미소를 지었다.

그리고 말한 것은――

"제가 스이메이 님께 추천하고 싶은 기분 전환법은, 풀이에요!!"

"아……?"

페르메니아 스팅레이가 갑작스러운 풀 개장을 선언했다.

★

페르메니아의 입에서 나온 뜻밖의 단어에, 스이메이는 순간 굳었지만 금세 정신을 차리고 반응을 보였다.

"아니, 저기, 풀이라니. 풀 말이야?! 그거?! 여름에 학교 수업으로 하거나 가족 동반으로 북적거리는, 그?!"

"네! 북쪽 진지에서 돌아오기 전에 이오 쿠자미 님한테 들었어요! 스이메이 님이 살던 세계에는 더운 여름을 견디기 위해 일부러 거대한 용기에 물을 채우고 다 같이 들어가서 뜨거워진 몸을 식힌다면서요?"

"여름의 일대 레저를 그렇게 멋없이 표현하지 말아줘……."

페르메니아의 멋도 풍취도 없는 표현에 스이메이는 뭐라 말하지 못할 기분이 되었다. 몸을 식히는 것은 맞지만 그런 식의 표현이라면 완전히 사우나 뒤에 들어가는 목욕탕이었다.

"초여름인데도 이렇게 더우니, 어떠세요?"

"어떠냐니…… 애초에 그런 게 어디 있는데?"

"밖에 나가보면 알 수 있어요. 자, 가요!"

그렇게 말한 페르메니아는 신이 나서 스이메이의 팔을 잡아당겼다. 싱글벙글 귀엽게 웃는 그 모습은 마치 놀러 가자고 부모의 팔을 잡아당기는 아이처럼 사랑스럽다.

스이메이도 뭐가 뭔지 알 수 없었지만 순순히 따라갔다.

그리고 밖에 있었던 것은――

"하아아아아아아아아아!"

"따아아아아아아아아아!"

검과 칼의 충돌. 그리고 검객과 검객의 우렁찬 외침이었다.

"…………."

열린 현관문 너머에서 끊임없는 참격이 이어졌다. 전혀 예상치 못한 사태를 목격한 스이메이는 어안이 벙벙해져서 우뚝 멈춰 섰다.

현관 앞에서 벌어지고 있는 것은 물론 검 시합이다. 방은 방음 처리가 되어 있어 들리지 않았지만 외침의 주인공들은 레피르와 하츠미.

검의 이치에 정통한 두 사람의, 일종의 피할 수 없는 싸움이다.

한쪽은 대검이고 다른 한쪽은 장도(長刀). 둘 다 여자아이에게는 어울리지 않는 무기지만 그녀들이 드니 제법 그럴듯하고 위화감이 없다. 다루는 솜씨도 안정적이다.

따라서 함부로 끼어들면 다진 고기가 되는 것은 확정이다. 그렇다. 이것은 쇠와 무위와 챙챙거리는 칼 소리가 지배하는 그야말로 수라장이다. 여름을 느낄 수 있는 물놀이 따위는 어디에도 보이지 않았다.

"……풀은 환상이었네. 뭔가 굉장히 위험한 것밖에 없어. 검객이라든가, 검객이라든가. 검객이라든가, 검객이라든가."

"아니에요, 스이메이 님! 그건 섣부른 판단이에요! 레피르와 하츠미 님이 시합을 하고 있는 것뿐, 풀은 따로 있어요!”
어깨가 축 처져서 지친 목소리로 뭐라고 중얼거리는 스이메이에게, 페르메니아는 뭐시기 세포처럼 풀이 있다는 것을 강조했다.
그러거나 말거나 공터에서는 여전히 진검 승부가 이어졌다. 대검을 상단으로 겨눈 레피르와 장도를 하단으로 겨누고 땅의 자세로 대응하는 하츠미. 마침내 양자가 불시에 움직이고, 현관 앞에서 다시 흰 칼날이 교차했다.
“하아!”
“세에!”
칼과 검이 충돌하고, 한층 큰 금속음이 울려 퍼졌다. 한쪽은 되도록 칼을 부딪치고 싶지 않은 하츠미와 한쪽은 칼과 검을 부딪쳐 틈을 만들고 싶은 레피르. 그 싸움은 레피르의 승리로, 하츠미의 칼은 뜻밖의 궤도로 빗나갔다.
그러나 하츠미도 보통내기가 아니다. 허세로 소드 오브 소드 4위인 아가씨가 아니다. 빗나간 궤도에서 눈 깜짝할 사이에 유려한 몸짓으로 원래의 바른 자세를 되찾고——
“쯧, 그럼 이건 어때?”
“칼이…….”
다시 참격. 그러나 조금 전까지 칼이 부딪치던 소리가 울려 퍼지고 있었지만, 레피르의 검이 허공을 가르기 시작했다. 칼은 눈에 보이고 그곳에 있을 터인데 대검을 부딪치려 해도 전혀 닿지 않았다.

"이게 네 검술이냐!"

"뭐, 그래."

얼굴에 고심의 빛을 띠운 레피르에게 하츠미가 돌려준 것은 겁 없는 미소다.

그렇다. 칼싸움이 될 것처럼 보이고는 검이 충돌하지 않은 것은 구리가라타라니 환영검의 술리 때문이다. 환영검이라는 명칭대로 현혹의 태도(太刀)이다. 시각에 의지하면 빗나가고, 향해오는 살기에만 집중하면 간단히 허와 실에 사로잡히고 만다.

레피르 정도의 검객이라면 문제없이 대응할 수 있을 법한데——

(레피가 따라잡지 못하고 있어?)

스이메이는 레피르가 하츠미에게 좋을 대로 놀아나는 것이 뜻밖이었다. 하츠미도 실력자이니 그런 일이 있을 수 없는 것은 아니지만 레피르 정도의 실력이라면 좀 더 그럴 듯한 시합이 될 터다.

——아니, 헛스윙을 하고 있어도 하츠미가 확고한 한 수를 넣지 못하고 있기에 그것은 그것대로 터무니없는 것인지 모른다.

그러나 역시 그녀다움은 없었던 모양으로, 하츠미가 갑자기 시합 종료를 제안했다.

"……레피르 씨. 오늘은 여기까지 하죠."

"……그래."

열세인 상황에서 시합 종료를 제안받았음에도 불구하고 레피르는 순순히 그것을 받아들였다. 평소라면 물고 늘어질 상황이지만 아무 말 않은 것은 그녀도 생각하는 바가 있어서일까. 검을 고쳐 메고 눈을 감았다.

그러자 하츠미가 미안한 표정으로 말했다.

"미안해요. 뭔가 마음에 안 든 달까."

"그래? 하츠미 양의 무위는 충분했던 것 같은데……."

"실례일지도 모르지만, 그, 레피르 씨가 말이야."

"…………."

하츠미의 은근한 지적에, 레피르는 낙담한 듯이 눈을 감았다. 짚이는 것이 있는 걸까. 그런 레피르에게 하츠미는 조심스레 단어를 골라 말하기 시작했다.

"나도 확실한 건 말할 수 없지만 레피르 씨, 뭔가 초조해하는 느낌이 들어."

"초조해한다라……."

"마음만 앞서 있달까. 그런 느낌이었어. 물론 검격에는 무위와 힘이 실려서 나무랄 데 없었지만. 하지만 방금 싸울 때 레피르 씨는 날 보지 않았어."

"그건…… 미안. 오랜만에 하는 시합에서 검을 흐리게 하다니, 내 부덕의 소치야."

검이 흐려진다. 검은 검객의 마음을 비추는 거울이다. 망설임이 있으면 칼끝은 길을 잃고 근심이 있으면 앞으로 나가지 않는다. 초조함이 있으면 검보다 마음이 앞서 알맹이

가 없는 검이 된다.

역시 제국과 마족의 전쟁에서 호된 패배를 경험한 것이 그녀를 위축시킨 걸까.

"괜찮아? 역시 지난번 일이……."

"……알아. 알지만, 어쩔 수 없어."

"레피……."

"난 녀석을 이기지 못했어. 강해졌다고 생각했는데, 뚜껑을 열어보니 이 꼴이었어……."

그런 식으로 자조하던 레피르는 금세 무언가를 깨달았는지 초조한 듯이 얼굴을 들고 휙휙 고개를 저었다.

"——미안! 이런 얼굴을 하고 있으면 안 되지!"

레피르는 우울한 기분을 떨쳐내려 방긋 웃어 보였다. 그러나 역시 그것은 허세에 불과하다. 마음속에 맺힌 응어리를 푸는 것은 간단한 일이 아니다. 패배의 설움은 수련을 통해 상대를 꺾었을 때 비로소 씻어낼 수 있는 것이다.

그때, 페르메니아가 주목을 모으듯 탁 하고 박수를 쳤다.

"그래요! 레피르도 기분 전환을 해요! 그럼 좋은 생각이 떠오를 거예요!"

"페르메니아 양, 하지만……."

"신경 쓴다고 달라지는 건 없어요. 게다가 우리 주위에는 의지할 만한 분들이 있잖아요? 의외로 어떻게든 될 거예요. 왜, 이번에는 나도 어떻게든 됐고요."

그것은 이전부터 실력 부족을 분해했던 과거가 있었기 때문이리라. 그러나 페르메니아도 강해지는 전환점을 맞아 마법사에서 마술사가 되며 큰 성장을 이루었다.

좋은 생각이 떠오를 것이다. 강해지려고 하면 강해질 수 있다. 그런 식으로 우울한 분위기를 날리려 제안한 페르메니아에게, 레피르는 쓸쓸한 표정으로 말했다.

"그래. 혼자만 급격히 강해져버려서 페르메니아 양한테는 뒤처진 기분이야."

"앗, 아니, 그게……."

그런 말을 들으면, 페르메니아도 당황하는 걸까. 잘난 척을 해서 상처를 준 걸까 하고 쩔쩔매는 페르메니아에게, 레피르는 돌연 우습다는 듯 웃으며 말했다.

"농담이야. 페르메니아 양은 여전히 귀여운 반응을 하네."

"아아아아아아아! 속인 거군요오오오오오오!!"

외치며 발을 구르는 페르메니아를 보며, 레피르는 다시 웃음을 터뜨렸다. 그러나 그런 중에도 눈동자가 우울하게 흔들린 것처럼 보인 것은 기분 탓일까.

속은 것에 생각보다 더욱 화가 난 페르메니아를 레피르가 달래고 있는데, 문득 시합을 지켜보던 셀피가 진지한 표정으로 끼어들었다.

"역시 백염님은 강해지셨군요?"

"엣? 아아, 네. 전에 비해서 말이지만요……."

페르메니아는 살짝 자신이 없는 것처럼 말했지만, 셀피는 그렇게 생각하지 않는 모양이다. 그것은 마법사가 풍기는 힘을 느낀 것이리라.

역시 진지한 투로,

"아뇨, 저에게 지금의 백염님은 훨씬 크게 보여요. 뭔가를 얻은…… 아니, 새로운 경지에 도달한 게 아닐까요?"

"몸의 기능을 살짝 개조해서 출력이 좋아졌어요. 그래서 힘이 뒤따라 붙었다고 해야 할까요……."

표현하기 어려워하는 페르메니아에게 레피르가 물었다.

"흠. 페르메니아 양. 할 수 있는 것이 늘어난 것뿐이라면 요령이 좋아진 것뿐 아냐?"

"아뇨. 마법사나 마술사는 마력도 그렇지만 큰 결과를 만들기 위한 출력이 중시돼요. 애당초 전 마력이 많았지만 그걸 결과로 만들기 위한 출력의 크기가 부진해서, 그것을 해결할 수단을 강구해서 다른 측면에서도 향상된 거예요."

"흠……. 리리. 리리는 어떻게 보고 있어?"

레피르가 옆을 보며, 공터에 놓인 의자 위에서 고양이와 놀고 있던 리리아나를 불렀다. 리리아나는 무릎 위에 올려 쓰다듬고 있던 고양이를 내려놓고 종종걸음으로 걸어왔다.

이야기는 듣고 있었던 것이리라. 내용을 묻는 법도 없이 곧바로,

"네. 역시 큰 결과를 만들어낼 수 있게 된다는 것은, 마법사…… 마술사에게 중요하다고 생각해요."

"그렇게 간단히 변하는 거야?"

"페르메니아는 요령이 좋은 것도 그렇지만 외우는 속도가

빨라요. 여기서 말하자면 대응력과 순응력일까요. 제 경우는 암마법 하나밖에 쓸 수 없었기 때문에 어떻게 해도 그것을 기초로 생각하는 버릇이 들어서, 술식이 이전 것과 비슷해지기 쉽지만, 페르메니아의 경우는 마음만 먹으면 여러 가지 것을 다룰 수 있을 거라고 생각해요."

그러리라. 지금까지는 출력과 마력량으로 한정되어 있었지만 그것이 제거된 지금은 다양한 엘리멘트의 힘을 어려움 없이 다룰 수 있다. 그 증거로――

"이미 여덟 속성은 완벽하지?"

"네. 다른 **어프로치**로 엘리멘트를 불러내는 기술도 알아서 원하는 만큼 쓸 수 있어요."

"그럼 백염님은 모든 속성을 다룰 수 있는 건가요?!"

"네, 뭐, 그런 셈이죠."

"그렇군요. 이미 구세의 용사에 필적하는 실력을 갖췄다는 거군요……."

"아뇨. 그렇게까지는……."

칭찬에 가까운 경악을 보고, 페르메니아는 겸손을 떨었다. 그런 그녀를 보고, 스이메이가 셀피에게 말했다.

"아―― 너무 칭찬하지 말아줘."

"저, 전 딱히 우쭐해하거나 하지 않아요!"

"그런 얼굴로는 설득력이 없지."

우쭐해하지 않는다고 하면서도 페르메니아의 얼굴은 싱글벙글이다. 칭찬받아서 무척 기뻐 보인다. 그런 점은 카멜리아에 있었을 때와 별반 다르지 않은 듯하다.
그리고 그런 얼굴을 들킨 페르메니아는 부끄러움을 숨기듯 은근슬쩍 화제를 바꾸었다.
"그, 그런 것보다 풀이에요! 풀!"
그런 페르메니아의 말에 반응한 것은 하츠미다.
"그러고 보니 끝나면 다 같이 들어가기로 했었지."
"다들 알고 있었던 거야?"
"방 안에 틀어박혀 있던 사람은 몰랐겠지만."
"윽……."
숨은 뜻이 느껴지는 하츠미의 곁눈질과 미소에 스이메이는 우물거렸다. 스스럼없는 대화가 가능할 만큼 기억이 돌아와서 잘된 걸까, 잘못된 걸까. 물론 잘된 일이지만 분한 것은 부정할 수 없다.
어쨌든.
"그럼 풀을 보여드릴게요! 다들! 저쪽을 보세요!"
페르메니아의 지시에 따라 일동은 그녀의 손가락이 가리키는 방향을 바라봤다. 현관 앞 공터 한쪽에 여봐란 듯이 커다란 천이 덮여 있었다.
"저거야?"
"네! 풀이에요! 그럼 천을 벗길게요!"
페르메니아의 기합에 맞춰 리리아나의 무미건조한 "응――" 하는 목소리가 들려왔다. 곧이어 페르메니아가 마술을 발동하자 한차례 바람이 일어 천을 빙빙 감아 날렸다.

그리고 그곳에 나타난 것은 공터 한쪽을 차지할 만큼 큰 돌로 된 수조로, 땅에 묻히듯이 설치되어 있었다.

"진짜 풀이잖아…… 게다가 뭐야, 이 거대함은?"

"크면 클수록 좋다고 들어서요."

게다가 상당히 깊다. 리리아나 정도의 키는 물 위로 얼굴이 나오지 않을 것이다.

"하지만 이걸 어떻게 만든 거야?"

"마술을 썼더니 쉽게 만들 수 있었어요! 재료는 주변의 벽에서 빌려오고, 마술을 써서 연성해서……."

"……그건, 안 되는 거 아냐?"

"들키지 않으면 돼요. 괜찮아요. 건물이 무너질 정도로 가져오진 않았으니 스이메이 님 세계의 표현을 빌리자면, 만사 OK예요!"

괜찮을까. 뭐, 폐가 되지 않는다면 상관없나.

그러나 다른 문제가 있다.

"풀이 있어도 수영복이 없으면 안 되잖아?"

설마 알몸으로 하려는 걸까. 스이메이는 그런 쓸데없는 상상을 하고 살짝 두근거렸지만 당연히 그런 일은 일어나지 않을 모양이다.

"걱정 마. 스이메이가 틀어박혀 있는 동안 다 같이 사왔어."

"뭐?! 이 세계에 수영복을 파는 거야?!"

"응. 제국에서만 파는 모양이지만. 왜, 이 나라는 목욕 문화가 있으니까 다들 물놀이도 좋아하지 않을까? 봐."

보여준 것은 여성용 수영복이었다. 재질은 저쪽 세계에 비해 별로 좋지 않고, 기능성도 있는지 알 수 없는 모양이지만 수영복의 역할은 할 수 있을 것처럼 되어 있다.

그러나――

"내 건 없는데?"

그렇다. 자기는 사오지 않았으니 수영복이 없다……고 생각했지만, 그 부분은 제대로 챙겨줬는지 리리아나가 손에 든 종이봉투를 열어 보여줬다.

"스이메이 건 뭐가 좋을지 몰라서 몇 종류 사왔어요."

"아, 이거 고맙게……. 잠깐, 이미 다 준비한 거냐!"

"물론이에요."

그렇게 말한 리리아나가 에헴 하며 가슴을 폈다. 여러 가지를 사오는 철두철미함은 역시나다.

"그럼 다 들어갈 수 있는 거네요."

"그럼 얼른 갈아입고 들어갑시다."

페르메니아에 이어 하츠미가 종이봉투를 들어 올렸다. 뜻밖에도 발걸음은 경쾌하고 즐거워하는 것이 느껴졌다.

그때 셀피가 불쑥 말했다.

"모처럼이지만 전 사양할게요."

"엣? 셀피는 안 들어가? 왜?"

"네. 전 고양이들이 있으면 다른 건 아무것도 필요 없어요."

아무래도 하프 엘프 누님은 이미 고양이의 포로가 되어버린 모양이다. 풀에 들어가는 것보다 고양이와 어울리는 시간이 아까운 것이리라. 고양이에게 당해버린 사람처럼 헤벌쭉해 있다.

애당초 그녀의 주위에는 고양이들이 몸을 웅크리고 있었다. 특기인 마법을 써서 서늘하게 해두었기에 더위를 피하고 싶은 고양이들이 모여든 것이다. 윈윈인 관계다.

기본적으로 이곳은 스이메이가 손을 써서 지내기 좋게 되어 있지만.

셀피의 고양이가 있으면 된다는 말에 리리아나는 응응 하며 고개를 끄덕였다. 애묘인들끼리 마음이 통한 것인지도 모른다.

"그럼 준비해요!"

페르메니아의 씩씩한 호령 뒤, 제국의 야카기 저택은 탈의실이 되었다.

다들 물놀이를 상당히 기대했던 걸까. 저마다 눈 깜짝할 사이에 옷을 갈아입고 이미 페르메니아가 만든 풀 앞에 나란히 서 있었다.

오른쪽부터 순서대로, 페르메니아의 수영복은 비키니처럼 상하가 나뉜 타입으로, 노출이 강조된 공격형 수영복.

레피르 것도 비키니 계통의 세퍼릿이지만 저쪽 세계에서 말하는 스포티한 타입으로, 물에 들어가기 위해서인지 언제나의 포니테일을 풀고 생머리를 늘어뜨렸다.

하츠미는 제국의 프라이빗 비치라도 만끽하는 듯한 꽃장식과 파레오 같은 것이 붙은 우아한 타입을 선택했다.

리리아나는 프릴이 달린 귀여운 수영복으로, 어디에 있었는지 수영모 같은 것을 썼다. 물론 트윈 테일은 풀었고, 머리칼은 그녀에게는 드문 생머리. 그리고 가장 눈에 띄는 것은 리리아나의 허리께에 가죽으로 된 도넛 모양의 부대——필시 튜브로 보이는 것을 낀 상태로——

"리리아나, 그거."

묘한 무늬가 들어간 수영복 차림의 스이메이가 튜브를 가리키자, 리리아나는 시선을 돌리며 말했다.

"전 수영을 잘 못 하니까요."

"……수영을 못 하는구나."

"자, 잘 못하는 것뿐이에요!"

"잘 못하는 것뿐이라면 튜브 같은 건 필요 없지 않아? 일단 수영을 할 수 있다는 거잖아? 응?"

"이, 이건 만에 하나 닥칠 위험한 상황에 대비한 안전장치이지 그 이상의 의도는 전혀 없어요!"

"호——."

"진짜예요!!"

스이메이가 전혀 믿지 않는 얼굴을 하자, 필사적으로 부정하던 리리아나는 얼굴이 새빨개져서 뺨을 부풀렸다. 그 일련의 대화를 듣고 있던 하츠미가 보고 있을 수 없다는 듯이 끼어들었다.
"왜 어린애를 놀리는 거야……."
"나도 모르게 그만."
심했나라는 생각도 들지만 귀여우니 어쩔 수 없다.
"……나중에 두고 봐요."
어느새 리리아나의 등 뒤에 거무튀튀한 오라가 일렁이고 있었다. 어지간히 수영하지 못한다는 사실을 언급당하기 싫었던 것이리라. 마력이 높아져서 피부가 조금씩 얼얼해지기 시작했다.
이것은 그거다. 사이킥 애시드(심령 장기). 리리아나의 마력이 발현된 증거다. 사소한 농담이 그녀를 임전태세로까지 몰고 간 모양이다.
그것을 보고 잇던 하츠미가 소곤거려왔다.
"저기, 스이메이. 이대로라면 리리아나한테 저주받는 거 아냐?"
"아무리 그래도 그건 할 말이 아니지……."
"그야……."
시선을 옮기니, 역시 그녀의 주위는 새카맣다. 진흙처럼 끈적이는 원념을 환시하면서, 소녀의 분노에 두 사람이 살짝 겁을 먹고 있자, 페르메니아가 말했다.
"그, 그것보다 준비가 다 됐으니 빨리 들어가요!"
리리아나를 뾰로통한 얼굴로 만들고 말았지만 어쨌든 풀이 개장됐다.

역시 여성진은 풀에서 하는 물놀이를 기대했던 모양으로, 저마다 새하얀 수조 속에 들어갔다. 페르메니아는 마술을 써서 풍덩 뛰어들었다. 그와 대조적으로 레피르와 하츠미는 수조 가장자리에 걸터앉아 차분히 입수했다. 리리아나는 바닥이 깊은 것을 알아서일까. 튜브를 단단히 끼고 조심스럽게 들어갔다.

"푸하! 여름 물놀이는 좋네요!"

"응. 가끔은 이런 것도 좋아. 페르메니아 양 덕분이야."

"설마 이세계에서 수영복을 입고 풀에 들어갈 줄은 몰랐어."

"역시, 바, 발이 닿지 않아요……."

저마다 그런 감상을 늘어놓으며 물에 익숙해지려 움직이기 시작했다.

그녀들이 들어간 것을 보고 스이메이도 뒤따라 풀 안에 발을 들여놓았다.

"오. 생각보다 차네……."

날씨가 더워서 미지근할 줄 알았더니 생각 이상으로 시원하고 온도가 적당해 기분이 좋다. 자세히 보니 수조 바닥에 마법진이 그려져 있고 그것이 물을 일정하게 유지시키고 있다는 것을 알았다.

게다가 큰 수도에 채워진 물은 빗물 같은 것이 아니라 마술로 만든 깨끗한 물이다. 그래서 일반 풀처럼 염소제를 넣을 필요도 없이 물은 불순물이 일절 섞이지 않은 듯 투명하다. 수면은 햇빛을 반사해 반짝였다.

이건 생각한 것 이상으로 기분이 좋다. 세심한 부분까지 신경 쓴 페르메니아의 배려에 감탄하면서 스이메이는 풀 가장자리에 앉아, 마술로 멋대로 의자를 만들었다.

그 사이에 여자 일동은 저마다 수영을 하거나 물에 뜨거나 물놀이를 즐겼다.

"여러분, 제가 만든 풀 어때요?!"

"응. 더위를 쫓는 데는 최고야. 솔직히 이 더위에는 나도 질려 있었거든. 고마워, 페르메니아 양."

"역시 레피르한테 이 더위는 심한 거예요?"

"난 나고 자란 곳이 노시어스니까. 더위에는 약해."

"후후후……. 역시 풀을 만들길 잘했네요. 매년 여름 만들기로 해요."

페르메니아가 풀 개장을 여름 연례행사로 결정하는 한편, 하츠미가 스이메이에게 말했다.

"마술을 쓰면 이런 것도 가능한 거네. 편리하다. 저기, 스이메이. 돌아가면 집 마당에도 만들어줘."

"난 마술사지 건축업자가 아냐."

"야카기 토목이나 야카기 건설은 어때? 가업은 안 되더라도 부업으로 괜찮지 않아?"

"넌 대대로 이어지는 마술사 집안을 뭘로 보고……."

그런 대화를 주고받았지만 스이메이는 수영하려고 하지는 않았다.

스이메이에게는 이 풀에 들어와 있는 것만으로도 어떤 의미에서 천국이었다. ……그랬지만, 마술사와 천국은 궁합이 나쁜 모양으로.

"뭔가, 불편하네……."

남자가 자기밖에 없는 탓에 움직이려야 움직이지 못하는 것은 여성에게 익숙하지 않아서일까. 그렇게 말하면서도 풀에서 나가려 하지 않는 것은 내심 좋기 때문이리라. 역시 남자다.

애당초 이곳에 있는 것은 모두 미인들뿐이다. 게다가 물속에서 꺄꺄거리며 헤엄치거나 뛰어올라서 여러 가지로 흔들리고 있고 불쑥 잘록한 허리가 드러나서, 남자로서는 보는 것만으로도 최고의 경험이다. 그리고 스이메이는 그런 상황을 독점하고 있다.

못 견디게 좋다고 말한다면 세상 남자들에게 질투를 사 살해당할 것이다.

어느새 한바탕 수영을 즐기고, 그녀들은 다른 것에 흥이 올라 있었다.

어째선지 페르메니아가 수조 가장자리에 버티고 서서 물 밖으로 나온 레피르를 향해 손가락을 가리켰다.

"레피르. 정정당당히 승부해요!"

"흠, 나랑 승부를 하자고?"

"그래요! 이 물속에서 서로 계급장을 떼고 싸워요!"

그 발언을 받아들이듯, 레피르가 겁 없는 미소를 지었다.

"재미있네. 좋아."

레피르가 그렇게 말한 것을 계기로 두 사람은 서로 거리를 벌였다. 페르메니아는 풀 가장자리에서 물속으로 뛰어들어 멀어졌고, 레피르는 스이메이 쪽으로 이동하기 시작했다.

물살을 가르며 옆으로 온 레피르에게 스이메이는 맥 빠진 목소리로 물었다.

"괜찮은 거야?"

"도전장을 받은 이상 받아들이는 수밖에. 싸우는 것이 우리 검객의 생업이야."

"생업이라니…… 뭣보다, 너희, 뭘 하려는 거야……."

그렇다. 의문의 초점은 그것이다. 이 풀에서의 승부라는 것이 잘 이해되지 않는다. 승부라고 하면 제일 먼저 수영을 들 수 있지만 서로 마주보고 거리를 벌린 탓에 수영 대결로는 보이지 않는다.

"좋아요! 승자는 마지막까지 서 있는 쪽. 수면 위로 상반신을 내고 있는 쪽이에요!"

"응. 알았어."

"알았다가 아냐! 왜 그런 위험한 승부를 하는 거야?! 이상하잖아?!"

거침없이 진행되는 이야기에 스이메이가 참지 못하고 지적하자, 페르메니아와 레피르는 의아한 얼굴로 돌아보며 말했다.

"스이메이 님. 승부는 그런 거잖아요?"

"그래. 넌 무슨 말을 하는 거야? 스이메이도 싸움으로 사는 자라면 알 거잖아? 싸움은 마지막까지 서 있는 자가 승자인 거야."

"아니아니아니아니! 그딴 거 난 몰라! 애초에 싸움이라니? 대관절 너희 둘은 뭘 시작하려는 거야?"

스이메이가 서서히 고조되는 분위기에 초조해하며 묻자 두 사람은,

"질 수 없는 싸움이에요."

"그래. 여자의 의지를 건 싸움이야."

"에엣……?"

스이메이의 당황한 목소리는 전해지지 않았다. 풀에서 걸지 않으면 안 될 의지가 무엇인지 답을 내지 못하고 있자, 이미 임전태세에 들어간 두 사람은 제각기 움직이기 시작해——

"갈게요……."

시작의 구령도 없이 페르메니아가 먼저 마력을 모으기 시작했다. 수면에 파문이 떠오르고, 머지않아 생성된 물결이 풀 안에서 넘실댔다. 한편 그것에 호응하듯 레피르도 힘을 끌어올리기 시작했다.

"정령이여. 나의 수호신이 되어라——."

자기 안에 있는 스피릿(정령의 힘)을 쓰기 위해 부름에 들어간 붉은 무녀. 주위의 바람이 진홍의 빛을 감싸고 움직이는 것과 동시에 수면이 바람에 밀려 페르메니아의 것과는 다른

종류의 파문을 일으켰다.

풀의 한가운데에서 물결과 물결이 서로 충돌했다. 부서진 물결이 흰 거품을 흩뜨리고 분위기는 험악해졌다. 이런 화창한 날에 그야말로 폭풍이 일어날듯, 말로는 표현할 수 없는 분위기가 현관 앞 공터를 휩쓸었다.

——이대로는 위험하다. 모처럼의 휴식이 물거품이 된다. 그렇게 생각한 스이메이는 두 사람의 만행을 저지하기 위해 함께 나서줄 법한 두 사람에 눈길을 보냈다.

그러나——

"리리아나, 누가 이길 것 같아?"

"지금까지는 무조건 레피르였지만 조금 전에 이야기했던 마력로로 페르메니아도 상당히 강해졌어요. 어느 쪽이 이길지는 저도 잘……."

"…………."

스이메이가 눈길을 준 것도 이미 늦었다. 그보다 이미 각자 분석을 시작하며 관전 분위기를 형성하고 있었다.

같이 막아줄 동료는 없다. 가까이에 한 명이 더 있었지만 그쪽은 이미 고양이에게 마음을 빼앗겨 어쩔 도리가 없다. 철두철미하게도 어느새 고양이와 함께 안전권으로 대피해 있었다.

그리고 페르메니아와 레피르가 말하는 싸움이 시작됐다. 페르메니아는 먼저 마력을 높인 보람이 있었는지 선수를 쳤다. 높아진 마력을 손안에 모으고, 물을 능숙하게 비틀어 말아――

"갈게요!"

구령과 함께 레피르를 향해 그것을 쐈다. 소용돌이친 물줄기가 큰 뱀이 목을 뻗듯 레피르를 향해 쇄도했지만 레피르는 정령의 힘으로 그것을 막았다.

물결은 정면에 쳐진 바람의 벽에 막혔다. 그러나 힘과 힘이 서로 대항하고 있는지 물기로 가득 찬 곳에서 마력의 불꽃이 튀는, 알 수 없는 전개로 흘러갔다.

"여전히 알 수 없는 힘이네……."

페르메니아의 공격은 마술 같은 것이기에 이해하고 말 것도 없지만 현재 대치 중인 레피르 쪽이 의미 불명이었다. 그녀의 힘의 원천이 정령의 힘이라는 것은 이미 밝혀졌지만, 술식 같은 『상세한 커맨드』 없이, 공격에 이용하는 것은 물론이고 방패로 삼거나 보조에도 사용할 수 있다. 그 폭넓은 자유도는 괄목할 만한 데다, 위력과 강도도 가졌다. 마술사의 눈으로 보더라도 그것은 역시 치사한 것이고 치트이며, 탄식을 금할 길이 없다.

그러나――

"하아아아아아아아아!"

"큭, 압력이 강해…… 이제 『출력이 올랐다』는 건가……."

정령의 힘의 방벽에도 페르메니아의 술식에 밀리는 모양인지, 레피르가 작게 신음했다. 역시 페르메니아의 성장 폭에는 무시할 수 없는 부분이 있다. 그녀의 실력에 새삼 감탄하고 있자니, 마침내 물의 술식은 종식되었을까. 레피르는 훌륭히 그것을 견뎌냈다.

"역시 레피르예요. 하지만 아직 끝나지 않았어요."

"다음 공격까지의 간격도 짧아……."

"그래요! 전 **레벨 업**를 달성했어요!"

"하지만 나라고 당하고만 있지는 않아!"

레피르는 용맹한 말을 내뱉고 무엇을 하려는 걸까. 그런 생각을 한 순간, 스이메이는 별안간 목덜미를 붙잡혔다.

"꾸엑."

어느새 입에서는 찌부러진 개구리 같은 비명이 새어 나왔다.

그렇다. 레피르가 한 손으로 목덜미를 붙잡아, 페르메니아를 향해 내밀었다. **자신의 몸을**.

"후후…… 유감이야. 페르메니아 양. 이쪽에는 스이메이가 있어."

"무슨 뚱딴지같은 소리야! 날 방패 삼지 말란 말이다!"

버둥거려보지만 단단히 붙잡혀 벗어날 수가 없다. 그도 그러리라. 정령의 힘을 부여받은 레피르에게는 그 대검을 휘두를 힘이 있다. 손바닥 안에서 검을 유지하는 힘점, 악력은 상당하다.

"아니. 결코 방패가 아니야."

"그럼 대체 뭔데?! 인질이냐?! 난 인질인 거냐?!"

"넌 날 지켜주는 믿음직한 기사야."

"기사를 목덜미를 붙잡아서 들이미냐?!"
기사고 뭐고 전에 스이메이는 마술사이다. 어쨌든. 페르메니아 쪽으로 말하자면,
"끄응. 스이메이 님을 이용하는 비겁한 방법을……!"
페르메니아에게 그것은 즉각적인 효과를 발휘했는지 손을 뻗지 못했다. 물속에서 능숙하게 발을 구르며 다음 수를 찾지 못하고 있었다.
이러지도 저러지도 못한 끝에, 정신 공격 아니, 레피르의 양심에 호소하기 시작했다.
"레피르! 그런 방법을 쓰고도 부끄럽다고 생각하지 않나요?!"
"이용할 수 있는 건 뭐든 이용하는 게 싸움이야. 페르메니아 양. 네가 풀의 물을 쓴 것처럼 나도 스이메이를 쓴 것뿐이야."
"어이! 너 방금 썼다고 했어! 그게 무슨 기사냐고!"
스이메이가 외쳐 보지만 그 목소리는 전해지지 않았다. 의도적으로 차단한 걸까. 휘파람을 부는 모습이 얄밉다.
"윽…… 이래서는 손을 쓸 수가 없어……."
손을 쓰지 못하는 페르메니아가 끙끙대기 시작했다. 그녀의 고운 마음에 스이메이가 살짝 감동하고 있자니, 다른 방향에서 물보라가 일었다.
"에잇."
들려온 것은 어리고도 억양이 옅은 음성. 페르메니아가

손을 쓰지 못하는 반면, 전혀 개의치 않고 커다란 파도를 일으키며 부딪쳐 온 것은, 튜브에 매달린 리리아나였다.

생각지도 못한 방향에서 들어온 공격에, 레피르와 그 방패인 스이메이는 속수무책으로 당하고 말았다.

"우풉!"

"푸하아아아! 코, 코! 코에 물이!"

레피르는 그 정도로 그쳤지만, 방패가 된 스이메이는 물보라를 직접 맞았다. 코와 입에 물이 잔뜩 들어왔다.

……아니, 물보라의 궤도는 스이메이를 노린 듯한 것이었다.

"콜록! 콜록! 리리아나 너 무슨 짓이야!"

스이메이가 버럭 외치자, 리리아나가 시치미 뗀 태도로 말했다.

"스이메이. 전 아까 두고 보자고 했어요."

"그러니까 복수라는 거냐! 너무하잖아!"

"복수는 나의 것이에요. 정에 얽매여서 무르게 굴면 승리를 쟁취할 수 없어요."

가차 없는 리리아나는 손가락을 척 들이밀며 명대사 같은 말을 내뱉었다. 한편 마찬가지로 물 공격을 받은 레피르가 말했다.

"큭, 스이메이를 방패로 삼아도 효과가 없다니……."

"어이, 역시 방패로 쓴 거잖아!"

"……아."

무심코 말해버린 레피르는 다시 휘파람을 불기 시작했다. 그런 그녀의 모습에 스이메이가 이마에 핏줄을 세웠다.

"레피, 너……."

"리, 리리! 복수다! 하아아아아아아아아아!"

레피르는 분노한 스이메이를 무시하고 손바닥 위에 물의 구체를 만들기 시작했다.

그것은 정령의 힘이 이룬 것일까. 정령의 힘에 의해 형성된 구체를 본 스이메이는 경악으로 얼굴이 굳어졌다.

"어이어이, 뭐야, 그 기술……."

"후후후…… 놀랐어? 스이메이. 이건 이럴 때를 대비해서 만들어둔 거야."

――이런 때가 어떤 때인데. 스이메이가 그렇게 지적할 새도 없이, 레피르는 수구 선수가 공을 힘껏 쳐드는 자세에 들어갔다. 물의 구체와 레피르의 손바닥 사이에서 힘의 접속이 일어나, 전류가 마치 플라스마 볼에 손을 댄 것 같은 모양이 되어, 물 위에서는 있어서는 안 될 파밧파밧 하는 소리가 발생했다. 이어서 무색투명했던 물의 구체가 서서히 붉은빛을 띠더니――

"간다. 페르메니아 양! 리리! 이샤크토니의 적옥을 받아라!!"

"잠까아아아아아안! 그런 걸 맞으면 무사할 리가 없잖아아아아아아!"

레피르가 쏜 그것. 그것은 틀림없는 필살기였다. 정령의 힘에 의해 붉게 변한 물의 구체. 설마 했던 힘의 본류를 목도한 스이메이가 초조한 절규를 퍼뜨렸다.

"리리! 방벽이에요!"

"네!"

레피르의 살의가 담긴 듯한 공격 앞에, 페르메니아와 리리아나는 방어진을 구축하기 시작했다. 풀에서 시작된 평범한 승부는 도대체 어디로 가버린 걸까. 마술을 이용한 전력의 방벽이 쳐지고, 공격을 기다렸다.

이윽고―― 이샤크토니의 적옥인가 하는 필살기와 두 사람의 합체 협력 마술 방벽이 서로 충돌했다. 공터는 낮인데도 불구하고 밤처럼 어두워지고, 또다시 불꽃이 튀었다. 물 위에서 일어난 화재라니, 이 무슨 일일까.

강력한 두 힘이 팽팽히 맞선 가운데, 문득 그림자가 내려앉았다.

"하앗!"

그 그림자가 날카로운 기합 소리와 함께 방어진에 의해 줄어든 물의 구체를 두 동강으로 갈랐다. 대체 무슨 일이 일어난 걸까. 솟았던 물기둥이 가라앉고 마력의 증기가 흩어지자, 그림자의 정체가 나타났다.

그리고 그것은, 손날을 앞으로 겨눈 하츠미였다.

"나만 따돌리고 다 같이 놀려고? 그건 좀 아니지 않아?"

"우우! 하츠미 양까지 참전을…… 3대 2는 비겁해!"

"어이! 은근슬쩍 나까지 끼워 넣지 마!"

스이메이가 외치자, 레피르는 실로 못마땅한 얼굴로 말했다.

"우우, 네가 없으면 난 혼자가 되잖아!"

"하고 싶은 사람들끼리 팀을 짜면 되잖아!"

토라진 듯한 말투로 입을 삐죽거리는 레피르에게, 스이메이는 가차 없이 소리쳤다. 한숨 돌릴 요량이었는데 한계 배틀이라니, 솔직히 봐줬으면 했다.

그러던 중, 문득 무언가를 떠올린 듯이 레피르가 얼굴을 붙여왔다.

"뭐, 뭔데?"

"……그럼 이걸로 어때?"

——와락.

"후!"

순식간에 등 뒤로 파고든 레피르가 등을 와락 껴안았다. 등에 닿은 부드러운 물체에, 스이메이는 무심코 이상한 소리를 내며 얼음처럼 굳었다.

한편 그 모습을 지켜보던 하츠미와 페르메니아로 말할 것 같으면,

"아아!"

"무, 무무무슨 짓이에요! 레피르!"

망연자실한 표정으로 외쳤다. 한편 그런 그녀들을 아랑곳하지 않고, 레피르는 스이메이의 귓가에 입을 붙이고, 선한 정령이면서 악마(악한 정령)처럼 속삭여왔다.

"어때? 스이메이, 넌 내 친구잖아? 도와주는 거지?"

"아, 아니, 네…… 살짝, 살짝만 힘을 써볼까 생각하던 차입니다……."

"역시 스이메이야. 난 처음부터 그렇게 말해줄 줄 알았어."

악마의 속삭임에, 스이메이는 속수무책 넘어갔다. 스이메이의 대답을 들은 레피르가 만족스레 물러났다. 그리고 그 모습을 보고 있던 이들로 말할 것 같으면,

"그런 비겁한…… 악랄해요! 스피릿을 가진 아르주나의 무녀라고 생각할 수 없을 만큼 배덕적인 행위예요!"

"레피르 씨! 그그그, 그건 반칙이에요!! 껴, 껴안다니……!"

페르메니아와 하츠미는 분노 따위가 뒤섞인 시뻘건 얼굴로 부들부들 떨었다.

그런 그녀들에게 레피르는 어쩔 수 없다는 듯한 얼굴로 말했다.

"나도 질 수는 없잖아. 할 수 있는 일은 해야지."

"윽, 하지만 이쪽은 세 명이에요!"

"하지만 페르메니아 양은 스이메이를 공격할 수 있을 리 없어."

"아뇨. 스이메이 님의 상대는 제가 아니에요!"

그 말에 이어, 옆에서 튜브를 끼고 동동 떠 있는 리리아나가 나와 양손을 들고 말했다.

"스이메이, 각오하세요! 날 놀린 죄를 뼈저리게 깨달으세요!"

"넌 아까 했잖아! 코에 물이 들어갔다고?!"
"그거 하나로는 부족해요! 세 배로 되갚는 게 기본이에요! 주로 빠지는 것의 두려움을!"
"어이. 집요하잖아!"
리리아나의 뿌리 깊은 복수심에, 어째선지 하츠미가 동조했다.
"그럼 나—도—!"
"하하하, 하츠미?! 잠깐, 너도냐!"
"그게 좋잖아. 이로써 페르메니아 씨와 레피르 씨의 싸움은 공정해지고. 원래는 페르메니아 씨와 레피르 씨의 평범한 승부잖아?"
"그게 확보되면 우리는 상관없잖아?!"
"그럼 우리가 심심하잖아."
"수영하면 되잖아?! 풀이라고?!"
"그게, 나도 숨겨왔던 울분이 있달까?"
"있달까는 무슨! 젠장……. 아아, 레이지. 넌 역시 좋은 녀석이었어……."
스이메이가 레이지의 다정함을 재확인하고 눈물을 흘리는 사이에도, 시작 신호를 기다리지 못하고 하츠미의 참격 같은 것이 날아들었다.
"구리가라타라니 환영검! 몽환 녹청!"
하츠미의 손날이 수면을 가르자, 물보라 뒤에 숨어 환영이 나타났다. 그것은 그녀의 날카로운 무위가 보여주는 환영이다. 감각이 좋은 자일수록 홀리고 마는 환영의 검이다. 조금 전 레피르도 이 검에 홀려 고전을 면치 못했다.

"젠장……."

물보라 사이로 얼핏 보이는 날카로운 섬광은 칼날이 한순간 보여주는 반사광이 아니라 환영이다. 그러나 그것이 환영이라는 것을 알아도—— 구리가라타라니 환영검. 일본에서 다섯 손가락 안에 드는 비검의 기술이기에 단순한 환영이라고는 볼 수 없다. 스이메이는 경거망동하지 않고 힘껏 피했다. 직후, 등 뒤에서 들린 굉음에 돌아보니, 수조 가장자리에 무언가가 부딪친 듯한 흔적이 있었다.

"히이……!"

"뭘 한심한 소리를 내는 거야? 이 정도는 무섭다고 생각하지 않을 정도로 굉장한 실력 아냐?"

"너, 이거 환영이 아니었어?! 뭣보다, 부딪치면 무사히 끝나지 않을 위력이잖아! 손날로 그런 터무니없는 짓 하지 말란 말이야!"

"스이메이한테서는 듣고 싶지 않은데."

하츠미는 다시 손날로 벤 물을 날렸다. 이번 참격은 위력이 없지만, 재빠르고 날카롭게 날아온 물보라는 상당한 것으로, 맞으면 아픈 수준의 충격이——

"왜 다들 마술 같은 기술을 쓰는 건데!"

"쓰는 게 위력이 있으니까 아냐?"

"그건 이미 싸움이잖아!"

"엣? 싸움 아냐?"

"쉬는 거라고—— 앗?!"

어느새 발밑에서 마력의 낌새가 느껴졌다. 시선을 떨구니, 특기인 절기(絕氣)를 써서 몰래 다가와 있던 리리아나가 스이메이의 양발을 잡았다.

"부부부부 붑푸(네거티브 터치)."

수조에 잠긴 리리아나가 입에 머금은 공기를 토해냈다. 그것은 바로 마술의 건언이다.

——마술의 규칙에는 올바른 절차를 밟지 않으면 발동하지 않는다는 것이 있다. 여기서 그것은 올바른 발성과 소리인데—— 그러나 이번에는 그것을 생각하고 조정한 것이리라.

네거티브 터치(지치고 병든 접촉)를 발에 맞은 스이메이는 당연히 다리에 힘이 풀려 물속에 가라앉았다.

"으아아아…… 리리아, 푸, 푸푸푸풉, 푸웁!"

"푸하……. 방심은 큰 적이에요, 스이메이."

리리아나는 마술로 끌어당긴 튜브에 매달려 그렇게 말했다. 수면 위로 얼굴을 내민 리리아나는 말도 안 되게 귀여운 미소를 지으며 고개를 갸웃했다.

"무슨 일이에요? 스이메이? 혹시 수영을 못 하는 거예요?"

싱글벙글거리면서 여봐란 듯이 튜브를 보여주었다. 처음부터 이럴 작정이었을까. 헤엄치지 못하는 것에 대한 복수로 이만한 것은 없으리라.

갑작스러운 입수 탓에 다시 코에 물이 들어왔지만 스이메이는 냉정하게 카운터 매직(역마법)을 이용해 네거티브 터치의 효과를 해제한 뒤 일어나 재채기를 했다.

"콜록! ……하아하아. 리리아나…… 너 꽤 좋은 성격이잖아……."

"뭘요. 그 정도는 아니에요."

"칭찬한 게 아냐!"

시치미 뗀 얼굴로 엄지를 치켜들어 보이는 리리아나에게 스이메이가 외쳐왔다. 두 사람이 그런 대화를 주고받는 한편, 마술의 응수에 마음을 빼앗긴 모양인 셀피가 말했다.

"즐거워 보이고 좋네요. 아, 너희는 가까이 가면 안 돼요! 위험해요."

셀피는 고양이를 쓰다듬으며 고양이들에게 말했다. 원래 길고양이는 체온이 떨어지는 것을 싫어해 물에 젖을 수 있는 물가는 되도록 피하므로 그것은 쓸데없는 걱정이리라.

이미 카오스로 변해가고 있는 풀에서 스이메이가 또 하나의 싸움에 눈을 돌리니, 그쪽은 그쪽대로 불타오르고 있는 모양으로.

"제법인데? 페르메니아 양! 그것도 예의 마력로 증설의 성과야?"

"그래요! 지금까지는 출력 면에서는 뒤처져 있었지만, 이제는 누구한테도 뒤처지지 않아요!"

"흥미로워!"

"왜 그쪽은 열혈 만화 같은 전개인 건데!"

페르메니아와 레피르는 우렁찬 외침과 함께 싸움의 기어를 가속시켰다. 팽팽히 맞선 가운데, 문득 레피르가 조금 전과는 다른 자세를 취하기 시작했다.

"단순한 힘겨루기로 승부가 나지 않는다면 다른 방법을 모색하면 돼……. 요컨대 서 있지 못하면 지는 거잖아?"

그렇게 말한 레피르는 오른팔을 번쩍 쳐들었다. 손은 손날을 만든 형태. 그곳에 적신이 모여들었다. 지켜보던 이들이 설마라고 생각한 순간, 내리친 손날이 붉은 바람을 쐈다.

"받아라!"

"무슨……! 빨라!"

레피르가 쏜 적신은 물론 바람이기에 그 속도는 질풍과 같다. 페르메니아의 허를 찔러 쏜 일격이 그녀의 몸을 덮쳤다고, 모두가 그렇게 생각했지만——

"어, 어라? 분명히 맞았는데……."

적신은 충돌했을 터인데 거기에는 충격이 동반되지 않은 모양으로, 맞은 쪽은 당황할 뿐. 자기 몸을 훑으면서 연신 어라, 어라 했다. 어찌된 영문일까. 페르메니아가 다시 레피르에게로 시선을 옮겼다.

"후후후후후……."

레피르는 불길한 미소를 머금고 있었다.

미소를 지은 채 아무런 말도 하지 않는 레피르에게 페르메니아가 물었다.

"레피르, 방금 그건 대체……."
"글쎄, 뭘까~?"
"그렇게 스이메이 님처럼 사악한 미소를 짓는 건 그만두세요!"
"어이, 거기! 은근슬쩍 막말하네! 누가 사악한데!"
스이메이가 항의의 목소리를 높였지만, 당연한 듯 무시당했다.
"뭐, 그건 그렇다 치고. 페르메니아 양. 그렇게 막 움직이면 안 돼."
"네, 네? 레피르. 아까부터 대체 무슨── 아, 아아앗!"
페르메니아가 거듭 물은 그때, 그녀가 입고 있는 수영복이 훌렁 벗겨져 수면에 떨어졌다.
그리고 푸룽, 뽀롱── 같은 의성어를 동반할 듯한 기세로 그녀의 풍만한 가슴이 공중에 떠올랐다.
"푭?!"
스이메이가 그것을 보고 뿜는 한편, 상의를 잃은 페르메니아는 두 팔로 가슴을 가리면서 몸을 웅크렸다. 물론 어떻게 수영복이 벗겨졌는지는 그녀도 몰랐다.
"이, 이건…… 대체 어떻게……."
"뻔하잖아?"
페르메니아의 당황한 목소리에 답한 것은 당연히 레피르였다.
뻔하다. 그 말을 듣고 감이 온 듯한 페르메니아는, 연신

어울리지 않는 미소를 짓고 있는 소녀에게 물었다.

"그, 그럼 아까 그 적신은?!"

"맞아. 적신으로 수영복의 약한 부분만 잘랐어. 페르메니아 양. 그 모습으로는 서 있을 수 없겠지?"

"오, 오늘 레피르는 얼마나 극악무도하고 악랄한지……. 무녀인 게 의심스러워요!"

"쉴 때만큼은 평소랑 다른 걸 해도 되잖아? 이런 건 짓궂은 장난 정도야. 아르주나도 미소 지어줄 거야."

그렇게 시원하게 말하지만, 무녀로서 있을 수 없는 일이리라. 무녀라고 하면 신성하고 정숙하다는 것이 일반적인 통념이지만, 지금 레피르에게서 그런 모습은 전혀 찾아볼 수 없었다.

그때 문득 페르메니아가 무언가를 깨달았는지——

"스, 스이메이 님?! 뭘 보시는 거예요! 보, 보지 마세요!!"

줄곧 페르메니아와 레피르를 보고 있던 스이메이가 주의를 받았다. 꾸지람을 받았다. 너무나도 무신경한 남자는 역시 그 자리가 익숙하지 않은 탓인지 꼴사납게 쩔쩔매기 시작했다.

"엣? 아, 아니, 그게……."

"……스이메이. 여자의 알몸을 빤히 쳐다보는 건 좋지 않아."

"그렇게 만든 사람이 할 소리냐?!"

경멸하는 눈초리로 쳐다보는 레피르에게 스이메이는 항의의 목소리를 높였다. 그러나 소녀는 자기가 한 짓은 문제

삼지 않고 여전히 비난의 태도를 유지한 채 질린 듯인 한숨을 쉬었다. 그 무례한 태도에 스이메이가 다시 불만을 나타내는데, 돌연 강렬한 수압을 가진 물보라가 그의 등을 강타했다.

"으악?!"

강렬한 일격에 스이메이는 물속으로 고꾸라졌다. 물론 그것은 등 뒤에서 날아든 기습으로, 돌아본 곳에는 몹시 험악한 얼굴을 한 하츠미가 있었다.

"스이메이! 이 변태!"

하츠미는 스이메이가 페르메니아를 보고 있었던 사실에 버럭 역정을 냈다. 그러나 물론 악의가 없는 스이메이는 변명을 거듭했다.

"어, 어쩌다 그런 거야! 그건 어쩌다, 어쩌다 눈에 들어온 것뿐이라고!"

"거짓말은! 뚫어져라 보고 있었잖아! 멍청이!"

"그, 그그렇게 말해도── 끄악?! 이, 이번엔 또 뭐야?!"

쩔쩔매는 스이메이에게 옆에서 다시 물 공격이 들어왔다. 그리고 그 방향에는──

"저예요. 브이."

"넌 아까부터 제멋대로 굴고……."

"흠흠. 스이메이를 놀리니 재미있네요. 레피르가 항상 짓궂게 굴고 싶어지는 기분을 알 것 같아요."

"그렇지?"

서로 통한 듯이 미소 띤 얼굴로 두 사람이 서로 엄지를 세워 보였다. 스이메이 괴롭히기 동맹이 결정되는 한편, 정신과 육체를 끊임없이 공격받은 스이메이로 말하자면,
“젠장……. 너희, 진짜 적당히 좀 해…….”
좋은 때를 방해받은 아니, 가차 없이 틈을 찔러오는 하츠미와 리리아나에 스이메이도 슬슬 인내심에 한계가 오고 있었다.
전에 없이 사악한 마력을 끌어 올리는 스이메이를 보고, 위태로운 공기를 감지했는지 하츠미가 소리쳤다.
“리리아나! 스이메이가 열 받기 시작했어! 조심해! 저렇게 되면 저 녀석, 무슨 짓을 할지 몰라!”
“네!”
“사람을 위험인물처럼 취급하지 마! 위험인물 같잖아!”
그러나 두 사람은 듣지 않았다. 닿지 않는 호소를 한 것이 몇 번째일까. 그런 것을 생각할 틈도 없이 하츠미와 리리아나 콤비는 물속인데도 불구하고 교란하듯 움직이기 시작했다.
“그렇게 나오시겠다! ……뭣보다, 너희! 왜 물속에서 그렇게 자유롭게 움직일 수 있는 건데! 이상하잖아!”
“아까 움직이기 전에 페르메니아 씨가 마술을 걸어줬어.”
“풀은 페르메니아가 만들었으니 준비는 완벽해요.”
과연 페르메니아. 빈틈이 없다. 덜렁이인 것은 옥에 티지만, 그것을 충분히 덮고도 남을 만한 유능함이다. 왕성에서

실수했었다고는 생각할 수 없는 주도면밀함인데, 어쨌든.

“크…… 이대로는 위험한가……. 아니야. 자유만 빼앗으면 싸움 따윈 필요 없어!”

접근전이 특기인 자가 물속에서 휘청거리지 않고 돌아다닐 수 있다. 그냥 들어도 무서운 이야기지만 눈앞에 있는 것은 바로 그것이다. 그런 터무니없는 현상이 지금 스이메이를 공격하고 있다.

그러나 움직이지 못하게 되면 어차피 싸움도 뭣도 아니다. 그런 단순한 답에 겨우 도달한 스이메이는 바로 둘의 행동을 저지하기 위해 움직이기 시작했다.

“——주위를 둘러싸듯 가득 찬 물의 기운이여. 너는 뱀이자, 주어진 역할은 밧줄. 자유로우며 불타지 않는 밧줄이여. 그 이치에 따라 제지의 역할을 맡아라.”

거듭되는 공격에 짜증은 한계를 넘어섰다. 스이메이는 진짜 마술을 쓰기 시작했다. 수면에 떠오르듯 전개된 마법진과 그것에 촉발된 물이 수면 위로 감겨 올라가, 휭휭 소용돌이치며 밧줄의 형태로 변해갔다.

그것을 본 하츠미가 곤혹감으로 발을 멈췄다.

“잠깐. 이게 뭐야? 물의 밧줄?”

“이건…… 위험해요. 용사 하츠미. 어서 대피를——.”

“이미 늦었어! 받아라!”

공중에서 완성된 물의 밧줄들이 수면을 향해 잠행. 하츠미와 리리아나의 자유를 빼앗으려 했다.

"거, 거짓말이지?! 물이 물속에서 뭉쳐진 거야?!"
"그렇다면 마력으로 어떻게든!"
"무리예요! 리리!"
갑자기 울려 퍼진 것은 페르메니아의 외침이었다. 주의를 촉구했지만 때는 이미 늦었다. 그에 스이메이가 응답하듯, 겁 없이 말하기 시작했다.
"——안 끊어져. 아니, 끊어지긴 해. 하지만."
"리리! 물을 베도 소용없어요!"
"아——."
그렇다. 물속에서 물을 베도 헛수고인 것이 당연하다. 그 사실을 깨달음과 동시에 시도가 실패로 돌아가, 리리아나와 하츠미는 속수무책으로 스이메이의 마술에 꽁꽁 묶였다.
마침내 두 사람을 옭아맨 물의 밧줄은 수면 위로 솟아올라 두 사람을 공중에 쳐들었다.
어쨌든 쓸데없이 복잡한 기술을 쓴 스이메이로 말하자면 예상대로의 전개와 만족할 만한 마술 행사 때문일까. 악역도 이럴까라는 듯이 큰 소리로 웃기 시작했다.
"하하하! 어떠냐! 이제 못 움직이겠지?! 이제 좀 얌전해질 마음이——."
"이 변태! 무슨 마술을 쓰는 거야!"
"스이메이, 최악이에요. ……환멸했어요."
"뭐?"

갑자기 호감도를 포함한 모든 것이 최악으로 떨어진 사실에 스이메이는 당황했다. 밧줄로 여자를 묶는다는 생각을 하고도 그 사실을 눈치채지 못하는 점이 그답다. 그러나 감점 요인은 그것이 아닌 모양으로,

"묶을 거면 적어도 평범하게 묶어! 바, 밧줄이 이상한 곳에……."

"(바들바들)."

하츠미는 새빨개지고, 리리아나는 참는 듯이 떨고 있다. 보니, 물의 밧줄은 그냥 몸에 감긴 것이 아니라, 움직이지 못하게 하기 위해서인지 이상한 부분까지 파고들어 있었다. 가슴골, 사타구니, 겨드랑이, 허리 등. 그것을 겨우 알아챈 스이메이는 곧바로 마술을 해제하고 변명을 시도했다.

"아, 아니. 나는 딱히 그럴 작정으로 한 게 아냐. 진짜로……."

"뭐가 그럴 작정이 아니야……."

"페르메니아의 알몸을 봐놓고 잘도 그런 말을 하네요!"

"그거랑은 관계없잖아?!"

"부정할 셈이야?! 지난번에도 내 알몸을 봤잖아!!"

거기서 하츠미가 폭탄 발언을 했다. 그 말이 터진 순간, 그 자리의 공기는 급격히 냉각됐다.

"……스이메이. 역시 최악이에요."

"끄윽!"

이 중에서는 가장 강력한 위력을 가진 리리아나(소녀)의 말

이 날아왔다. 나이프처럼 날카로운 그 말이 스이메이의 가슴을 찔렀지만, 그에 대한 공격은 그것으로 끝나지 않았다.

공기의 냉각화는 스이메이와 하츠미, 리리아나가 있던 곳에서만 이루어진 것이 아니다. 그것은 당연히 페르메니아와 레피르가 있던 곳까지 침투해 있었다.

"……페르메니아 양. 지금은 잠시 휴전하자. 스이메이를 벌줘야겠어."

"네. 스이메이 님! 살짝 잘못 봤어요!"

살짝이라고 말해준 것이 페르메니아답지만 어쨌든. 각자 스이메이를 공격할 자세를 취했다.

페르메니아는 마력을 높이고, 레피르는 스피릿으로 적신을 불렀다. 하츠미는 검객의 무위를, 리리아나도 양손에 네거티브 터치의 마력을 담아 만반의 준비를 했다.

사방에서 전해진 위력에 스이메이는 초조함에 뒷걸음질 쳤다.

"미안! 미안! 미안! 싫어어어어어어어어어어!"

그 결과. 페르메니아와 레피르의 1대 1 대결이 어느덧 4대 1이 되었다.

단순한 휴식이 스이메이의 뜻하지 않은 수난으로 바뀐 순간이었다.

"——왜 이렇게 된 거야."

네 소녀에 의해 너덜너덜해져서 수조 가장자리에서 의자에 걸쳐진 빨래처럼 방치되어 있던 스이메이가 정신을 차렸을 때는 이미 날은 저물어 있었다.

중간까지는 즐거운 풀이었을 터인데, 말 그대로 정신을 차리고 보니 이미 연회는 끝나 있었다. 만신창이가 된 탓에 기분 전환이 되었는지조차도 이미 알 수 없었다.

보니, 다들 수영복에서 평상복으로 갈아입고 지금은 피어놓은 불을 쬐며 식은 몸을 녹이거나 젖은 머리카락을 말리고 있었다. 꺄꺄거리며 여자들끼리 즐겁게 이야기하는 것은 사이가 좋아서 좋지만, 스이메이를 방치하는 것은 너무하다.

그러나 불평을 하면 그 수십 배가 되어 돌아올 것이 틀림없기에 말하지 않기로 하고 일어났다.

"아! 스이메이 님. 정신이 들었어요?"

"너희, 아무리 그래도 너무하다……."

스이메이는 최대한 조절해서 볼멘소리를 했다. 그러자 조금은 심했다는 자각이 있었던 모양인 하츠미가 멋쩍게 말했다.

"뭐, 좀 심했나라는 생각은 했지만 기본적으로 스이메이가 잘못한 거니까 어쩔 수 없잖아."

"무슨. 거의 사고나 불가항력이잖아?! 무엇보다 승부 따위 안 했으면 이런 일은……."

역시 불만은 가두어두지 못했다. 그런 스이메이에게 역시 예상한 대로 가차 없는 말이 돌아왔다.

"스이메이. 깨끗하지 못해요."

"그래. 스이메이. 무릇 남자라면 모든 걸 이해하는 도량이 있어야지."

"우우……."

완벽한 어웨이전에, 스이메이는 수영복 팬츠를 입은 채로 끙끙대는 수밖에 없다. 그러나 여성진도 그렇게까지 화가 난 건 아닌지 금세 빙긋 미소 지으며 머리를 톡톡 해주었다.

"어린애 달래듯 하지 말아줄래."

"너무 그러지 마. 나도 좀 지나쳤던 건 마음에 걸렸어."

"그렇게 재미있어해 놓고?"

"그때는 뭔가 푹 빠져 있어서……."

"푹 빠지다니……."

그만큼 즐겼다는 걸까. 그걸로 쌓이고 쌓였을 스트레스가 풀렸다면 다행이지만.

레피르의 마음을 알아챈 스이메이가 뭐라고 말할 수 없는 표정을 짓자, 아직 머리카락을 푼 채로 있는 리리아나가 옆구리를 쿡 찌르며 말했다.

"난 용서 안 해요."

"그 정도야?"

"그래요. 다음에 또 풀에 들어갈 때는 승부예요."

손가락을 척 들이미는 리리아나에게 "손가락을 가리키지

마"라고 하면서, 만약 다음이 있다면 수영이라도 배워둘까 하고 스이메이는 생각했다. 가볍게 허무한 미소를 지어 보이자, 리리아나는 휙 얼굴을 돌렸다. 머리카락을 푼 모습이 평소의 인상과 달라 몹시 신선하다.

그때 페르메니아가 손뼉을 짝 치며 말했다.

"스이메이 님도 정신이 들었으니 슬슬 풀 뒷정리를 해요."

"그래. 그럴까. ——스이메이, 네가 마지막이니까 얼른 옷 갈아입고 거들어."

"어째 날 너무 거칠게 다루네……."

사정을 봐주지 않는 하츠미에 스이메이는 맥 빠진 목소리로 중얼거렸다. 한편 페르메니아는 뒷정리를 위해 이미 수조 앞까지 와 있었다.

"그럼 물도 뺄까요?"

"어떻게 하려고? 마술로 없애?"

"아뇨. 근처 배수로에 연결할 거예요. 여기를 이렇게 해서."

페르메니아는 그렇게 말하며 수조 밖에서 마술을 걸어 수조 바닥 일부를 배수로에 연결했다. 그러자 수로에 담긴 물이 소용돌이치며 천천히 빠지기 시작했다.

"물이 다 빠지면 땅을 평평하게 골라서 원래 상태로 돌려놓으면 끝이에요."

의외로 간단히 정리되는 모양이다. 그것은 뒷정리를 간단히 끝낼 수 있도록 미리 생각하고 만들어서겠지만, 그렇다면,

"메니아. 이거 만드느라 꽤 고생했을 거잖아?"
"네, 뭐."
모호한 미소는 배려일까. 페르메니아가 오늘 행사를 위해 상당히 수고한 것은 상상하기 어렵지 않다. 수조의 크기와 깊이 등 시험작과 시행착오도 포함해 상당한 마력을 썼을 터다.
"수고했어."
"네!"
고생을 알아준 것이 기뻤을까. 페르메니아는 살짝 상기된 목소리로 외쳤다. 더욱이 발걸음도 가벼워졌는지 가벼운 스텝 같은 것을 섞어가며 수조 주위를 원래대로 돌려놓기 시작했다.
풀은 대성공. 마무리도 순조로워 기분이 좋은 것이리라. 그러나,
"어이, 아직 주변이 미끄러우니까 조심——."
——미끄덩.
"꺄앗!"
스이메이가 위험을 알리기 전에 페르메니아가 앞으로 고꾸라졌다. 바닥에 튀었던 물에 미끄러진 것이리라. 낙법은 취한 모양이지만 얼굴을 긁혔는지 뺨을 손으로 문질렀다.
"아야……."
"……왜 자빠지고 그래. 자, 내 손을 잡아."
"우우. 면목 없어요……."

긁힌 곳에 직접 치유 마법을 걸면서, 덜렁이 마술사 페르메니아는 눈물을 글썽이며 스이메이가 내민 손을 잡았다. 왕성에 있었을 때와 비교하면 괄목할 만큼 성장한 그녀지만 역시 이런 구석은 그대로인 것이리라. 어떤 의미에서 안심하게 하는 요소이기도 하다.

스이메이가 페르메니아를 잡아당겨 일으키자, 그 모습을 지켜보던 하츠미가 말했다.

"스이메이. 그럴 때는 다정하네. 항상 그런 느낌이면 모두한테 사랑받을 텐데."

"내가 미움받는 것처럼 말하지 마."

"하지만 적은 잘 만들잖아? 솔직하지 못한 게 잘못이야! 그러니까 다른 문하생 중에도 적이 있고."

하츠미가 말한 『문하생 중에 적』이라는 것은 쿠치바 도장에서다. 스이메이는 도장에 가지만 검을 진지하게 배우는 것은 아니기에 그것을 간파한 다른 문하생들이 마뜩찮게 생각했다.

어쨌든 거기에는 이유가 있었다.

"문하생들이 그렇게 생각하는 건 어쩔 수 없어. 검에 지나치게 빠지지 말라고 한 건 애초에 사범님이야. 마술에 영향을 주면 안 되니까."

"그럼 그런 대로 사람들과 사귀는 방법은 있는 거잖아? 그런 불성실해 보이는 모습이 나쁘다는 걸 모르지? 정말……."

하츠미는 긴 금발을 손가락으로 매만지며 질린 투로 말했다. 그런 그녀에게 스이메이는 어깨를 움츠리며 답했다.

"됐어. 마술사는 평범한 녀석들하고 너무 어울려도 안 돼."

"그럼 네 그 두 친구들은?"

그걸 여기서 끌어들이는 걸까. 아픈 곳을 찔린 스이메이는 순간 끙 하며 말이 막혔지만 목구멍에서 막힌 말을 간신히 토해냈다.

"걔네 둘은 예외야."

"아── 스이메이의 츤데레가 나왔다──."

"시끄러워! 그런 말 하지 말라고! 뭣보다, 츤데레도 아니고!"

스이메이는 버럭 하며 하츠미의 말을 부정했지만, 물론 그렇게 생각하는 것은 자기뿐이다. 한편 스이메이 파티에게는 츤데레라는 말이 이미 침투되어 있어 레피르와 리리아나도 킥킥 웃었다.

흐뭇한 분위기를 불편해하고 있자니, 일으켜 세워진 페르메니아가 쭈뼛거리며 고개를 숙였다.

"죄송해요……."

"신경 쓰지 마. 얼굴에 물 묻었다."

"네……."

스이메이는 페르메니아의 얼굴을 손수건으로 닦아주었다. 그런 스이메이 곁── 아니, 페르메니아 곁에 레피르가 다가왔다.

"페르메니아 양. 나머지는 스이메이한테 맡기고 넌 내 팔을 잡고 있어."
"아뇨, 전……."
"피곤하잖아? 풀을 만들고 그 소란을 떨었으니."
페르메니아의 피로에 관해서는 레피르도 충분히 알고 있었던 모양이다. 배려하는 태도로 페르메니아의 몸을 부축했다.
"그럼, 실례할게요……."
레피르의 배려에 페르메니아도 조심스럽게 몸을 기대었다. 어쩐지 기사와 공주를 떠올리게 해, 여성들로만 이루어진 어느 극단의 한 장면을 보는 듯하지만, 어쨌든.
"그럼 뒷정리는 내가 해야겠네."
"당연하잖아? 페르메니아 씨를 빼고 뒷정리를 할 수 있는 건 스이메이 너뿐이니까."
"뭔가 그런 식으로 말하니까 살짝 화가 난달까……."
스이메이가 하츠미에게 항의하자, 시선이 일제히 스이메이에게 쏠렸다.
"헤――."
"우――."
"호――."
"…………잘못했습니다. 꼭 제가 하게 해주세요."
하츠미, 리리아나, 레피르. 세 사람의 압박에 스이메이는 어쩔 도리 없이 굴복했다.
그런 삼엄한 시선에 등을 떠밀려 힘없이 수조 정리를 이어서 하기 시작했다.

어둑어둑해진 가운데, 수영복 팬츠 차림에 어깨가 축 처져서 쭈그리고 앉은 그 모습은 왠지 모를 애수를 불러 일으켰다. 평소와는 딴판인 모습으로 다소곳이 수조 옆에 웅크리고 앉아 남은 물기 제거에 들어갔다.

"물이 먼저 빠져야 하니까……. 구멍이 작으면 오래 걸리지."

스이메이는 물이 빠지는 구멍을 살짝 키우고, 물이 빠지는 속도도 마술로 조절했다. 수조에 남아 있던 물은 큰 소용돌이를 만들며 조금 전보다 몇 배 빠른 속도로 빠지기 시작했다.

이거면 머지않아 물은 다 빠질 것이다. 구멍도 문제없이 배수로로 이어져 있고, 소용돌이를 만들고 있으니 안정적으로 빨려 들어가고 있다.

(……응? 빨려 들어간다……? 그러고 보니 그런 이야기, 얼마 전 어디선가…….)

빨려 들어간다. 그 말이 머릿속 한구석에 걸렸다. 언젠가 그런 이야기를 한 듯한. 그것도 상당히 가까운 시기에. 뭘까. 데자뷔일까. 아니다. 이것은 마치 번뜩하고 떠오르는 듯한, 섬광과도 닮은 깨달음의 징조로──

"아……."

문득 새어 나온 것은 그런 탄식이다. 갑작스러운 깨달음이 찾아왔을 때 왕왕 있는, 얼빠진 듯한 숨이자 용의 눈을 본뜬 마지막 조각.

"이거야! 빨려 들어가서 생기는 소용돌이…… 절구 모양…… 아니, 뒤집히는 모래시계!"

갑자기 소리친 스이메이를 의아하게 생각한 하츠미가 인상을 찌푸리며 다가왔다.

"스이메이? 왜 그래?"

그런 하츠미에게 스이메이는 어찌할 바를 모르겠다는 듯이, 펄쩍 뛰며 질문에 대한 답이 되지 못하는 말을 했다.

"미안! 뒷정리는 내일 할게! 오늘은 이대로 두게 해줘!"

"엣? 잠깐, 스이메이?!"

"그리고 오늘은 저녁 안 먹어도 돼!"

그렇게 말한 스이메이는 말이 끝나자마자 현관을 향해 달려갔다.

그 자리에는 얼빠진 표정의 소녀들만이 남았다. 이윽고 하츠미가 어쩐지 그리운 듯한 미소를 지었다.

"……스이메이가 저녁 안 먹는다고 하는 거, 오랜만에 듣네."

하츠미의 감개무량한 목소리에 페르메니아가 물었다.

"그런 거예요?"

"응. 저 녀석, 저렇게 말하면 방에 죽 틀어박혀 있어. 그래. 그건 마술적으로 뭔가가 떠올랐을 때야."

예전부터 갑자기 무언가가 떠올랐을 때 방에 틀어박혀 나오지 않는 일이 자주 있었다. 심할 때는 학교조차 가지 않아서 도대체 무엇에 그렇게 열중해 있는지 물어도 가르쳐주지 않아 의아해했었는데, 그런 하츠미의 의문은 여기서 풀렸다.

한편 페르메니아는 다른 것이 신경이 쓰인 모양으로,

"우우우. 저녁을 안 먹는다는 말을 듣는 걸 보니 뭔가……."

"그렇게 말해도 우리 엄마 밥이야."

"그렇다는 건 온 가족, 가족 공인이라는 건가."

페르메니아에 동조하듯 낮게 신음한 것은 역시 레피르였다. 그런 위기감에 불타는 두 사람에 대해, 하츠미는 솔직하지 못한 부분이 나왔는지 초조해하며 말했다.

"자, 잠깐. 멋대로 상상을 부풀리지 말아주세요! 딱히 난!"

아무것도 아니다. 그렇게 말하려 한 하츠미에게 레피르가 반쯤 뜬 눈을 향했다.

"하츠미 양. 너도 우리가 스이메이랑 친한 모습을 보면 기분이 별로지?"

"…………그, 그건, 확실히 그렇지만……."

하츠미가 머뭇거리며 중얼중얼 말하기 시작했다. 하츠미의 애매한 태도에 리리아나가 들으라는 듯이 크게 한숨을 내쉬었다.

"용사 하츠미도 솔직하지 않아요. 스이메이랑 똑같아요."

"리리아나! 날 그 녀석과 같은 취급하지 마!"

"그런 부분도 똑같아요."

하츠미가 리리아나의 질림을 불식하지 못하고 있는데, 레피르와 페르메니아가 결탁한 듯이 끄덕이기 시작했다.

"그쪽도 매듭을 지어야겠네."

"그러게요."

응응, 응응. 두 사람은 중대한 일을 앞두기라도 한 듯 심각하게 말했다.

그러나 금세 표정을 밝게 하고,

"어쨌든 오늘은 즐거웠어."

"응. 오랜만에 잘 쉬었어. 고마워, 페르메니아 씨."

"네. 게다가 스이메이 님 쪽도 잘 될 것 같고, 이제 전하와 레이지 님 일동을 기다릴 일만 남았어요."

그날 밤. 귀환 마법진을 완성한 스이메이가 자랑스러운 얼굴을 하고 거실에 나타났다.

……물론 수영복 팬츠 차림이었던 것은 말할 필요도 없으리라.

제2장 용사 구출

풀 행사 및 귀환 마법진이 완성되고 며칠 후.

마술사 야카기 스이메이는 제국 본대와 함께 개선할 예정인 샤나 레이지보다 한발 앞서 엘리어트가 있을 것으로 여겨지는 하드리어스 저택이 있는 아스텔 왕국 크란트 시에 도착해 있었다.

원래라면 스이메이 팀, 레이지 팀 전원이 모인 뒤에 현지로 향할 예정이었지만 어느 요망에 의해 급히 선행 팀이 만들어지게 되었다.

이번 계획의 입안자는 다름 아닌 아스텔의 왕족 티타니아 루트 아스텔이다. 자국의 귀족이 수상할 일에 가담했을 가능성이 농후하기에 양동 작전을 제안했다. 스이메이 팀과 레이지 팀의 인원을 나눈다는 변칙적인 재편성을 한 것이다.

레이지가 있는 곳에는 티타니아가 있다. 그 당연함을 역이용해 티타니아는 스이메이가 있는 선행 팀에 합류했다. 개선 퍼레이드에는 페르메니아를 가짜로 세워서 왕녀의 움직임에 대한 경계를 약화시키려 했다.

그래서 레이지 곁에는 페르메니아, 레피르, 리리아나 그리고 이오 쿠자미가 있고, 스이메이 곁에는 티타니아와 엘리어트 구출을 승낙한 하츠미가 있는 평소와는 다른 상황이 되었다. 그라체라는 전후 처리로 함께하지 않았다. 엘리어트의 수행원인 크리스터와 하츠미의 보좌인 셀피도 인원이 많아지는 것을 피하기 위해 합류하지 않았다.

어쨌든 제대로 얼굴을 마주한 것은 처음인 하츠미와 티타니아의 대화인데――

"――처음 뵙겠습니다. 티타니아 왕녀 전하. 스스로 용사라고 말하기도 쑥스럽지만 연합에서 소환된 용사, 쿠치바 하츠미입니다."

"아뇨, 하츠미 님. 당신에게 고개를 숙여 인사받을 이유가 없어요. 편하게 하세요."

"하지만."

"괜찮아요. 구세의 용사님이 머리를 숙이면 제가 몹쓸 사람이 되고 말아요. 그리고 레이지 님과 미즈키도 그렇게 해 주고 있으니 편하게 말씀하셔도 상관없어요."

"그럼…… 익숙해질 때까지 이상한 말투가 될 것 같지만, 잘 부탁드려요."

그런 인사를 나눈 직후 오고간 대화는 위험한 것으로,

"하츠미 님은 검 실력이 상당하다면서요?"

"자랑할 정도는 아니에요."

"겸손하셔라. 도중에 시간이 있다면 겨뤄보고 싶은데 어떠세요?"

"네. 기꺼이. 칠검 4위의 실력은 저도 궁금했었거든요."

인사를 대충 마치고 검객으로서 우의를 나누고 있었다. 공통된 취미, 아니, 수련을 쌓고 있기에 빨리 친해질 모양으로 그건 그것대로 좋은 일이지만——

(귀여운 여자애들이 그런 살벌한 이야기를 하면서 싱글벙글하니, 나 원 참.)

한 편의 그림 같은 장면이지만 목소리가 들어가면 이상해지는 전형적인 케이스다. 그런 생각이 들게 하는 대화가 있고 현재에 이르렀다.

"——자, 슬슬 움직일까."

깊은 밤. 장소는 크란트 시의 성벽 외곽에서 떨어진 숲속. 스이메이, 하츠미, 티타니아 세 명은 키가 큰 수풀 뒤에서 얼굴을 내밀어 성벽의 경비 상황을 살피고 있었다.

그때 어째선지 티타니아가 못마땅한 듯이 얼굴을 굳히고 말했다.

"어째서 내가 이런 도둑 같은 짓을 해야 하는 거예요?"

"나 원. 이건 다 네가 바란 거잖아? 너 여기에 오기 전에 뭐라고 했어? 『레이지 님이 양동 작전을 펼쳐줘서, 비밀리에 그 남자의 저택에 잠입. 그 남자가 한 나쁜 짓의 움직이지 못할 증거를 찾아내서 들이미는 거예요! 두고 보세요!』라면서 엄청 의욕적이었던 거, 기억 안 나?!"

"하지만 이런 잠입법은……."

"잠입이 그런 거잖아? 뭐야? 넌 대체 무슨 상상을 한 건데? 설마 예고장 같은 걸 보내려 한 건 아니지?"

"그럴 리가 없잖아요! 그런 짓을 하면 작전이 모두 수포로 돌아가잖아요! 난 이렇게 몰래 하는 게 아니라 좀 더 우아

하고 아름답게 말이에요!"

호통으로 받아친 티타니아에게 스이메이는 질린 표정으로 대꾸했다.

"너 의외로 제멋대로구나. 그거지? 레이지 앞에서만 얌전한 척하는 거 아냐?"

"설마요! 레이지 님 앞에서도 난 나예요!"

모래막이 망토를 깊이 눌러써 얼굴의 절반을 가린 티타니아는 조금 전에 호통을 쳤던 것도 잊은 듯이 시치미를 뗐다. 얼굴이 두꺼운 걸까. 애초에 그런 성격인 걸까. 왕녀라는 출생의 특성상, 후자일 가능성이 높지만 역시 드는 생각은――

"……내가 말할 입장은 아니지만. 수상하단 말이지."

"그 입 좀 함부로 놀리지 마세요. 베어버리는 수가 있어요."

"으앗. 여자는 무서워."

찌를 듯이 험악한 눈빛과 달빛을 반사한 칼날 앞에 스이메이는 언제나 그랬듯이 진저리가 난 표정으로 어깨를 감쌌다.

두 사람이 그런 대화를 주고받는 가운데 하츠미가 입을 열었다.

"그래서, 어떻게 할 건데? 계속 이러고 있을 수도 없잖아?"

"그래요. 스이메이. 계획이 있다고 한 건 스이메이예요. 확실히 알려주고 앞장서세요."

"작전은 생각해뒀어. 지금부터 저 안에 몰래 들어갈 거야."

"지금부터라니……."

하츠미가 당황한 목소리로 중얼거리며 지금 있는 곳과 크란트 시를 에워싼 성벽을 번갈아 바라보았다. 현재 위치는 크란트 시 북측의 차단물이 없는 평원으로, 성벽과도 상당히 떨어진 곳이다. 잠입하려 해도 숨어서 움직일 장소는 없다. 남쪽으로 장소를 옮겨도 비슷한 지형이기에 마찬가지다. 더구나 성벽 부근은 방위상의 이유로 멀리까지 내다볼 수 있기에 이대로 평원을 달리면 성벽 위에서 순찰을 도는 경비병에게 발각될 것이 틀림없다.

그렇다면.

"특기인 마술로 모습을 숨길 거야?"

"그렇게 해도 벽을 넘는 게 힘들어. 일석이조인 방법이 있어."

"일석이조?"

"……뭔가 굉장히 불길한 예감이 듭니다만."

어떤 예감을 한 티타니아가 험악한 표정을 짓자 스이메이가 말했다.

"맡겨둬. 그럼 간다? Nutus. Multitudo. Decresco(중력 경감, 질량 저감), Via gravitas(중력로 형성)."

"엣――?"

"아아――?"

스이메이가 주문을 마치자, 세 사람의 몸이 힘차게 공중으로 떠올랐다. 마치 워프라도 한 것처럼 중력도 관성도 없이 순식간에 구름 근처까지 떠오른 것은 좋았지만――

"아, 아아아?!"
"이, 이, 이건?!"
스이메이가 주도한 것이기에 하츠미도 티타니아도 머리가 움직임을 따라잡지 못했다. 설마 갑자기 밤하늘을 날게 될 줄은 몰랐는지 공중에서 뒤집혔다가 빙글빙글 돌았다가 완전히 균형을 잃었다.
"스스스스, 스이메이! 이렇게 갑자기이이!"
"섣불리 움직이지 마. 내가 제어할 테니까."
"제어 이전의 문제예요! 노, 노, 높아……!"
티타니아는 소리를 지르며 공중에서 허우적거렸다. 그런 티타니아의 모습에 스이메이는 생각대로 되었다는 기분이 살짝 들었지만, 그런 내색은 하지 않고 진지하게 말했다.
"좀 참아줘."
"이건 걸 참으라니. 불가능한 소리 하지 마세…… 아아아! 지면이 더 멀어지고 있어……."
"우는 거야? 떨어뜨리지 않을 테니까 걱정하지 마."
"안 울어요! 그보다, 그런 문제가 아니에요!"
"그래! 됐고 얼른 내려놔! 이 멍청아!"
"하츠미 너도냐……. 진정해. 자, 손 잡아줄 테니까……."
"엣? 으응……."
우는 소리를 하기 시작한 하츠미에게 다가가 달래주자, 하츠미는 금세 평온을 되찾았다. 어렸을 때 곧잘 이런 식으로 달려준 적이 있어서 똑같이 해봤는데 생각보다 효과가

좋아 차분해져서 고개를 숙였다.

물론 스이메이가 그 내막을 모르는 것은 뻔한 이야기지만.

“하, 하츠미 님을 잘 구슬렸어도 날 어떻게 할 수 있다고 생각한다면 오산이에요! 얼른 내려요! 지금 당장! 부탁이에요! 내려줘요!”

너무 무서운 나머지 이미 명령을 하는 건지 부탁을 하는 건지 어투에 일관성이 없는 티타니아다. 그런 그녀의 바람에 응해, 마술로 하강 절차에 들어갔다.

이대로 가는 편이 거리 속에 은밀히 들어갈 수 있지만 이미 한계라고 한다면 어쩔 도리가 없다. 꺄꺄거리며 좀체 진정하지 못하는 왕녀님이 듣지 못하도록 작게 한숨을 쉰 뒤 성벽 위에 내려섰다.

“착지.”

“하, 다, 다리가…… 닿았어.”

왕녀님은 떨리는 목소리로 말하며 힘없이 주저앉았다. 그렇게 무서웠을까.

한편 하츠미와 잡고 있던 손을 놓자,

“아…….”

“응? 왜 그래?”

“아, 아무것도 아냐!”

어째선지 아쉬워하는 듯 보였지만 바로 화를 냈다. 그리고 그에 동조하듯 티타니아도 금세 흥분했다.

“스이메이! 왜 이런 멍청한 짓을 한 거예요! 하면 한다고 미리 말해요!"

"그야 말하면 거부당할지도 모르잖아?"

"당연하죠! 미리 들었다면 이런 건 절대로 인정하지 않았어요!"

티타니아는 그렇게 말하고 세모눈을 뜨고 분노를 그대로 드러내며 허리에 찬 두 검까지 뽑으려 자루에 손을 댔다.

이성을 잃은 그녀를 보고 있자니 살짝 장난을 치고 싶어졌다.

"설마 지린 건 아니지?"

"……지금 당장 거기 앉으세요, 스이메이. 그 모가지를 베어드리죠."

이미 티타니아의 눈동자는 흔들림이 없었다. 그때 하츠미의 목소리가 끼어들었다.

"자, 잠깐. 지금 그런 얘기를 하고 있을 때가 아니잖아! 이렇게 눈에 띄기 쉬운 곳에 내렸다고! 소란을 피우면 바로 들킬 거야!"

"아— 그건 걱정 안 해도 돼."

스이메이가 맥 빠진 목소리를 퍼뜨렸다. 그러나 그 사이에도 불빛을 든 순찰병이 걸어왔다.

하츠미와 티타니아가 순간 긴장으로 몸을 굳혔지만, 바로 스이메이가 나섰다.

사람 그림자를 본 경비병이 "누구냐!"라고 물을 새도 없었다. 두둥실 떠오르듯 날아오른 스이메이가 경비병의 눈앞에 내려서자, 경비병은 위압적인 태도를 풀고 발길을 돌려 순찰 업무로 돌아갔다.

"봐."

스이메이는 아무 일도 아니라는 듯이 어깨를 움츠리며 두 사람의 곁으로 돌아왔다.

"뭐야? 또 마술이야?"

"네~. 뭣보다, 그것밖에 없고."

"사람을 조종하고, 뭔가 엄청난 악당 같아."

수상쩍다는 표정을 짓는 하츠미에게 스이메이는 "마음대로 떠들어라"라며 손을 팔랑팔랑 흔들었다. 한편 티타니아가 살벌한 눈빛으로 검을 들이밀며,

"하지만 스이메이, 순찰병은 한 명이 아니에요."

"그럼 똑같이 해주면 돼. 이런 건 그렇게 힘들지도 않고. 뭣하면 성벽 위를 한번 돌아볼까? 크란트 시의 새로운 명소. 성벽 위 산책이라는 식으로."

"뭐야, 그 아침 방송 같은 기획은."

"확실히 그런 것 같지만 아쉽게도 추천 가게는 없어. 있다면 순찰병 대기실 정도?"

"싫어. 땀 냄새 날 것 같아."

하츠미의 발언에 스이메이는 항상 땀내 나는 곳에서 땀을 흘리는 사람이 무슨 소리냐고 하려다가, 문득 티타니아가 말이 없어진 것을 깨달았다.

"왜 그래? 공주님? 난 슬슬 검을 내려줬으면 좋겠는데."

"……아무것도 아니에요."

"그런 것치고는 얼굴이 꽤 무서운데?"

티타니아의 표정은 몹시 험악하다. 마치 꺼림칙한 상상이라도 한 듯한, 몹시 심각해 보이는 표정의 이유를 제일 먼저 눈치챈 것은 하츠미였다.

"이런 걸 간단히 해버리면 당연히 얼굴도 험악해지겠지?"

"뭐, 그런가."

경비망을 뚫고 쉽게 침입한다. 자기들이 하고 있는 일이기에 스이메이도 하츠미도 위기감을 품는 일은 없지만 이 나라의 사람인 티타니아에게는 또 다른 이야기다. 간단히 침입당하는 것에 두려움을 품을 수밖에 없으리라.

"하츠미 님은 놀라지 않나요?"

"스이메이는 전에 미어젠의 궁전에서도 이랬었으니까. 게다가 나한테는 아군이고."

"그래. 지켜주는 일은 있어도, 위해는 가하지 않아."

"——뭘 진지한 얼굴로 말하는 거야! 이 멍청이!"

"아얏! 무슨 짓이야!"

스이메이는 진지하게 말한 것이지만 구린 대사가 좋지 않았는지 하츠미가 얼굴이 새빨개져서 정강이를 쉴 새 없이 마구 걷어찼다.

한편 티타니아는 스이메이를 수상쩍은 눈빛으로 바라보며 말했다.

"그렇게 대단한 일을 저지른 것처럼은 보이지 않네요."

“나도 그 정도로 대단한 일을 한 건 아냐. 오히려 마술사 집에 무단 침입하는 게 훨씬 어려워.”

스이메이는 그렇게 말하며 어깨를 움츠렸다. 현대의 경비는 물론이고, 지금까지 항상 마술사를 상대해온 스이메이에게 이런 성벽을 돌파하는 것은 무척 손쉬운 일이었다. 기계도 마술적인 함정도 없다. 논외다.

“……뭐야? 아직 뭐가 남았어?”

“아뇨. 당신이 적으로 돌리지 않아서 다행이라는 생각이 들어서요. 왕성에 있을 때 무리하게 배척하려 했다면 험한 꼴을 당했겠죠.”

“실제로 험한 꼴을 당한 녀석은 약 한 명, 아니, 일단 한 명 더 있지만.”

“웃을 때가 아니에요. 실제로 그런 이야기도 나왔었으니까요. 주로 귀족들이, 무능한 자 때문에 용사님의 결의가 흔들릴 가능성이 있다고요. 실제로는 무능은커녕 터무니없는 위험물이었지만.”

“당사자 앞에서 위험물이라니”

스이메이가 반쯤 뜬 눈을 향하자, 티타니아는 시치미를 떼며 고개를 돌렸다.

그때 문득 깨달은 것이 있었다.

“——아! 그래! 또 해야 할 일이 있었어.”

“……? 무슨 일 있어?”

“우리가 여기를 잠입하는 데 있어서 무척 중요한 일이야.”

스이메이는 혼자 납득한 듯이 고개를 끄덕이며 두 사람에게서 멀어졌다. 그리고 다시 걸어온 순찰병에게로 갔다.

그런 경계심이 없는 스이메이를 보고, 두 사람은 목소리를 낮춰 말했다.

"중요한 일이라는 게 뭘까. 혹시 저 녀석, 소란을 피우려는 거 아냐?"

"그건…… 스이메이가 아무리 모자란 구석이 있다 해도 때와 장소는 가릴 줄 알 거예요. 제법 얕볼 수 없는 계책을 내놓는 남자이기도 하고요……."

"그건 모를 일이야. 저 녀석, 가끔 진지한 얼굴로 이상한 일을 벌이니까."

"그래요. 그건 결코 부정할 수 없죠."

스이메이가 멀어진 것을 기회로 하츠미와 티타니아가 무턱대고 심한 말을 했다. 그런 두 사람이 스이메이의 행동을 주시하는 가운데, 스이메이는 붉은 눈동자를 빛내면서 경비병에게 말을 걸었다.

"저기, 미안한데, 이 동네에 추천할 만한 여관이 있어?"

"추천할 만한 여관? 중앙로에 있는 중간 계층용 여관이 괜찮아. 큰 간판이 있으니까 금방 찾을 거야. 맛있는 조식도 포함이고."

"고마워. 그리고 경비 수고해!"

스이메이는 경비병에게 치하의 말을 건네고 빠른 걸음으로 돌아왔다. 한편 두 사람의 눈에는 그런 식으로 편안하게 대화를 주고받은 것이 무척 기이하게 보였는지 마땅한 말을 찾지 못하고 멍하니 있었다.

"……왜 그래?"

"……저기, 스이메이. 당신이 말한 중요한 일이란 게……."

"그야 숙소를 고르는 건 중요한 일이잖아? 안 좋은 숙소에 묵으면 기분이 다운된다고."

"그건 그렇지만……."

뭔가가 어긋나 있지만 확실히 맞는 말이기에 달리 할 말이 없다. 하츠미가 지적하지 못해 난감해하고 있자, 티타니아가 체념한 표정으로 말했다.

"하츠미 님. 그만둬요. 이 남자한테는 무슨 말을 해도 소용없어요."

"그래. 응. 내 편은 티타니아 씨밖에 없어."

"너희, 아까부터 엄청 실례라고……."

이래저래 해서 스이메이 일동 선행 팀은 무사히 크란트 시 잠입에 성공했다.

★

스이메이 일동이 크란트 시로 향하고 며칠 후, 제도에서 열린 승전 퍼레이드는 무사히 끝났다.

페르메니아가 마술로 연기한 티타니아는 완벽했고 가장 걱정했던 이오 쿠자미의 폭주도 없었다. 굳이 문제를 꼽자면 장시간 웃는 얼굴로 손을 계속 흔든 탓에 참가자 전원의 얼굴이 묘하게 굳고, 팔이 몹시 저린 정도이리라.

여차하면 레피르는 줄어들 뻔하고, 리리아나는 수차례 졸았을 정도다. 그 피곤이 엿보였다.

어쨌든 큰 행사도 무사히 끝나고, 후발조의 리더인 레이지는 크란트 시로 향하는 마차 안에서 스이메이와의 대화를 떠올리고 있었다.

"마법…… 아니, 마술이라……."

마차 창문으로 밖을 바라보며 떠올린 것은 북쪽 진지에서 스이메이와 나눈 대화다. 스이메이가 마술사라는 것을 안 이후로 여러 이야기를 들었지만 역시 지금 생각해도 이상하게 느껴졌다. 그 문명의 이기가 발달한 평화로운 세계 어디에 마술 같은 불확실한 것이 있었을까 싶은 것이다.

그러나 그렇게 생각될수록 신비라는 사상은 주의 깊고 철저히 감춰져왔다는 것이리라. 건물 틈새에, 네온 불빛의 이면에, 들키지 않게끔, 은밀히.

그런 대화를 한 뒤, 저쪽 세계에 마술이 존재한다는 건 역시 믿을 수 없다며 웃으며 말했을 때, 스이메이는 이렇게 답했다.

——우리 세계의 사람들은 대부분 과학으로 성장했으니까. 어떻게 해도 그렇게 생각해. 사실은…… 사실은 어느 쪽이 정당한 법칙인지는 아무도 모르는 거잖아? 법칙 같은 건 결국 사람이 멋대로 생각해서 일어날 수 있는 현상에 끼워

맞췄을 뿐인, **가정**에 불과해. 잘 모르는 마술로 실패하면 그건 비과학적이라서가 되겠지만, 물리법칙으로 결말을 추구한다 해도 실패할 때는 실패하잖아? 과학의 실패 이유는 찾을 수 있지만, 마술의 실패는 마술사밖에 몰라. 그래서 결국 있을 수 없다고 생각해버리는 거야. 요컨대 의식의 차이야. 물리법칙으로 성장했으니 그것밖에 믿을 수 없게 돼. 과학이나 물리에 대한 지식밖에 없고, 그것으로밖에 성공을 만들어낸 적이 없으니까. 그래서——

그래서 그렇게 생각해버리는 거라고.

그것은 결국 마술을 의도적으로 성공시키고 그것을 일상화하지 못하면 모르는 것이다. 마법을 쓸 수 있게 된 자신도 아직까지 불가사의하게 생각하고 만다. 이미 저쪽 세계는 마술을 믿을 수 있는 토대조차 제거되었다고 해도 좋으리라.

차창 밖으로 흘러가는 경치를 바라보며 그런 것을 생각했다. 그리고 문득 자기에게 그런 것을 가르쳐준 친구가 궁금해졌다.

"저기, 스이메이는 강한 가요?"

어느새 옆에 앉은 레피르에게 그렇게 묻고 있었다.

레피르는 그 물음에 쓰고 있던 챙이 넓은 모자를 검지로 살짝 들어 올려 얼굴을 드러냈다.

"스이메이는 강해. 난 검객이라서 구체적으로 어떻게 강하다고는 너무 많아서 다 설명할 수 없지만, 스이메이를 약하다고 하면 세상 사람 대부분이 잡어가 되겠지."

레피르의 말을 듣고 페르메니아와 리리아나에게 시선을 옮기자 그녀들도 같은 생각이라는 듯 고개를 끄덕였다. 그리고 이번에는 창밖을 보며 생각을 하고 있던 모양인 이오쿠자미에게 시선을 주었더니,

"응? 아아, 내 라이벌은 강해. 뭐야, 넌 모르는 거야?"

"으음. 마술사인 걸 알고 나서도 평소와 다름없으니까……."

마술사라고 고백한 후에도 스이메이는 역시 스이메이일 뿐이었다. 평소처럼 귀찮아하고 기본적으로 흐느적흐느적 실실거리는. 이런 저런 이야기를 해주게 됐지만 힘에 관해서는 아직 잘 모른다.

"크크크. 내 피앙세는 보는 눈을 더 키워야겠어."

"조금씩이지만 강해졌다고 생각했는데."

"그건 여신의 가호가 익숙해진 것뿐이잖아?"

"역시 그런 걸까……."

강해졌다는 자각은 있다. 그러나 그 성장은 부자연스러운 속도로 이루어진 것이기도 했다. 따라서 정말로 자신이 강해진 건지 알 수 없어질 때도 있다.

"레이지. 여신의 가호를 받은 건 어떤 느낌이에요?"

갑작스러운 리리아나의 물음에 아기처럼 주먹을 쥐었다 폈다 하면서 답했다.

"나도 잘은 모르지만 아무것도 하지 않았는데 강해진 느

낌이 드는…… 거려나?"

"그건 기분 탓……이 아닌 거예요?"

"혹시 지난번 새크라멘트의 힘이라는 건?"

"음…… 그것과는 다른 느낌이에요. 새크라멘트의 힘을 끌어냈을 때는 능력이 강화된 느낌이 들지만, 이건 계속해서 싸울 수 있을 것 같달까. 한계가 보이지 않게 됐달까. 마력도 체력도 충실해진 느낌이 들어요."

새크라멘트를 가지면 마력과 체력을 끌어올릴 수 있지만 그것은 계속 이어지는 것이 아니다. 따라서 레이지에게 이 감각은 위화감이다.

"그것도 예전에 비해 강해진 느낌도 들고요."

"그것에 대해서는? 페르메니아 양."

"분명 영걸 소환 의식에 따른 여신의 가호라고 생각돼요. 서서히 강해졌다고 하니, 지금 레이지 님의 힘이 증대된 것도 그게 아닐까 해요."

"여신의 가호는 굉장하네."

"치사해요."

레피르와 리리아나가 부러워하는 가운데 페르메니아가 뭔가 하고 싶은 말이 있는 것처럼 손을 들었다.

"저, 레이지 님. 조금 궁금한 게 있어요."

"궁금한 거요?"

되묻자, 페르메니아는 레피르에게 눈짓을 보냈다. 그러자 레피르가 끄덕였다. 두 사람이 같은 의문을 가진 모양이다. 이윽고 레피르가 입을 열었다.

"그게, 솔직하게 묻는 건데, 레이지는 스이메이한데 화가 안 났나 해서."

"내가 스이메이한테 화가…… 나요?"

"그게, 스이메이 님은 레이지 님에게 마술사라는 걸 숨겼다고 했으니까요. 역시 뭔가 생각하는 게 있지 않을까 해서요."

"아아……."

그 물음에 이해했다. 두 사람 다 자신과 스이메이 사이에 균열이 생기지 않았을까 하고 걱정하고 있다는 것을.

그런 그녀들을 바라보면서 현대 세계에서의 일을 떠올렸다.

"……저쪽 세계에 있었을 때, 난 상당히 위험한 일에 관여해서 터무니없는 짓만 했었어요. 누군가가 곤란에 처하면 그걸 보고 있을 수가 없어서 돕고 싶어진달까……. 그래서 항상 자주 붙어 다니는 스이메이나 미즈키한테 폐를 끼쳤는데…… 그럴 때 자주 불가사의한 일이 일어나서 도움을 받은 일이 종종 있었어요. ……지금 생각해보면 스이메이가 몰래 구해준 거겠죠."

당시를 떠올리면서 한 말이기에 이야기가 명확하지 못한 것은 부정할 수 없다. 그러나 곰곰이 생각해보면 마술이 관계되었다고 생각할 수밖에 없는 것들이었다. 불량배에게 둘러싸였을 때 뜬금없이 상대가 저절로 픽픽 쓰러졌던 일이나, 자유업의 사람들이 들고 있던 권총의 탄알이 빗나간 일, 사기범이 자수한 일 등 꼽자면 그야말로 끝이 없다. 따라서——

"비밀로 했었던 건 확실히 응어리가 남는 부분도 있지만 그쪽에 그런 규칙이 있다면 어쩔 수 없는 일이고, 굳이 말하면 고맙다고 말하지 못한 내가 미안하달까……. 그런 짓만 했는데 용케 지금까지 친구로 남아줬다고 생각해요."

"하지만 왕성에서 헤어진 것에 관해서는 스이메이한테 버림받은 거 아닐까?"

"마족과 싸우는 건 내가 두 사람한테 상담도 하지 않고 멋대로 결정한 일이에요. 원래는 그때 버림받았어도 이상하지 않지 않을까요? 제멋대로 터무니없는 짓을 하려는 사람은 돕고 싶지 않을 거고, 저쪽 세계에 돌아갈 방법도 가르쳐주지 않을 거라고 생각해요."

"그건 그것대로 극단적이네."

"그럴지도 모르지만요."

요컨대 자기는 생각 없이 경거망동했다. 선택된 사람이라는 말에 들떠서 무엇이든 할 수 있게 됐다고 착각했다. 그리고 스이메이가 멋대로 움직였다고 말할 수 있겠는가. 스이메이에게도 하고 싶은 일이 있다. 그것을 제한할 권리는 자신에게 없다.

더구나,

"스이메이도 아무것도 하지 않은 게 아니에요. 스이메이는 스이메이대로 자신의 신념에 따라 움직이고 있었으니까요. 게다가 우리가 제도에 왔을 때 흔쾌히 받아줬어요. 그러니 이 이야기는 이제 됐어요."
"……좋은 친구네."
"스이메이한테는 아까워요."
레피르는 미소 지었지만 리리아나는 가차 없다. 그러나 그만큼 격의가 없어진 것이리라. 레피르가 그럴 수 있게끔 스이메이가 배려하고 있다고 생각된다.
"그러고 보니 레피르 씨는 스이메이와 같이 아스텔 쪽에서 도망쳐 왔다고 들었는데 그건 역시?"
"아아, 아니야. 도망친 게 아니라 스이메이가 날 구해준 거야."
레피르의 대답을 듣고, 문득 페르메니아에게도 시선을 향했다.
"저는 좀 특수해요……. 스이메이 님한테 싸움을 걸었다가 도리어 당했어요."
"에엣? 도, 도리어 당해요?! 그렇다는 건 스이메이와 싸운 거예요?!"
"네. 레이지 님 일행이 왕성에 오고 1, 2주 뒤였을까요. 그게, 아무래도 스이메이 님의 행동이 수상해서 밤에 스이메이 님을 미행했는데, 알고 보니 유인당한 거였어요."
"그, 그런 일이 있었군요……."
"그 정도로 놀랄 일인가요?"
"…………그거야, 선생님이 먼저 싸움을 건다는 게 상상이 안 돼서요."

"그때는 제가, 지금 생각하면 얼굴이 빨개질 정도로 거만할 때였거든요. 레이지 님도 보셨을 테지만……."

"아아, 그러고 보니……."

페르메니아의 말을 듣고 떠올렸다. 그녀가 자기들에게 마법을 가르쳐주게 됐을 때, 동료 궁정 마술사에게 상당히 고압적으로 굴었었던 것을. 그때는 지금처럼 말씨도 정중하지 않았기에 거만했었다고 듣고 보니 확실히 그랬을지도 모른다.

"그래서 그 거만함을 시바스에게 이용당해 스이메이 님을 수상하게 생각하게 됐고 스이메이 님에게 철저히 패배한 후 스이메이 님과 함께 시바스를 때려눕혔어요."

페르메니아는 전반에는 부끄러운 듯이 말했지만 후반에는 어쩐지 자랑스러운 듯한 모습이다. 그리고 그런 그녀를 보고 있던 레피르는 촉발되고 만 걸까.

"나, 나도 스이메이하고 같이 마족 장군을 쓰러뜨렸다고?!"

"스, 스이메이 님과 적을 쓰러뜨린 건 제가 처음이에요!"

"난 페르메니아 양과는 다르게 싸움은 일으키지 않았어!"

"거짓말이에요! 살짝 싸웠다고 들었어요!"

큰 소리로 말다툼을 하는 두 사람을 보고 있자니 레이지는 불쑥 웃음이 새어 나왔다. 그런 레이지의 미소를 본 페르메니아와 레피르가 고개를 갸웃했다.

"스이메이는 여전히 인기가 많네."

"아?"

"네?"

얼굴을 맞대고 있던 두 사람이 동시에 얼굴을 향해왔다. 그리고 이쪽이 한 말뜻을 이해했는지,

"저, 레이지 님의 말씀은 저쪽 세계에서도 스이메이 님을 노리는 여성이 있었다는 걸로 들리는데요……."

"레이지. 그게 대체 무슨 소리야?"

"무슨 소리고 뭐고, 저쪽에서도 스이메이한테 여자애가 자주 찾아왔었으니까요. 소꿉친구…… 쿠치바 씨는 알 거라고 생각하지만, 그 외에도 외국 여자애나 외국 여자애나……."

그 말을 들은 리리아나가 졸린 눈을 더욱 수상쩍게 가늘게 뜨고 한마디 했다.

"……스이메이는, 벽창호예요."

"전적으로 동감이야. 그 남자는 언제 한번 누군가한테 찔려봐야 해. 흥."

그 말에 동조하듯 이오 쿠자미까지 신랄한 말을 했다. 심한 말이지만 동정할 수 없는 것도 분명하기에 옹호에는 나서지 않았다.

한편 그것을 듣고 있던 레피르와 페르메니아는,

"그것에 대해서도 나중에 자세히 들어야겠어."

"네. 같이 추궁해요."

바로 조금 전까지 싸우고 있었는데도 불구하고 두 사람은 손과 손을 힘껏 맞잡았다. 아마 이 두 사람이 힘을 합치면

스이메이는 그야말로 입도 뻥끗하지 못하고 끝나리라.

어쨌든,

"여러분. 곧 크란트 시예요."

리리아나의 목소리에 차창으로 앞을 바라보니, 크란트 시 성문과 입성을 기다리는 사람들의 행렬이 보였다. 머지않아 도착할 것이다.

"분명 우리는 그대로 입성하는 거였죠?"

"네. 들어간 뒤에는 때를 봐서 스이메이 팀과 만날 거예요."

다 같이 앞으로의 계획을 확인한 뒤, 머지않아 마차가 성문에 도착해, 미리 의논한 대로 성문을 빠져나와 곧바로 마차에서 내렸다. 입성 수속은 한 번 방문한 적이 있기에 생각보다 순조롭게 끝났다.

성문 앞 광장에서 가볍게 기지개를 켰다. 하늘은 맑다. 좁은 차내에서 해방된 것도 있어 상쾌한 기분이 들었다.

"스이메이 쪽은 어디에 있을까……."

그렇게 말하며 별 뜻 없이 주위를 둘러보는 시늉을 하자, 레피르가 씨익 하고 짓궂은 미소를 보내왔다.

"잉? 레이지는 티타니아 전하는 궁금하지 않은 거야?"

"엣? 아, 아니, 티아도 궁금해요!"

"흠. 그 말괄량이 공주뿐만 아니라 나도 신경 써줬으면 좋겠어."

"아뇨, 그게……."

레피르의 심술에 이오 쿠자미까지 한마디 거들었다. 가시

방석에 앉게 될 듯한 화제를 어떻게든 피하기 위해 살짝 큰 목소리로,

"스, 스이메이 쪽도 그렇지만 이대로 접촉해도 괜찮을까요?!"

"그건 걱정하지 마세요. 저와 페르메니아가 있으니까요."

"그럼 레이지 님, 이쪽으로."

그렇게 말하며 페르메니아가 가리킨 곳은 근처에 위치한 건물과 건물 사이.

"저긴…… 골목?"

"레이지. 골목 끝에는 감시가 없어. 한번 시선을 끊으려면 빨리 들어가는 게 좋아."

"그렇군요."

레피르의 말에 납득하고 그녀들과 함께 종종걸음으로 골목 안으로 뛰어들었다. 그때 두 개의 기척이 등 뒤로 따라붙었다. 아마 그녀들이 **이미 있을 거라고** 생각했던, 용사의 동향을 살피기 위한 하드리어스 쪽의 감시이리라.

그녀들의 철저함에 감탄하며 골목으로 들어가자, 어느샌가 후위를 맡고 있던 리리아나가 뒤쪽을 향해 주문을 외치고── 곁으로 돌아왔다.

"이제 괜찮아요."

"뭔가 했어?"

브이 사인을 그리며 의기양양한 표정을 짓는 리리아나에게 슬쩍 몸을 굽혀 묻자, 거기에는 페르메니아가 답했다.

"은폐 마술이에요. 이제 감시자에게 들켜도 그들은 우리를 신경 쓰지 않을 거예요. 스이메이 님이 분명 길가의 돌이 된다고 말했어요. 비유는…… 잘 모르겠지만요."

"아아……."

그녀의 해명을 듣고, 어느 유명한 애니메이션의 비밀 아이템을 떠올렸다. 그것을 뒤집어쓰면 남이 인식할 수 없게 된다는 물건이다. 솔직히 터무니없는 스텔스 병기다. 그것과 비슷한 일이 가능하다는 것도 마술의 심상치 않은 일면을 엿본 듯한 기분이 들게 한다.

"이제 스이메이 쪽을 찾는 일만 남았나. 어디에 있을까."

그렇게 말하며 골목에서 나가려 뒤돌았을 때 문득 리리아나가――

"냐옹."

고양이 같은 소리를 내기 시작했다. 냐옹, 냐옹. 그것은 마치 고양이를 찾으려고 울음소리를 흉내 내는 듯한, 아이들의 싱거운 놀이 같다. 그리고 그것은 끊임없이 이어졌다.

"냐옹, 냐옹, 냐옹, 냐옹."

"저, 저기, 리리아나?"

"냐옹, 냐옹, 냐아―."

"에? 에엣……?"

리리아나의 돌발 행동에 레이지는 당혹감을 감출 수 없었다. 리리아나가 고양이를 좋아하는 것은 레이지도 알지만 이런 상황에서 놀려는 걸까. 아니면 어떤 의식일까. 어느 쪽인지 알 수 없어 옆에 있던 레피르에게 물어보니.

"으음, 레피르 씨. 저건……."

"귀엽지?"

리리아나에게 시선을 주면서 묻자, 레피르는 마네키네코(손님을 불러들이기 위해 주로 가게 앞에 장식하는, 손짓하듯 한 손을 든 고양이 인형)처럼 손을 동그랗게 말고 빙그레 미소 지으며 답했다. 그것은 마치 아이의 티 없는 모습을 보고 흐뭇해하는 듯하다.

그러자 이오 쿠자미도 가세했다.

"음. 귀여워. 역시 내 제자야. 사랑스러움의 기초도 겸비하고 있어."

끄덕이면서 만족스럽게 말했다. 그렇다면 저것은 정말로 노는 걸까. 지금까지 실수 없이, 아니, 그 이상으로 주도면밀하게 행동해온 리리아나라고는 전혀 생각할 수 없는 행동에 곤혹은 깊어갈 뿐.

표정을 묘한 형태로 일그러뜨리자, 레피르가 가벼운 장난에 성공했다는 듯 태연한 웃음을 지어왔다.

"농담이야, 레이지. 아마 저걸로 연락이 되게끔 미리 정해둔 거겠지."

"저걸로요?"

고양이를 냐옹, 냐옹 불러서 대체 어떻게 한다는 걸까. 아직 상황은 이해할 수 없다. 그러나 그러고 보니라고 생각되는 것도 있다. 제국의 야카기 저택 주변에는 고양이가 많이

있었다는 것을.

그때 골목 안쪽에서 검은 고양이 한 마리가 나타났다.

리리아나는 울음 흉내를 멈추고 검은 고양이에게 다가갔다. 길을 잃은 고양이처럼도 보이는 그 검은 고양이는 세로로 갈라진 금색 눈으로 가만히 리리아나를 응시하고, 리리아나도 고양이를 지그시 바라보았다.

그 후, 다시 몇 번 냐옹, 냐옹 소리를 주고받은 뒤 리리아나는 돌아보며,

"이쪽이래요."

"냐옹——."

리리아나의 말에 맞추듯, 고양이는 골목 안쪽으로 몸을 돌려 가볍게 한쪽 앞발을 들었다. 그 모습은 마치 안내하겠다는 몸짓 같기도 하다. 그런 고양이를 뒤따라 걷기 시작한 리리아나를, 페르메니아와 레피르도 뒤따라갔다.

부랴부랴 그 뒤를 쫓아 리리아나에게 물었다.

"고양이와 대화를 할 수 있어?"

"대화라기보다 생각을 동조하게 하는 것에 가깝지만요."

리리아나가 "뉘앙스"는 같다고 말하자, 이오 쿠자미가 얼굴을 들이밀며,

"뉘앙스라기보다 이 경우는 **냐앙스**지."

"……저기, 그건 그럴 듯한 말을 하려고 한 건가요?"

회심의 의기양양한 얼굴을 보고 질려서 지적하자 이오 쿠자미는 유쾌한 웃음을 터뜨렸다. 평소의 미즈키에게서는——

물론 **발병**했을 때의 그녀라도 상상하지 못할 태도에 미스터리는 더해가지만 어쨌든.

고양이 뒤를 쫓는 리리아나를 따라가다 보니 마침내 큰길에 면한 여관에 도착했다.

예의 여관은 커다란 간판에 무척 눈에 띄는 외관을 하고 있었다. 사람들의 출입도 많고, 여관이라고 하면 제일 먼저 거론될 듯한 인기다.

"으음…… 혹시 여기가?"

"그런 것 같아요."

"이런 알기 쉬운 곳에 잠복해 있다니……."

믿을 수 없다. 역시 잠복 장소의 이미지는 싸구려 여관이다. 스파이 영화나 그런 소설을 너무 많이 본 건지도 모르지만 가장 먼저 떠오르는 곳은 그곳이고 지금 눈앞에 있는 것처럼 『호화롭지는 않더라도 유명해 보이는 여관』은 가장 금기시되는 것처럼 여겨진다.

"그래서라는 것도 있어요."

"이런 곳에 있을 거라고는 누구도 생각하지 않으니까라거나?"

"네. 그렇다고 해도 스이메이한테는 별로 상관없겠지만요."

그것은 스이메이의 실력을 인정해서일까. 흔히 소설 따위에 등장하는 마법사처럼 사람을 조종하는 마술이 있다면 확실히 별로 상관이 없다. 적으로 돌리면 그것만큼 무서운 것도 없겠지만.

리리아나가 고양이에게 고마움을 전하고 쓰다듬는 사이에 먼저 스이메이 일동을 찾으러 숙소로 들어갔다. 그들이 있는 방을 찾을 것까지도 없이 그들을 발견했다. 입구에서 잘 보이는 장소. 이층 홀에 마련된 테이블에 앉아 세 사람은 우아하게 차를 마시고 있었다.

"여어."

계단을 올라 다가가니, 이쪽을 발견한 스이메이가 가볍게 손을 들어 불렀다. 쉬고 있었을까. 앞으로의 일정에 대해서 의논하고 있었을까. 티타니아, 하츠미와 함께 로즈워터를 마시고 있었다.

잠복이라는 말과는 무관해 보이는 그 모습에 살짝 질린 티를 내며 대답했다.

"생각보다 우아하게 지내는 것 같네."

"잠복 중에 반드시 얌전히 지내야 하는 법은 없으니까. 완벽히 몸을 숨기면 뭘 하든 상관없어."

"그게 몸을 숨긴 거야?"

"엄밀히 말하면 녹아든 느낌이지. 요컨대 상대가 모르면 되는 거야."

그렇게 말하며 로즈워터를 한 모금 머금어, 비아냥으로 씁쓸해진 입 안을 헹군 걸까. 스이메이가 장미향이 나는 한숨을 토했다. 그런 그에 이어 하츠미가 대외적인 미소를 지어왔다.

"수고했어요. 그쪽도 순조로워 보이네요."

"응. 쿠치바 씨도 스이메이를 돌보느라 수고가 많아."
"정말 그래요."
"……난 계속 진지하게 하고 있는데 왜 그런 말을 들어야 하는 건데."
웃는 얼굴의 하츠미에게 스이메이는 못마땅한 얼굴을 향했다. 농담을 농담인 줄 모르는 남자다. 한편 티타니아가 엄하게 내뱉었다.
"그런 건 평소의 행실 탓이겠죠. 이미 돌이킬 수 없을 정도로 당신의 평판은 땅에 떨어졌어요!"
"저기, 아직 꽁하게 생각하고 있는 거야? 그때 지린 게 그렇게——."
"안 지렸어요! 멋대로 날조하지 마세요!"
티타니아가 새빨개진 얼굴로 스이메이에게 호통을 쳤다. 직후, 티타니아는 레이지에게 "스이메이가 한 말은 거짓말이에요!"라거나 "날 깎아내리기 위한 계략이에요!"라며 부지런히 수습에 나섰다. 한편 레이지는 그렇게까지 당황하는 티타니아의 모습이 신선했지만, 어쨌든—— 그 모습을 지켜보던 하츠미는 한숨을 내쉬었다.
티타니아가 어느 정도 진정한 것을 본 레이지가 그녀에게 물었다.
"그래, 티아. 이제 어떻게 할 거야?"
"……도착하자마자 죄송하지만 결행일은 오늘 밤. 자세한 건 제가 설명해드릴게요."

티타니아가 작전 설명을 위해 입을 열었다.

★

레이지 일동이 크란트 시에 도착한 날 밤은 달이 보이지 않는 신월(新月)이었다.

스이메이와 하츠미의 요청으로 그 날을 결행일로 잡은 것인데, 당초 예정대로 레이지가 하드리어스 저택을 정식으로 방문해 양동을 펼치고, 그가 하드리어스의 주의를 끄는 사이에 스이메이 일동이 몰래 잠입할 계획이었다.

인원도 크란트 시에 들어왔을 때와는 살짝 바뀌어 스이메이, 하츠미, 티타니아에 리리아나를 더해 네 명이 팀으로 공작 저택 뒤편에 도착해 있었다.

구출 작전 회의가 한창일 때, 경비망이 두터울 때가 많은 뒤편으로 침입하는 것에 대해서는 하츠미나 레이지가 이론을 제기했지만, 스이메이의 "있는 곳을 알기 쉬운 편이 마술을 걸기 쉽다"는 한마디에 침입 경로는 결정됐다. 저택 뒤편은 미로처럼 산울타리가 만들어져 있어 그곳에 사병이 경비를 서고 있는 상황이었지만 그런 걸로 마술사를 현혹시킬 수 있을 리 만무하고 그야말로 척척 침입에 성공했다.

물론 도중에는 침입 방지를 위한 마법 장치도 있었지만——.

"약해, 약해."

손쉽게 장치를 해제하고 돌아다닌 스이메이가 한 말이다. 품위 없는 웃음을 흘리면서 필요 이상으로 장치를 마구 해제한 것은 공작 골탕 먹이기의 일환일까. 먼저 스이메이가 창문을 깨고 들어가 나머지 인원을 천천히 안으로 들이는데 두 번째로 들어온 하츠미가,

"어째 도둑 같다."

"첩보원이겠지! 왜 저번 침입 때부터 일부러 나쁜 이미지로만 비유하는데?"

"그거야……."

"하츠미 님이 말하시고 싶은 건 알겠어요. 확실히 지금은 좀도둑 소리를 들어도 어쩔 수 없어요."

이어서 들어온 티타니아가 비난 섞인 시선을 향해왔다. 그 정도로 침입에 대한 인상이 나쁘다면 잠입 부대에 지원하지 않으면 될 텐데. 용사와 왕녀의 잠입이 체면에 좋지 않다는 것은 알지만, 유감스럽게도 지나치게 이기적이라고 말하지 않을 수 없다.

"어이, 리리아나 너도 이 녀석들한테 뭐라고 해줘. 네 전문 기술이 무시당하고 있다고!"

"리리아나는 귀여우니까 괜찮아."

"귀여운 건 정의라느니 꽃미남 한정이라느니, 죽어버려."

"…………."

하츠미에게 불만을 늘어놓았지만, 그런 대화의 와중에 있는 리리아나는 연신 주위를 두리번거릴 뿐이다. 뭔가 신경

쓰이는 점이라도 있는 걸까.

"왜 그래? 리리아나?"

"아뇨…… 가요."

물었지만, 리리아나는 고개를 가로젓고는 저택의 복도를 걷기 시작했다. 무언가 확신이 서면 알려주겠지 하고 일단 일층부터 잠입했다.

주변을 자세히 관찰하면서 인기척에 주의하며 움직였다.

"근데, 생각보다 소박하네."

스이메이는 저택 안을 살피면서 무심코 생각한 것을 말했다. 무릇 귀족의 저택이라고 하면 대개는 호화로운 법이다. 귀족은 그 성질상 예외 없이 허세를 부려야 하고 권위를 안팎에 나타내기 위해 무슨 일에도 옷을 빼입는 것이 일반적이다. 상대에게 자신을 강하게 보이면 한 수 위로 보여지고 상대를 구슬릴 수도 있다. 나는 이만큼 재력을 가지고 있습니다. 영지 운영 능력도 정치력도 있어서 성공했습니다. 그런 것을 알리는 것이 전략 중 하나다.

그런데 말이다. 왕족과의 혈연이 있는 공작이라는 대귀족임에도 불구하고 하드리어스 저택은 화려함이 결여되어 있고 비교적 소박하다. 다만 저택은 삼층 건물에 문을 열면 넓은 방이 있는, 초라한 가옥과는 전혀 무관한 곳이다.

어쨌든 저택 안은 깔끔하고 손길이 미친 아름다운 방이 이어져 있고 흰 벽에는 촛대와 그림이 걸려 있고 복도에는 붉은 카펫이 깔려 있다. 목제로 만들어진 문은 흔히 보는 초콜릿 과자처럼 생겼고 군데군데 마력등도 드리워져 있어 역시 단순한 부자와는 확실히 구분되는 인테리어다. 불쑥 문을 여니 새하얀 천이 깔린 테이블이 눈에 들어오고 푹신해 보이는 쿠션이 달린 의자와 소파가 놓여 있었다. 품위가 있어 취향은 나쁘지 않다고 말할 수 있으리라.

신중히 저택 내부를 수색하던 중, 문득 하츠미가 멈춰 섰다.

"하츠미. 무슨 일이야?"

"이 방……."

중얼거리듯 말한 하츠미는 어느 문에 시선과 의식을 빼앗긴 모습. 끝 방에 그녀의 마음을 끄는 것이 있었을까. 문득 티타니아가 다가가더니 그녀 역시,

"하츠미 님. 이 방에 무슨── 아?"

뭔가를 깨달았을까. 한순간 몸이 굳어졌다. 그런 티타니아에게 하츠미는 미소를 지으며,

"미안하지만 먼저 눈치챈 건 나니까 내가 할게."

문 앞으로 다가갔다. 그런 하츠미를 붙잡듯 불러 보지만,

"야, 하츠미!"

"하츠미 님!"

"먼저 가! 난 나대로 어떻게든 해볼 테니까……."

그녀는 문을 열고 방 안으로 들어갔다.

"이런, 이런. 저 녀석, 뭘 눈치챈 거야?"

"아마도 희미한 무위겠죠. 검처럼 날카로웠으니까요."

"먼저 알아챈 녀석을 해치우러 간 건가……."

티타니아도 느낀 모양인 검객의 투기. 분명 잠입을 눈치챈 자를 처리하는 것은 기본 중의 기본이다. 악수(惡手)는 아니겠지만, 절반 이상은 그녀가 검객으로서의 긍지를 자극받았기 때문이리라.

스이메이 일동이 저택 안에 잠입하기 조금 전.

레이지, 페르메니아, 레피르, 이오 쿠자미 네 명은 이미 공작 저택 앞에 도착해 이 저택의 주인인 루카스 드 하드리어스와 상대하고 있었다.

귀족과 그 저택 현관 앞에서 밤에 서서 대화하기를 바라는 것도 상식 밖이지만, 하드리어스도 그 제안에 응해 현관 앞에 나타난 것도 모자라 경호를 일절 대동하지 않은, 도를 넘은 상식 밖의 상황. 몸차림은 귀족 차림을 했고 허리에는 단단히 검을 찼다.

흑발. 가지런히 기른 수염. 이마부터 뺨까지 얼굴을 비스듬히 가르듯이 큰 흉터가 있는 위장부. 약 2미터 가까운 체구에 그냥 서 있는데도 강한 기운을 풍겼다.

하드리어스는 마주한 페르메니아에게 비난과 실망이 뒤섞인 말을 했다.

"――이런 시간에 예고도 없이 찾아오다니 비상식적이라

고 말할 수밖에 없군. 백염.”

“예. 한창 쉬시는데 이렇게 찾아뵈어 죄송합니다.”

페르메니아가 가슴에 손을 얹고 깊이 머리를 숙였지만 하드리어스는 그걸로는 풀리지 않는다는 듯이 눈썹을 끌어 올렸다.

“그리고 말이야. 나한테 나오라느니 하는 주제를 모르는 말은, 스팅레이 가문의 영애답지 않은 것 같은데?”

“그 점에 관해서는 거듭 용서를 구합니다. 더욱이 공작 각하도 눈치를 채셔서 이렇게 현관 앞까지 걸음을 하신 것 아닌가요?”

“……역시. 거기 계신 건 용사 레이지 씨인가.”

그렇게 말한 하드리어스는 조금 전의 불쾌함은 어디로 가버린 듯이 몸에 띠고 있던 험악함을 누그러뜨렸다. 완곡한 인사와 말의 응수였지만, 그것이 마치 예정된 대화였다는 듯이 아무 일도 없었다는 모습. 이른바 귀족의 소양일까. 서로의 의중을 헤아린 듯한 대화가 끝난 것을 보고, 레이지가 하드리어스 앞으로 걸어 나갔다.

“오랜만입니다. 하드리어스 공작.”

“용사. 귀하의 방문에 관해서 내가 불만을 말할 입장은 아니지만, 조금 전에도 말했듯이 이런 시간에 방문하는 건 나로서도 성가신 일이 아닐 수 없군.”

용사에게 대놓고 불만을 터뜨릴 수는 없지만, 하드리어스는 쿡 찌르듯 싫은 소리를 했다. 물론 레이지는 심기를 건드리는 것이 가치가 있기에 내심 기분이 좋았지만, 어쨌든——.

"공작. 오늘은 당신과 꼭 하고 싶은 이야기가 있어서 이렇게 왔습니다."

"이야기라. 미안하지만 이래 봬도 바쁜 몸. 짧게 끝내주겠습니까. 길어지면 다시 날을 봐서 들었으면 좋겠는데."

"아뇨. 꼭 지금 여기서 했으면 합니다."

"……그런데 티타니아 전하는 지금 어디에 있지?"

하드리어스의 물음에는 페르메니아가 답했다.

"공주 전하는 현재 따로 움직이고 계십니다. 믿을 만한 분들과 함께 있으니 걱정하시 마십시오."

"그렇군."

하드리어스는 그렇게 말하고는 탐색하는 듯한 눈빛으로 페르메니아를 바라보았다. 이전의 그녀라면 포커페이스가 불가능한 무시무시한 눈빛이었지만, 강해진 지금의 그녀에게는 그것을 흘려 넘길 여유가 있었다.

어쨌든 레이지가,

"공작, 물어도 되겠습니까?"

"뭘까?"

"엘리어트 오스틴. 공작은 그의 행방에 대해 짚이시는 것이 있습니까?"

레이지의 물음에 하드리어스의 얼굴이 순간 험악해졌지만 금세 원래의 표정을 되찾고,

"……엘 메이데의 용사는 내 집에 체류 중이다. 현재 성심성의껏 모시고 있어."

솔직히 인정했다. 물론 크리스터가 말한 대로이기에 놀랄 것은 없지만.

"그의 수행 마법신관이 저에게 도움을 청하러 왔었습니다. 하드리어스 공작이 그를 감금하고 있다고 하더군요. 분명 뭔가 오해를 한 걸 테지만, 괜찮다면 그와 만나 봐도 되겠습니까?"

말한 것은 다소 완곡한 표현. 잠입 팀이 있기에 모두 연극에 불과하지만 레이지가 하드리어스에게 시선을 주자,

"그건 거부하지."

"어째서죠? 모시고 있는 것뿐이라면 상관없는 것 아닙니까? 이미 쉬고 있다면 무리하게 지금 당장 만나겠다는 게 아닙니다. 다시 다른 날에라도……."

"내 대답은 변하지 않아. 이유도 말할 수 없다."

완고한 공작의 태도에 옆에 있던 페르메니아가 강한 투로 말했다.

"공작 각하. 죄송하지만 그 발언은 공작 각하가 부당하게 엘리어트 님을 잡아두고 있다는 크리스터 씨의 주장을 스스로 인정하시는 꼴이 될 수 있다고 생각합니다만."

"그렇다면 어쩌겠다는 거지?"

권력을 믿고 빼기는 듯한 하드리어스의 부조리한 대답에, 페르메니아도 덜컥 말문이 막혔다. 역시 이런 태도로 나온

다면 그녀도 난감하리라. 레이지는 그녀 대신에 노려보는 듯한 눈빛으로,

"지금부터 힘으로 밀고 들어갈 겁니다."

"힘으로라."

하드리어스는 그렇게 복창하듯 말하고는 어딘가 유쾌하다는 듯이 후후후 하고 웃었다. 힘으로라고 말하면 조소와 함께 야만적인 행위라고 폄하당하는 것은 피할 수 없다고 생각했지만, 뜻밖의 반응에 이번에는 이쪽이 당황했다.

그리하여 상황은 클라이맥스로,

"좋다, 용사. 바라는 대로 상대해주지."

"…………크!!"

하드리어스가 갑자기 내뿜은 강렬한 무위에 무심코 풀쩍 뛰어 물러났다. 페르메니아가 수비에 나서듯 앞으로 끼어들고, 뒤에서 대기하고 있던 레피르와 이오 쿠자미도 달려왔다.

"공작 각하. 레이지 님에게 검을 겨눌 생각이세요?"

"무슨, 백염. 걱정할 것 없어. 내가 지금 검을 휘두르는 건 오로지 용사의 힘을 알아보려는 것뿐이다."

"구세의 용사의 힘을 시험하는 건 아무리 공각 각하라도 무례하다는 비난을 피할 수 없을 거라고 생각합니다만."

"백염은 **내 힘으로도 부당하다고**?"

"그건………… 하지만 그렇게 하게 할 것 같으세요?"

페르메니아는 잠시 말이 막힐 뻔했지만 레이지의 앞에서

물러나지 않았다. 그런 그녀에게 하드리어스는 태연한 얼굴로,

"백염. 귀공의 상대는 내가 아니야."

공작이 손가락을 튕기자 어디선가 무장한 집단이 나타났다. 예전에 하드리어스와 크란트 시 부근의 숲에서 만났을 때 본 적이 있는 자들이었다.

"각하의 사병들인가요? 하지만."

"——확실히 지금의 백염을 보는 한, 그들은 부담이 크겠지. 하지만 귀공도 설마 나와 진심으로 싸우겠다는 건 아니겠지."

"큭……."

역시 대귀족을 상대하는 것은 힘든 걸까. 페르메니아는 이를 갈았다. 아니, 지금까지 상대할 수 있었던 것을 칭찬해야 하리라. 입장상 그녀에게 하드리어스라는 상대는 처음부터 벅찬 존재였다.

귀족끼리 싸우는 것을 말한다면 주저하게 되는 것도 당연한 얘기다. 물론 귀족 간의 전쟁이라는 것은 역사의 관례다. 같은 왕을 모시려 해도 같은 귀족끼리 싸우는 것은 권력 투쟁을 시작으로 늘 있어왔기에 이상한 일이 아니다.

그러나 그 싸움에 정당성이 없는 한, 싸움에 임하는 것은 바람직하지 않다. 용사 엘리어트를 잡아두고 있는 것은 이미 명백하지만 그것이 감금인지 아닌지는 아직 확실하지 않고, 그렇다 해도 그것이 나라에 대한 배신의 이유가 되

느냐 하는가다. 이런 상황에서 대귀족과 분쟁을 일으키는 것은 본가를 곤란하게 하는 일임은 물론이고, 지금까지 나라의 일체화를 추진해온 알마디아우스에 반기를 드는 것으로 비칠 수도 있다. 국왕과 왕녀가 어떻게 생각하느냐에 상관없이.

페르메니아가 사병을 앞에 두고 망설이고 있자, 그녀의 어깨에 손을 얹은 것은,

"페르메니아 양. 물러나. 여긴 내가 맡을게. 나라면 거리낄 상대도 없으니까."

"레피르…… 미안해요."

"그 모습은, 아르주나의 정령의 무녀인가."

"공작. 난 신경 써야 할 것도 없거든. 게다가 귀공한테는 개인적인 원한도 있고."

그렇게 말한 레피르는 페르메니아를 뒤로 물리고 하드리어스를 향해 큰소리쳤다. 그런 그녀에게 하드리어스는 의아한 듯이,

"난 당신한테 원한을 산 기억이 없는데."

"귀공이 마족을 대상(隊商)에 보냈을 때, 마침 거기 있던 나도 심한 꼴을 당했거든."

레피르의 말에 짐작 가는 것이 있던 하드리어스는 이해했다는 표정을 지었다.

"그렇군. 확실히 그거라면 원한 한두 개쯤은 있겠지. 하지만 그녀가 대신하여 무녀를 상대해주겠다는군."

"그녀?"

사병들 사이에서 그림자 하나가 모습을 드러냈다. 그리고 그 그림자를, 페르메니아와 레피르는 본 적이 있었다.

"이건……."

"트리아의 용사……."

로브를 걸치고 쌍검을 겨누고 선 모습. 이쪽에서 말을 걸어도 반응을 보이지 않는 그녀는, 바로 그녀들이 연합에서 상대했던 마지막 용사였다.

"역시 공작은 우니베르시타스와 연관이……."

"흠? 어디서 알았는지는 몰라도 그 이름을 안다는 건, 이미 그녀와는 접촉을 한 건가. 그래. 나도 우니베르시타스 중 한 명. 무리 사이에서는 적상(赤傷)으로 불린다."

스스로 그렇다고 고백하는 하드리어스에 레이지 일동도 동요를 감출 수 없었다. 그런 가운데 하드리어스가,

"이제 나와 상대해줄 수 있겠지. 용사."

하드리어스가 도발하듯 말하자, 문득 이오 쿠자미가 레이지 옆에 섰다.

"도와줄까? 피앙세."

"아니. 저 사람은 나 혼자서 상대할게."

"괜찮겠어?"

"응."

오리할콘의 검을 뽑아 자세를 취하는 레이지에게, 하드리어스는 유쾌한 듯이 겁 없는 미소를 지으며,

"그렇게 나와야지. 용사가 도전을 받아들이는 기개가 있는 자라서 안심했어."

그는 허리에 차고 있던 검을 땅에 박았다.

"뭐야……?"

이제 승부인데 검을 땅에 박는 것은 얕보는 걸까. 레이지가 그렇게 생각한 순간, 사병들을 상대로 고심하고 있던 페르메니아가――

"레이지 님, 조심하세요! 그건 하드리어스 공작의 무답검(舞踏劍)이에요!"

외침이 울려 퍼진 순간, 하드리어스가 우아한 발놀림으로 이쪽의 틈새를 파고들었다.

――로그 잔다이크는 스스로 만든 그림자 구석에서, 연합에서 불려온 용사를 관찰하고 있었다.

창문이 없는 방 안. 광원은 양초 불빛이 전부이고 나머지는 최소한의 가구와 동쪽과 서쪽에 문이 있을 뿐인 통로 같은 적막한 방. 그런 방에 틀어박혀 지금은 주위를 경계하며 두리번거리고 있는 그 용사의 이름은 하츠미 쿠치바. 건드리면 부러질 듯한 덧없는 외모에 아직 나이도 차지 않은 소녀다.

그러나 그 외모만 보고 속단하지 말지어다. 아무리 덧없는 외모의 소녀라도 몸에 두른 무위는 검객의 그것과 다름없다. 건드리면 베일 듯한 날카로움은 자신과 마찬가지로 칠검 중 한 명인 박명의 참희, 티타니아 루트 아스텔의 것과 닮았지만, 그녀와는 다르게 번쩍이는 강렬함이 일절 풍기지 않았다.

검객이라면 살의와 참의는 반드시 몸에서 풍기는 법. 싸움에 임할 때와 경계하고 있을 때라면 반드시 그럼에도 불구하고 지금 그녀는 그렇지 않다.

그 모습은 마치 한 점 흐림도 없는 거울이나 고요한 수면 같다. 무위를 내뿜고 있음에도 불구하고 살기는 억눌려 있고 서두르는 기색은 느낄 수 없다. 그 움직임의 징조조차 읽을 수가 없다.

하늘거리는 부분이 많은 이세계의 옷에 몸을 감싸고, 마족과 싸울 때 드워프에게 무리해서 만들게 했다는 우아한 칼을 들고, 미세한 움직임으로 금발을 찰랑이고 있다.

그 모습에 빈틈은 없다. 깨끗한 거울이 대상을 한 치의 오차 없이 비추듯이. 물결이 일지 않는 수면이 결코 스스로 흔들리지 않듯이. 잔물결이 일 낌새조차 없는 즉, 파고들 틈이 전혀 없었다.

――그리고 그런 숙련자에게 이쪽이 하려는 것은 발 묶기와 전투 능력 평가다.

저택의 주인에게 만일 언젠가 용사가 침입할 때 알아봐달라고 부탁받은 것인데,

(설마 이 저택에 이렇게 쉽게 침입하다니…….)

공작 저택의 경비는 완벽 그 이상이다. 저택에 상주하는 사병들은 모두 베테랑으로, 고양이 한 마리도 출입을 허락하지 않는다. 자기가 침입을 시도하더라도 나름대로 고생할 것이다. 그러나 현실은 어떤가. 그들은 경비에게 들키지 않고 이렇게 간단히 들어왔다.

게다가 이쪽도 발을 묶는 일조차 만족스럽게 해내지 못했다.

저택 내부의 경계는 자신이 관여할 바가 아니다. 그러나 만약 다른 용사가 엘리어트를 구하기 위해 침입했을 때는 그 용사와 동료의 발을 묶고 그들의 힘을 측량하는 것이 자신의 역할이었기에, 용사에 대한 경계에 관계했다고는 할 수 있으리라.

따라서 그 양쪽 모두에 걸리지 않은 스이메이 야카기의 실력은 역시 더할 나위 없다고 해야 하리라. 이 세계의 마법과는 다른 기술. 그 심연을 들여다본 자라는 것을 생생이 보고만 있어야 했던 꼴이다.

(그에게 그 애를 맡긴 건 역시 옳았나…….)

침입한 네 명 중 리리아나가 있었다. 총명하고 성실한 아이. 아마 그를 돕고 있으리라. 문득 본 그녀의 얼굴에는 생기와 희망이 돌아와 있었다. 본 것에 한해서지만 암마법도 쓰지 않았을 뿐만 아니라 그녀를 잡고 놓아주지 않았던 암마법의 힘도 지금 그녀에게서는 전혀 느껴지지 않았다. 안대 끝에서 어렴풋이 보였던 암마법을 쓰는 마법사에게 예외 없이 부여되는 그 낙인도 사라진 것으로 보아 주박에서 풀려난 것은 의심할 것도 없다.

그것을 생각하면 역시 적으로 돌리기에는 위협이다.

그러나 이번에는 그의 높은 실력에 도움을 받았다고 할 수 있을지 모른다. 만약 그가 이쪽의 방해에 걸려들어 자신이 세 명을 상대하게 됐다면 상황은 훨씬 어려워졌을 것이다. 용사 하츠미의 제대로 된 전력 평가도 하지 못하고 서둘러 놓아주는 꼴이 되었을지도 모른다.

그러나 지금은 그녀만 잡아둠으로써 당초의 목적을 이루었다고 할 수 있지만——

(설마 스스로 뛰어들 줄이야…….)

뜻하지 않은 사태에 웃음이 멈추지 않는다. 비웃음이 아니라 검객으로서의 희열이다. 같은 검객으로서의 무위를 느꼈기에 그녀는 일부러 이 방에 들어왔다. 어찌 웃지 않을 수 있겠는가. 명예가 아니고서야 무엇이겠는가.

따라서 역시 용사의 실력은 얕보기 힘든 면이 있다. 특히 현재 저택에 잡아두고 있는 엘 메이데의 용사 엘리어트 오스틴과 눈앞에 있는 연합 용사 하츠미 쿠치바는 이번에 소환된 용사들 중에서도 이상할 정도의 실력을 가지고 있다고 여겨졌다.

보통 용사는 여신의 힘을 부여받았을 뿐인 그릇이라는 것이 지금까지의 인식으로, 역사를 통해 보더라도 그랬다.

그러나 이 두 사람은 다르다. 원래 가진 실력만으로 마족과 겨루는 것이 가능하고 마족 장군조차 압도할 수 있는 힘을 가지고 있었다. 하츠미 쿠치바는 검의 술리를 벗어난 검술을 구사한다. 한편 엘리어트 오스틴은 검뿐만 아니라 마법에도 빼어나고 암시조차 걸리지 않는 저항력을 가지고 있었다.

그런 실력을 가졌기에 용량 관계상 여신의 은혜를 전부 짊어질 자로서 왕국의 용사 레이지 샤나가 거론됐는데——

"보이지 않아……."

들려오는 용사의 목소리에 마음을 새로이 하고 잡념을 떨쳤다.

방 한가운데에 있는 하츠미 쿠치바는 혼자라는 것에 당황한 듯하다. 그러나 『보이지 않아』라고 중얼거렸기에 이쪽의 존재를 눈치챈 것은 틀림없다. 이런 상황에 놓이면 대개는 갇히게 될 뿐인 장치라고 착각하지만 그녀는 이쪽에서 희미하게나마 새어 나오는 무위를 읽은 것이리라. 언제 공격이 들어와도 상관없게끔 감각은 날카롭게 벼려져 있고 그야말로 살얼음 같은 무위다.

지금은 이쪽의 공격을 유도하는 걸까. 무위에 촉발된 방 안의 가구가 마른 종이를 찢는 듯한 소리를 끊임없이 퍼뜨렸다.

(확실히 강렬하군.)

자칫하면 이쪽의 검객으로서의 흥미를 끌 법한 상황이다.

그것은 검을 자기의 길로 걸어온 자의 숙명일까.

——역시 한 검객으로서 겨뤄보고 싶다.

문득 그런 생각을 해버린 것이 실수였을까. 용사의 참의가 높아진 것을 알아채고, 즉시 다른 그림자 안으로 도망쳤다.

"거기!"

"……!"

간발의 차로 하츠미 쿠치바가 외치며 칼을 휘둘렀다. 그 칼이 지나간 곳은 바로 조금 전까지 자신이 있던 곳이다. 필시 마음의 동요와 절기(絕氣)의 불화에서 생겨난 작은 낌새를 눈치챈 것이다.

지금까지 희미했던 낌새를 명확히 파악해서일까. 하츠미 쿠치바는 그 자리에서 칼을 바로 잡고 도발하듯 내뱉었다.

"어디의 누군지는 모르지만 절기 솜씨가 꽤 뛰어난데? 감탄했어."

"……구세의 용사에게 그런 말을 듣다니 영광이군."

모습은 숨긴 채지만 이미 존재를 숨길 필요가 없다고 느끼고 대꾸했다. 칭찬을 솔직히 받아들이자, 하츠미 쿠치바는 마치 예를 갖추듯 자세를 바로 하고,

"그렇게 말한다는 건 내가 누군지 알고서 그런 거겠지……. 검객으로서 정식으로 소개하죠. 내 이름은 쿠치바 하츠미. 만약 괜찮다면 그쪽 이름을 알고 싶은데?"

용사가 검객으로서 평범히 이름을 밝혔다. 미련은 남지만 대답할 마음은 들지 않았다.

잠자코 있자 아쉬운 듯한 목소리가 실내에 울려 퍼졌다.
"……알려주지 않는 건가."
"평범한 승부라면 그것도 바라던 바지만. 아무튼 이번에는 검객으로서 설 수는 없다. 사정이 있어."
"그런 거라면……."
문득 고개를 숙인 것은 실망해서일까. 그런 식으로 기개가 꺾인 듯 보인 순간, 하츠미 쿠치바는 무위를 폭발시키듯 단숨에 끌어 올리고——
"사양은 필요 없겠네!"
외침과 함께 그 자리에서 칼을 휘둘렀다. 칼날은 닿지 않는 범위에 있지만 돌발적인 횡참격에 위기감이 엄습했다. 황급히 몸을 낮춰 대응하자, 참격으로 발생한 소음이 등 뒤에서 들려왔다.
"——!!"
참격의 여운에 눈을 감고 흔들리는 검객. 그녀에게서 한순간 눈을 돌리자, 등 뒤의 벽이 날카로운 칼끝에 베인 듯이 매끄럽게 잘려나간 것이 보였다.
"이게……."
소문으로는 들었던 하츠미 쿠치바의 검. 연합의 검객들을 모조리 경악케 했다는, 간격을 무시한 참격이다. 팔의 길이와 무기의 길이에 얽매이지 않고 칼끝에 존재하는 모든 것을 베어버린다는, 검의 이치를 벗어난 기술. 그야말로,
"그래. 그야말로 절기(絕技)군."

조금 전의 칭찬을 돌려주는 듯한 형식이 된 감탄. 그러나 그런 검객의 영예에 하츠미 쿠치바는 자조 섞인 미소를 지었다.

"설마? 이걸 절기라고 생각하면 우리 아버지 걸 보면 놀라 자빠질걸?"

그렇다는 것은 용사의 아버지는 지금의 참격을 뛰어넘는 걸까. 농담이 느껴지지 않는 그 미소에, 문득 등줄기가 서늘해졌다. 숙련된 검객조차 등골이 서늘해질 듯한, 위기를 예감케 하는 당돌함.

"그게 허세가 아니라면…… 무서운 얘기군."

"사실이야. 정신 나간 얘기가 아니라고. 어쨌든 인간을 관둔 사람이니까. 그것보다――."

그렇게 말한 그녀는 뭔가를 찾듯 실내를 두리번대기 시작했다. 그리고,

"보이지 않는 기술을 가진 그쪽은 터무니없네. 그런 건 보통 낌새를 한 번이라도 파악하면 점점 알게 되는데. 어떻게 된 거야?"

"미안하지만 물어도 알려줄 수는 없어."

"그렇겠지."

역시 도리는 아는 걸까. 하츠미 쿠치바는 그 이상 추궁하지 않고 깨끗이 입을 닫았다. 당연하지만 비전은 말할 수 없는 것이다. 알고 싶다면 직접 부딪쳐 술리를 해명하는 수밖에 없다. 그리고 그것을 간단히 하게 할 이쪽도 아니다. 반

대로 그 검의 술리를 해명해 보이겠다는 자부심도 있다. 그것은 지금까지 길러온 검술과 마도가 있어서이기도 하다.

……그러나 상대가 상대. 이쪽도 역습에 목숨을 잃을 가능성이 없다고 단언할 수 없다. 긴 금발을 넘기는 용사, 하츠미 쿠치바. 이세계의 옷차림에 바람을 가르는 어깨는 적당히 힘을 빼고 열심히 주위를 두리번거리며 지금은 한 곳에 멈춰 있지 않고 계속해서 돌아다니고 있다. 그 움직임도 매끄럽고, 거동과 거동 사이에 반드시 발생하는 어색함도 전혀 없다.

——이건 힘든 일이 될 것 같다.

그렇게 생각하면서도 입가에 미소가 떠오르는 것을 멈출 수는 없었다.

★

닫힌 실내에서 모습이 보이지 않는 상대의 무위에 주의하며 칼끝을 위로 겨누었다.

구리가라타라니 환영검 쿠치바류 검객, 쿠치바 하츠미는 이런 상황에 처해서도 마음을 어지럽히지 않도록 검객의 자세를 잃지 않도록 오직 하나의 칼이 되려고 애쓰고 있었다.

미스릴의 칼날에 불빛이 비치고 그것에 따라 그림자가 흔들렸다. 분명 상대는 그 그림자 안에 몸을 숨기고 있을 테지만, 어차피 이쪽은 마술사가 아니기에 확실한 위치를 판

별할 수는 없다. 사방의 벽에는 촛대가 있고, 그림자는 몇 개나 생겨나 있다. 바닥에 길게 들러붙은 평면의 어둠 속에 숨는 기술은 그야말로 수수께끼지만, 이것이 신비를 다루는 자들의 이치이리라.

자신이 이곳에 뛰어든 것은 이곳에 검객의 기운이 있어서였다. 마치 이쪽으로 오라고 부르는 듯한 무위였기에 그것이 검객의 긍지를 자극해 발을 들였다.

그러나 들어와도 모습은 보이지 않고, 기척은 알 수 없고, 평범한 만남은 바랄 수 없는 상황이다.

검객으로서는 살짝 불만이지만 이런 취향도 나쁘지 않다. 대화를 해본 한, 상대에게도 검객의 긍지와 신념이 있기에 평범하진 않더라도 길을 벗어난 짓은 하지 않을 거라는 확신이 있다.

따라서 패배는 있을지언정 후회는 없다. 원한도 갖지 않는다. 제대로 된 싸움을 기대할 수 있는 상대를 만난 것은 감사히 여겨야 한다.

(목소리는…… 수수한 아저씨네.)

목소리로 짐작되는 상대의 나이는 아마도 아버지와 비슷한 정도이리라. 노화와는 전혀 무관한, 이상하리만치 젊은 아버지에 견주는 것도 이상한 이야기지만, 차분한 음성만으로도 상당한 수련을 쌓아온 것을 알 수 있다. 그렇다. 강함은 사소한 행동에서 알 수 있는 것. 이쪽이 아무리 무위를 발산해도 상대는 마이동풍으로 웃어넘길 여유가 있다.

보통은 다소나마 목소리에 동요한 기색이 비칠 법하지만 그런 흔들림은 조금도 없다.

도발을 해 빈틈을 만들려 애쓰며 당장이라도 칼을 뽑고 싶은 마음을 억누르고 있지만, 아직 거의 파악하지 못하고 있다.

그러나 이 은폐술에 대응할 방법이 아주 없는 것은 아니다. 이 세계의 기술 중에서도 상당히 특수한 부류로 분류되는 모양이지만 자신의 세계에도 지금 상대가 쓰고 있는 것과 비슷한, 은폐를 근간에 둔 검술이 분명 있다.

그렇다.

"음무고음류 무명 검앵도(音無古陰流 無明 劍鶯渡し)…… 비검이 날아오지 않는 것만 해도 다행인가……."

——음무고음류(音無古陰流). 그것은 구리가라타라니 환영검과 마찬가지로 일본 5대 비검으로 꼽히는 검술이다.

일본 5대 비검. 그것들은 연합군 총사령부가 전후 시행한 무도 교육 금지 조치에서 벗어나기 위해 같은 일본인들에게도 숨겨진, 음지에서 살아남은 심상치 않은 검술. 금지 조치가 해제된 지 오래인 지금도 바깥 세계에는 존재를 드러내지 않는 음지의 검으로 여겨진다.

자신이 터득한 구리가라타라니 환영검 부동각(俱利伽羅陀羅尼幻影劍不動刻).

음무고음류 무명 일도(音無古陰流無明一刀).

주패전의류 궁륭연비(走覇典意流穹窿燕飛).

내연환염류 쌍검술 화신(來蓮幻炎流双劍術火迅).

은신신명류 빙천파(隱神新明流氷天破).

그중 하나인 음무고음류. 자신이 아는 한 그 검의 특징을 떠올리며 지금 상대하는 검과 비교해봤다.

"——음무의 검은 무음의 검. 낌새도 모습도 그곳에는 없고, 무위도 살기조차도, 마치 과녁을 겨냥한 화살처럼 정확한 찌르기가, 문자 그대로 날아온다."

——음무의 검은 이른바 저격의 검이다. 시대의 고비마다 그 뒤편에서 날뛰던 악당을 어둠에서 어둠으로 제거해온 암살검. 그 검의 술리를 연마하면 화살 같은 검으로 적의 머리를 가르고 정확히 심장을 꿰뚫는다고 알려져 있다.

이 검은 음무의 검처럼 가공할 만한 찌르기는 아니다. 그러나 촛대의 등불이 만들어낸 빛과 그림자의 경계가 흔들리자, 그것이 참선이 되어 이쪽을 때렸다. 검이 보이지 않는 것을 같다고 하면 어떤 의미로 닮았다고 해도 좋으리라.

(앵도는 낌새를 느낄 수 없어서 감각이나 타이밍이 어긋나지만, 이것은 반대로 모습이 보이지 않아. 그렇다는 것은 역시 이 기술은 이 세계의 마법을 함께 쓰고 있다는 건가…….)

참격을 피하면서 가능성을 순식간에 예상했다. 낌새가 사라진 탓에 시각과의 오차가 발생해 혼란스러운 경우는 종종 있다. 그러나 지금 만들어진 불가시의 기술은 검술로 만들 수 있는 범위의 것이 아니다.

게다가 참격의 날카로움과 타이밍이 가속되는데――

(상대는 상당한 실력자야. 어쩌면 영걸 소환의 가호를 받은 나와 호각일까? 뭐야, 그건 반칙이잖아…….)

제멋대로이지만 그렇게 생각하고 만다. 상대의 입장에서 보자면 가호를 받은 자신이 더 반칙이겠지만―― 이상할 정도로 강한 자에게 불평불만을 품는 것은 누구에게나 흔한 일이리라.

그러나 지금 자신이 가장 못마땅한 것은――

(역시 조절하고 있어. 참격에 살기는 없고, 아마도 이건 목검의 감촉…….)

진검승부일 터인데 상대는 죽일 마음은 조금도 없다는 듯한 무위를 뽐고 있다. 게다가 참격을 막을 때 느껴지는 무게와 감각이 금속의 느낌과는 미묘하게 다르다. 마치 시합 같다. 자신을 향한 모든 요소가 이것은 시합이라고 말하고 있다.

엘리어트에게 가지 못하게 하기 위한 방해 공작일까. 모두의 앞을 막은 것은 아니기에 반드시 그렇다고는 할 수 없지만 어쨌든.

"그쪽이 그럴 작정이라면, 진지할 수 있게 만들어줄게."

"그건 참아줬으면 싶군. 용사에 더해 나까지 진지해지면 간단히 끝나지 않게 돼."

"어머? 상대는 이 세계 사람들이 의지하는 모양인 용사인데?"

"물론."

"그럼 더더욱 진지해지면 좋겠어."

상대의 검을 끝까지 지켜보는 수비에서 공격으로 전환했다. 흔들리는 경계 속에서 날아드는 검격을 받아넘기고 그 끝에 있는 그림자를 베어냈다.

조금 전과 마찬가지로 손에 느껴지는 반응은 없었지만——.

"음——?"

당혹감 정도는 줄 수 있었던 모양이다. 아마 상대는 태도(太刀)에 부딪쳤을 터인 검격이 어째선지 도신을 빠져 나간 것처럼 보였으리라. 부딪쳤을 터인 태도는 찰나의 순간, 녹청의 환영으로 흐려져 사라진 것이 틀림없다.

——구리가라타라니 환영검, 몽환녹청. 날카롭게 벼려진 무위로 환영인 허상을 만들어내 실제 검을 놓치게 하는 기술. 검객의 감각이 날카로우면 날카로울수록, 만들어진 허상에 걸려든다.

"이건 태도가……."

그림자 안의 검객은 검의 궤도를 간파하지 못하고 당황하여 중얼거렸다. 그것은 의도하지 않고 입에서 새어 나온 것일까.

——말 그대로 녹청이란 구리의 겉면에 생기는 녹색의 녹을 가리킨다고 한다. 가까운 것에서 찾자면 10엔짜리 동전이나 대불의 겉면에 생기는 비취색의 얼룩이다.

쇠의 광택을 연상케 하는 환영이 순간 시야 끝에서 번쩍이고 눈에 어른거리는 녹청의 잔상이 사라지듯 흐려져서 그 이름이 붙여진 검기.

"그쪽은 보이지 않는 검. 이쪽은 부딪치지 않는 검. 자, 어느 쪽이 강하려나?"

"후, 후후후……."

들려오는 것은 즐거운 듯한 웃음. 지금 이 기술로 검객의 마음이 사라난 것이 틀림없다. 무도자가 바라 마지않을 것이 그 무위를 겨루고 시험하는 일이다. 지금까지 자신이 길러온 실력이 어느 정도인지, 과연 그것이 상대에게 통하는지. 늘 그것을 갈망한다.

――상대의 검에 흥이 붙기 시작했다. 그것을 꿰뚫었을 때 말한 것은,

"내 심검신환(心劍身幻)에 삼독을 파하는 기술로. 바위에서 이 몸을 내던져, 버리는 목숨은 부동의 구리가라……."

아주 짧은 순간 침착하게 왼 것은 타라니. 본디 부동명왕을 빙의시키는 방법이지만, 지금 왼 것에 주력(呪力)은 없다. 그러나 그럼에도 부동존은 불신이기에 칼에는 물론 신이 깃들고, 그것이 지명자(持明者) 왕이기에 빙의된 칼은 진언(眞言), 주력을 가진다고 말해진다.

마음은 이미 정해졌다. 그때 말이 없어진 것을 기회로 봤을까. 그림자는 등불을 일렁이며 그림자를 움직였다.

그것을 눈 끝으로 파악한 이쪽이 검을 눕혀 들듯 하고 쳐

들자마자, 쇳소리가 귀를 때렸다. 양팔에 가해진 보이지 않는 무게. 그 무게에 짓눌리지 않기 위해 생각해낸 것은 구리가라타라니 환영검, 설수(雪垂).

나뭇가지에 쌓인 눈이 휘어진 가지 끝에서 미끄러져 내리듯, 순간적으로 힘을 빼 상대의 검을 칼끝 쪽으로 미끄러뜨렸다.

그리고 단전에 끌어 모은 기운을 기합과 함께 내뿜었다.

"하아아아아아아아아아아아아!!"

미끄러뜨린 기울기에서, 압력에 의해 쌓인 힘을 해방. 팔을 비틀어 검을 크게 휘두르듯이 상대의 오른쪽 어깨가 있을 터인 곳을 내리쳤다. 그러나 역시 정확한 위치를 파악하지 못하는 한, 손에 느껴지는 반응은 없다. 평소라면 그곳에 인체가 있고, 오른쪽 어깨가 있을 터지만, 역시 그림자는 그림자일 뿐일까. 허공에 태도풍의 날카로운 소리가 휭하고 울려 퍼진 것에 그쳤다.

자세를 살짝 무너뜨렸지만, 불 그림자는 흔들림이 없다. 상대도 부주의하게 공격해오지는 않게 됐다. 검을 휘두를 때마다 간파당하기 시작했기에 이제 쓸데없는 견제도 할 수 없게 된 것이리라.

칼을 내리쳤다. 등불의 그림자를 반사해 불그스름한 궤도를 그었지만, 허상을 경계한 걸까. 역시 참격으로 막는 일은 없다.

실체가 없이 등불에 비친 방 안에서 춤추는 모습. 마치 혼자만의 연무 같다. 그러나 아직 살을 벤 느낌은 없다.

따라서 벨 때까지 휘두를 뿐.

하나의 뜻에 온 마음을 모으면 물방울로도 바위를 뚫는다. 그런 단순한 일념으로 임하는 기술은,

"……아무리 보이지 않는다 해도 방 전체를 베어버리면 그쪽도 어쩔 수 없겠지."

겁 없는 목소리는 마치 부동이 몰아낼 터인 악마가 제 몸에 깃든 듯.

――구리가라타라니 환영검, 선정, 열반숙정의 태도(太刀).

"하아아아아아아아아아아아!"

그 무한대의 참격은 방의 **원형이 사라질 때까지** 이어졌다.

한창 저택 내부를 수색하던 중, 하츠미가 "먼저 가"라는 말을 남기고 어느 방으로 들어갔다.

뭔가 그녀의 마음을 끄는 것이 있었을까. 스이메이 일동이 하츠미를 쫓아 문을 열었지만 그곳에 그녀는 없다. 더욱 안쪽으로 들어갔을까. 아니면 다른 곳으로 튕겨 날아갔을까. 홀연 자취를 감추었다.

물론 알아보면 금세 찾을지도 모르지만――.

"그건 역시 얄팍한 짓이겠지……."

하츠미는 혼자서 들어갔다. 혼자서 충분하다고 판단한 것이다. 그걸 이쪽에서 멋대로 틀렸다고 판단하는 것은 아무리 그래도 얕은 생각이리라. 이쪽은 이쪽대로 어떻게든 해보겠다는 말을 믿고 발길을 돌리는데, 티타니아가 미간에 주름을 잡으며 물어왔다.

"스이메이, 무슨 일이에요?"

"보다시피. 우리는 가자."

"가자는 건…… 이대로 가도 되는 거예요?"

"처음부터 그러려고 왔잖아? 엘리어트를 구한다는 목적을 이루기 위해서."

"하지만 그러면 없어진 하츠미 님이……."

하츠미를 걱정하며 물고 늘어지는 티타니아에게 스이메이는 특별히 걱정하지 않는다는 듯이,

"하츠미라면 괜찮아. 그 녀석도 연합에서 마족 장군을 상대했었어. 그렇게 뒤처지진 않겠지. 게다가 자기 발로 뛰어들었고."

그렇다. 스스로 뛰어들었다시피 하츠미는 의외로 호전적이다. 평소에는 차분하고 얌전하지만 그 부분은 아버지를 닮았다고 해야 할까. 강한 상대를 보면 붙어보고 싶은 모양이다.

그녀의 아버지인 쿄시로가 말하길 그런 의욕—— 즉 "탐욕적인 갈망이 없으면 강해질 수 없다"라는 뜻을 확실히 가

지고 있다는 것이다.

그러나 티타니아는 아무래도 마음이 놓이지 않는 모양으로,

"먼저 하츠미 님을 찾는 게 좋지 않을까요?"

"웬만한 상대라면 집을 통째로 베어버릴 거야. 게다가 어쩌면 우리가 찾는 것보다 하츠미가 튀어나오는 게 빠를지도 모르고."

"집을 통째로……."

"그러지 못할 거라는 생각은 안 들어…… 무섭게도 말이지."

혀를 날름 내밀고 부르르 떨며 어깨를 감싸 보이는 스이메이다. 농담인 것처럼 익살을 떨지만 말한 것은 진실이다.

칼 한 자루로 이삼 층 건물을 벤다. 모두가 입을 모아 불가능하다고 말하겠지만, 그것은 심상치 않은 검객의 실력이다. 하츠미는 고층 건물을 검 한 자루로 두 동강 내는 그 남자가 인정할 정도의 검객이다. 부모의 호의적인 시선인 것을 감안하더라도 삼층 정도라면 손쉬우리라.

그렇다면 엘리어트를 찾는 것이 먼저라는 얘기다. 찾으러 온 사람이 없어졌다고 그쪽을 찾으러 나서면 언제까지고 목적은 이룰 수 없고, 더욱이,

"하츠미 녀석이 일을 끝내고 나왔을 때까지 엘리어트를 찾지 못하면 무슨 소리를 들을지 몰라."

"……뭐, 그래도 상관없다면 나도 더는 아무 말 않겠어요."

티타니아는 질린 목소리로 말하고는 모래막이용 망토를 다시 뒤집어쓰고 앞으로 걸었다. 스이메이가 뒤따라 걸으

려는데 문득 리리아나가 따라오지 않는 것을 눈치챘다.

리리아나는 신경 쓰이는 것이 있는 듯이 하츠미가 사라진 방을 힐끔 엿보았다.

"리리아나, 왜 그래?"

"……아뇨. 아무것도 아니에요."

"그런 것치고는 상당히 불안해 보이는데?"

그렇게 물으니, 리리아나는 타박타박 걸어가 문을 열고 아무도 없는 방 안을 보았다. 그리고 역시 아무것도 없는 것을 확인하고 조용히 문을 닫았다.

무엇을 생각했을까. 리리아나는 입을 열어,

"……왠지 대좌님의 기술과 닮은 듯한 기운을 느꼈어요."

"로그 씨 말이야?"

"네. 그, 분위기랄까요……."

말로는 할 수 없는 희미한 낌새가 그녀가 겪은 이별의 슬픔을 부추겼을까. 양아버지를 그리워하는 마음이 뿌리 깊은 만큼 그의 일이라면 재빠르게 반응하는 것이리라.

확신이 있다기보다는 닮았다는 것에 그쳐 있는 듯하지만.

"어떻게 할래? 알아볼까?"

"……아뇨. 용사 엘리어트를 먼저 찾아요."

"그래."

어쨌든 우선해야 할 것을 우선하니, 하츠미가 들어간 방에 관한 이야기는 이로써 끝이 났다.

일동은 다시 걸음을 옮기기 시작했다. 각자 방심하지 않고 경계하며 앞으로 나아가던 중, 스이메이는 앞서가는 티타니아에게 물었다.

"티아. 이 저택에 대해서는 알고 있어?"

"예전에 방문한 적이 있지만 그때와는 내부 장식이 상당히 달라졌어요. 아마도 왕실에 허락을 받지 않고 바꾼 거겠지만…… 대강이라면."

아는 걸까. 왕족이기에 귀족 저택 인테리어에 대한 지식도 있는 것이리라. 무엇보다 집 구조는 대개 기본 구조가 있기에 거기서 크게 달라지는 일도 없다.

그러나,

"스이메이. 비밀의 방이 있으면 손을 댈 수 없어요. 그건 그쪽에서 파악할 수 있어요?"

"그건 미리 알아뒀으니까 문제없어. 애당초 비밀의 방 같은 공간은 없는 것 같아……. 지하도 와인 저장고 같고."

"그렇군요. 그럼──."

그녀가 무언가 말하려 했을 때, 스이메이의 경계망에 어떤 기척이 걸려들었다.

"멈춰."

"……?!"

"…………."

몹시 싸늘한 목소리로 불쑥 말해서이리라. 티타니아는 깜짝 놀라 걸음을 멈췄다. 물론 스이메이의 목소리에 익숙한 리리아나는 조용히 소맷부리에서 손으로 마법 지팡이를 미끄러뜨렸다.

복도 전면에는 벽이 있을 뿐. 그 외에는 왼쪽으로 꺾이는 모퉁이가 있다.

"이 앞에, 누군가가 있어?"

"모퉁이 안쪽. 움직이는 낌새는 없으니 기다리는 거겠지."

"어떻게 하죠?"

"뭐, 가보는 수밖에. 뭔가 하는 건 그때 해도 늦지 않아."

기다리고 있다는 것은 상대도 눈치챈 것이리라. 마주치는 순간 공격해 올 가능성도 있지만 누군지 모르는 이상 이쪽이 먼저 손을 대는 것은 좋지 않다. 이쪽은 아직 확고한 대의를 가지고 침입한 것이 아니다. 물론 엘리어트를 찾더라도 그 대우에 따라 명분이 되느냐 마느냐가 결정된다. 더욱이 저택 안이기에 수위나 사병 이외에 다른 자일 가능성도 있다.

최악의 경우, 이쪽의 입장만 곤란해질 수도 있다. 그렇게 되는 것은 바람직하지 않다.

물론 언제든지 방어할 수 있게끔 했기에 안전에 관해서는 문제없다.

스이메이가 말한 대로 모퉁이에 다가서니 사람 그림자가. 통로 한가운데에 조용히 기다리고 있던 것은 무뚝뚝한 표정으로 무장한 한 하녀였다.

스이메이는 그 모습을 보자마자 암시를 걸기 위해 내디뎠지만 어째선지 티타니아가 손으로 막았다.

잠시 잠자코 있자 하녀가 여전히 무뚝뚝한 표정으로,

"여긴 루카스 드 하드리어스 공작 각하의 저택이에요. 저택 주인의 초대 없이 들어오다니, 당신들은 강도인가요?"

가시 돋친 물음에 답한 것은 티타니아다.

"난 아스텔 왕국 제1왕녀, 티타니아 루트 아스텔이다. 이 얼굴과 이름을 확인하고도 거짓이라고 의심한다면 이 두 칼로 믿음을 묻게 될 텐데, 그래도 괜찮나?"

티타니아는 이름을 밝히는 것과 함께 살기를 내뿜었다. 본인인 것을 증명하기 위해 무위를 발산하는 것은 그녀가 칠검 중 한 명이기 때문일까. 한편 하녀도 티타니아의 당당한 태도와 용모, 무위를 보고 본인임을 알았을까. 그 자리에서 조용히 무릎을 꿇었다.

"실례했습니다. 공주 전하. 저는 이 저택에서 일하는 고용인입니다. 공주 전하를 도둑 같은 천한 자로 착각한 것을 부디 용서해주세요."

"구세의 용사 엘리어트 오스틴이 여기 계시다고 들었어요. 그는 이곳에 있나요?"

티타니아는 살짝 고압적으로 물었다. 간단히 물러날 생각은 없기 때문이리라. 상대가 순순히 대답할 거라고는 생각지 않았지만,

"그것에 관해서라면 이미 나리께서 부탁하셨습니다. 이쪽으로 오세요."

"아――?"

무뚝뚝한 얼굴의 하녀는 대답이 되지 않는 대답을 했지

만── 바로 순순히 안내해주었다. 그것에는 스이메이와 리리아나 모두 당혹감을 감추지 못했지만, 반면 티타니아는 매우 태연하게 하녀를 뒤따르기 시작했다.

그런 그녀에게 말을 걸자,

"스이메이, 가요."

"그쪽이 괜찮다면 됐지만……."

아직 의심은 걷히지 않았지만 일단 티타니아를 믿기로 하고 걷기 시작했다. 그리고 하녀에게 떠오른 의문에 대해 직접 물었다.

"그래서, 고용인 씨. 이미 부탁받았다는 건 무슨 말이야?"

"혹시 티타니아 공주 전하가 저택에 오시면 숨기지 말고 들여보내드리라고 하셨어요. 각하께서."

이미 들은 걸까. 문득 티타니아 쪽을 보니 못마땅한 듯이 눈을 가늘게 뜬 것이 보였다. 공작과는 사이가 나쁘다지만 이래서는 서로 마음이 맞지 않는다기보다 그녀가 일방적으로 적대시하는 것뿐인지도 모른다는 생각도 든다.

"공작은 내가 여기에 올 걸 이미 예상했다는 거야?"

"혹시 방문하셨을 때의 대응에 대해서요. 설마 정말로 공주 전하가 오시다니. 저도 놀랐어요."

그런 것치고는 동요의 기색이 전혀 없다. 그런 식으로 훈련받은 걸까.

"그렇군. 침입당할 것도 이미 예상했다는 건가."

엘리어트를 억류하고 있는 것이다. 누군가가 구하러 올

것은 예상했을 테고 티타니아도 레이지와 붙어 있기에 용사와의 연결고리가 있다. 그것을 감안하면 그녀가 이곳에 오는 것도 하나의 가능성으로 생각할 수 있으리라.

그러나 그렇다면 말이다. 이렇게 간단히 풀어주는 것이 이상해서 견딜 수 없다. 무슨 영문인지 몰라 답을 찾으려 리리아나에게 시선을 옮기자, 그녀도 모르겠다며 고개를 가로저을 뿐이다.

그리고 귓속말로,

"……정말 뭐가 뭔지 모르겠어. 하츠미는 갈라놓고, 엘리어트한테는 데려다주고. 함정치고는 함정 같은 느낌이 안 들어."

"……저도 속을 모르겠어요."

"……한결같은 건, 의도와 행동이 한결같지 않다는 거야."

더욱 짙어진 의문에 투덜대고 있는데 이윽고 목적지로 보이는 방 앞에 도착했다.

하녀가 문을 두드리니 방 안에서 젊은 남자의 목소리가 들려왔다. 목소리는 낯이 익었고 목소리의 상태로 보아 무사한 것 같다고 판단했을 때 하녀가 문을 열었다.

그리고 스이메이 일동의 목적인 엘리어트는―― 소파에 앉아 우아하게 차를 마시고 있었다.

엘리어트는 이쪽을 깨닫고, 그다음 살짝 공허함이 섞인 멋진 미소를 지어왔다.

"――설마 너희가 오다니."

"의외로 건강해 보인다."
"응. 보다시피 정중하게 대접받고 있어."
그렇게 말한 엘리어트는 인위적으로 금발을 떨치고는 과장되게 팔을 벌렸다. 무사하다는 것을 전하고 싶은 걸까. 그러나 이로써 더더욱 뭐가 뭔지 알 수 없어졌다.
엘리어트는 비싸 보이는 찻잔을 받침대에 내려놓고 정식으로 티타니아에게 예를 취했다.
"티타니아 왕녀 전하. 번거롭게 해드려 정말 죄송합니다."
"아뇨. 엘리어트 님이 건강해 보여서 다행이에요."
두세 마디를 주고받고 대화가 마무리되었을 때 스이메이가 물었다.
"그래서? 넌 왜 얌전히 대접받고 있는 건데?"
"그것밖에 할 게 없으니까. 나도 여기서 나갈 수 없고."
"나갈 수 없다고? 왜? 붙잡혀 있는 것 같지도 않고, 나가는 거야 너한테 어려운 일도 아니잖아?"
"확실히 그러려면 그럴 수 있어. 하지만 마음대로 사라지면 크리스터를 위험에 빠뜨리게 될 거라고 협박을 해서."
"역시. 그래서 이러지도 저러지도 못하게 됐다는 거네."
갈라놓으면 어떻게 할 수 없다. 지키려고 해도 지킬 수 없는 거다.
어쨌든 그 말을 들은 티타니아가 이마에 핏줄을 세우며 분노를 그대로 드러냈다.
"구세교회의 신관을 인질로 삼으려 하다니. 무슨 벌을 받으려고."

"그 남자는 신심이 깊은 귀족은 아닌 것 같으니까요."

"그래서?"

"여기서 잠시 기다려주면 된다고. 화나지만 이렇게밖에 할 수 없었어."

"그건 왜?"

"글쎄? 나도 처음에 잡혔을 때는 무슨 일을 당하는 거 아닌가 했는데 이렇게 불편함 없이 대접받고 있어. 대체 뭘까? 물론 물어봐도 알려주지 않았어."

그도 잘 모르는 모양으로 의아하다는 듯 신음하며 고개를 가로저었다.

(단순히 붙잡아두는 게 목적이었다? 아니야. 애초에 붙잡아둬서 어쩌겠다는 거지?)

엘리어트를 움직이지 못하게 하는 것이 목적이었을까. 그러나 납득이 가지 않는다. 그가 사라졌을 때 있었던 일이라고 하면—— 제일 먼저 들 수 있는 게 마족과의 전쟁이다. 그렇다면 거기에 참전시키고 싶지 않았다는 말이 된다.

"그러고 보니 하츠미 녀석도 뭔가 방해받았다고 말했었어."

"하지만 용사 레이지는 있었어요!"

"마족이 레이지 님을 쓰러뜨리게 하고 싶었다는 거예요?"

티타니아 말대로 레이지 혼자라면 확실히 마족으로도 쓰러뜨릴 가능성은 높지만——.

"아니. 그건 아닐 거야. 결국 이길 수 있도록 세공했어. 우니베르시타스 무리가 도우러 왔으니까. 뭐, 녀석들과도 관계없는 세력이라면 얘기는 달라지지만.”

“그쪽은 그쪽대로 정보를 가지고 있는 모양이네.”

“응. 나중에 얘기할게.”

그러나 그럼에도 답은 나오지 않았다. 우니베르시타스라면 용사를 유괴하는 계획의 일환이 될 터인데 그런 것도 아닌 모양이다.

(어디선가 계획이 바뀌었다는 건가? 유괴할 필요가 없어졌다. 하지만 마치 타이밍을 노린 듯한데…….)

스이메이가 생각하면서 낮게 신음하자, 엘리어트가 하녀 쪽을 향했다.

“그래서, 난 이제 돌아가도 돼?”

“네. 뜻대로.”

“엘리어트 님을 풀어준다고?”

“나리께서 그렇게 분부하셨어요. 티타니아 님의 명령이라면 거스를 수는 없다고요.”

“왕족에 순종하는 건 여전하다는 거군요.”

티타니아가 한숨처럼 내뱉는 가운데, 스이메이가 물었다.

“뭐야? 너희는 대체 무슨 생각을 하는 거야?”

“나리의 큰 뜻에 관해서는 저도 아는 것이 없어요.”

“그건 아스텔에 위해를 끼치는 일 아냐?”

“그런 일은 결단코.”

“그렇겠죠. 그 남자에 한해서라면 그런 반이성적인 일을 할 리가 없죠."

무뚝뚝하게 말하는 티타니아에게 스이메이는 수상쩍은 시선을 향하며,

"……이런 영문 모를 일을 당하고도 믿음이 두텁네."

"정당한 인물 평가라고 해줄래요? 싫어하는 상대라도 객관적으로 평가할 수 있는 눈을 가졌다고."

"못된 짓을 폭로하겠다고 말했던 녀석이 할 말인가."

"글쎄요. 그런 말을 했었던가요?"

"헤에에, 기억이 안 나시는구나~. 참 편리한 사고방식이야~."

스이메이는 타티니아를 일부러 약 올리고 어깨를 움츠렸다. 뭐, 실제로 이로써 목적은 달성했다. 앞으로 해야 할 일은 남아 있지만——

"티아는 이 녀석(엘리어트)을 부탁해. 난 밖에 나갈게."

"밖에서 뭘 하려고요?"

"나도 일단 원한이 있으니까. 한 방 먹이고 따져줘야겠어. 밖에서는 이미 시작된 모양이고."

"시작돼요? 하지만 그런 낌새는……."

"잘 모르게 한 것 같아. 아마 이것도 하츠미가 쫓아간 녀석 짓이겠지."

이미 스이메이는 밖에서 전투가 시작된 것을 알아챘다. 여러 명이 움직이고 있기에 하드리어스가 사병을 움직인 것이리라.

스이메이가 돌아서자 티타니아가,
“그럼 그때는 내 몫까지 합해서 두 방 먹여주세요.”
“그럴게. 끝날 때까지 천천히 쉬고 있어. 그럼 리리아나, 부탁해.”
“네.”
스이메이가 자리를 떠나려 하자 문득 티타니아가,
“스이메이. 당신도 검을 쓰니까 미리 경고해두지만, 공작과 검으로 싸울 생각이라면 조심해요.”
“뭐야. 그 귀족님이 그렇게 강해?”
“루카스 드 하드리어스는 칠검의 정점. 이 세계 최고의 검객이에요.”
“……뭐?”
얼빠진 표정으로 리리아나를 바라보니 그녀도 고개를 끄덕였다.
“루카스 드 하드리어스 공작은 칠검의 정점에 군림하는 남자예요. 즉, 이곳 북방에서 가장 강한 검객이에요.”
“너, 너희, 그런 건 좀 더 빨리 말해!!”
그렇게 외친 스이메이는 하드리어스와 대치한 레이지에게로 달려갔다.

제3장 칠검 최강 검객, 그리고 현대 마술사

스이메이 일동이 엘리어트와 만나기 조금 전. 하드리어스 저택의 정원에서는.

"——역시 용사님의 검은 미숙하군."

"크……!"

부정의 말. 그 실망 섞인 목소리에 레이지는 몹시 씁쓸함을 느꼈다.

하드리어스의 시험하는 듯한 말투에서 시작된 전투 중, 레이지는 하드리어스 앞에서 무릎을 꿇는 굴욕을 맛보고 있었다.

얕본 것이 아니다. 결코 무시했던 것이 아니다. 그럼에도 불구하고 여신의 가호를 받은 용사의 공격을, 하드리어스는 마치 그 실력을 어린애 장난이라는 듯이 헐뜯으며 서늘하게 서 있다.

그의 말대로 단 하나의 공격조차 하드리어스에게는 통하지 않았다.

공격으로 전환하면 칼이 닿기도 전에 피해, 막아내게 할 수도 없다. 반대로 수비로 전환하면 피하는 것조차 못하고 막는 것이 고작. 게다가 검격에 노출되지 않았음에도 불구하고, 이쪽은 이미 다리에 한계가 온 형국이다.

그리고 그 원인이 하드리어스의 다채로운 검기였다.

페르메니아가 외친 무답검이라는 말을 시작으로, 강력한 힘에 세련된 체술, 그리고 마기(魔技)이다. 그것들에 의해 자신은 지금 열세의 쓴맛을 맛보게 된 것이다.

지금은 검에 휘감은 번개를 털어내고, 정원 끝의 마력등 불빛에 검을 비춰 마치 미술품을 자세히 뜯어보듯 바라보는 하드리어스. 칼날의 이가 나간 걸까. 검신의 얼룩이라도 확인하는 걸까. 이윽고 확인을 끝내고 이쪽을 향해,

"지금까지 귀하가 일궈온 승리는 재능에만 기댄 것이겠지. 하지만 경험과 기량이 있는 자를 만나면, 칠해 굳힌 도금은 쉽게 벗겨져. 지금처럼 말이지."

여신의 힘을 도금이라는 걸까. 아니, 확실히 그 말대로이리라. 지금 이 몸을 가득 채운 과분한 힘은 스스로 기른 것이 아니므로.

그러나 그렇기에,

"날 부른 나라의 사람이 그런 말을 하는 거냐."

"당연하지. 만약 자기 힘이라고 착각하고 있다면, 그걸 바로잡아주는 건 그 나라 사람의 책무. 그걸 찬양하기만 하고 유유낙낙하는 건 죄나 다름없다."

――물론 귀하는 교만과는 무관해 보이지만.

하드리어스는 그렇게 말하며 이 싸움에서 얻은 듯한 평을 내렸다. 그리고,

"용사. 어떤가. 여신의 힘은? 충분히 익숙해졌나?"

"그게 지금 무슨 상관인데."

"상관이 있지. 익숙해졌다는 건 그만큼 여신의 말로 전락했다는 뜻이니까."

"말……이라고?"

"그래. 전에도 말했지만── 마족은 그 존재 자체가 인간을 포함한 종족을 멸망시키려는 거대한 존재의 뜻이라는 말, 기억하나? 귀하가 라쟈스인가 하는 마족 장군에게, 같은 생물끼리 서로 죽일 이유가 있느냐고 물은 것에 대한 대답."

"그건……"

확실히 그건 언젠가 하드리어스에게 초대받았을 때 들었다. 어째서 마족은 인간을 공격하는가, 어째서 생물끼리 서로 죽여야만 하는가라는, 라쟈스에 대한 자신의 물음에 하드리어스가 "그 물음은 소용없다"고 덧붙인 말이다.

그때는 무슨 말을 하는 건지 몰랐지만──.

"그래. 그래서 귀하의 물음은 소용이 없었어. 사신이 마족을 오직 서로 죽이기 위해서 만든 거라면, 애당초 공존 따윈 불가능하잖아? 인간을 포함한 이 세계에 뿌리내린 종족을 위협하는 이 전쟁은, 세계라는 바둑판에 여신과 사신이 용사와 마족을 말로 놓고 세계의 점유권을 두고 벌이는 쟁탈전에 불과하니까."

"바둑판…… 말……."

하드리어스의 말에 문득 떠오르는 말이 있다. 그것은 제국에서 일어난 마족과의 전투 마지막에 스이메이와 리샤밤이 했던 대화 중에 마족이 사신의 말이고 그 말의 힘을 키우기 위해 약한 마족을 줄이고 있다는. 그렇다. 마치 전략 게임처럼.

"…………."

들어맞는 사항을 깨닫고 반쯤 넋이 나가 있자, 하드리어스는 그 마음속을 꿰뚫은 걸까.

"그 모습은 어렴풋이나마 짐작 가는 게 있는 모양이군."

"그건──."

"──쓸데없는 말 주절대지 마라, 인간."

"──이오 쿠자미 씨!"

이오 쿠자미가 하드리어스의 사병들을 뚫고 이쪽의 싸움에 끼어들었다. 그녀가 흘려들을 수 없다는 듯 격앙된 반응을 보인 이유는 알 수 없지만──

"용사의 친구…… 아니, 그래, 네놈은……."

"받아라!"

"방해는 사양이다!"

마력을 오른손에 모으고 돌진해 오는 이오 쿠자미에게, 하드리어스는 그렇게 외치며 품속에서 보석 같은 물건을 꺼내 그녀를 향해 던졌다.

"윽, 이건……."

이오 쿠자미는 몸을 비틀어 피하려 했지만 보석은 그녀의 어깨를 스치고 뒤로 날아갔다. 그 일격은 그녀에게 충격을 준 것처럼은 보이지 않았지만, 이오 쿠자미는 어째선지 당황한 채 그 자리에 무릎을 꿇었다.

그리고 하드리어스는 다시 이쪽을 돌아보며,

"어때, 용사. 자기가 무엇인지 깨달은 기분은."

"——?! 당신은 내가 조종당할 뿐인 말이라도 된다는 거야?!"

"그렇다."

"……?!"

"그렇지 않으면 귀하가 마음속에 품은 『이 세계 사람들을 구하고 싶다는 마음』은 어디서 생겨났지? 그건 어디서 시작된 거고, 어디에 있는 거지?"

"그건……."

그건 구해달라고 간청해서다. 이 세계에 소환돼서, 왕성 카멜리아에서 마족 토벌을 부탁받았을 때, 힘을 손에 넣은 이상 그 힘으로 뭔가 할 수 있는 일을 해야 한다고 생각해서다. 용사라는 칭호에 적잖이 들떴었다 해도, 그것은 틀림없이 마음속 깊은 곳에서 우러나온 자신의 진심이다.

"난 이 세계 사람들을 구하고 싶었어! 그건 내 진심이다!"

"그건 귀하가 그렇게 생각하고 싶은 것뿐 아닐까?"

"아냐! 난 내 의지로 일어나 싸웠어! 조종당한 게 아냐!"

소리쳤다. 그러나 하드리어스는 질린 듯이 고개를 가로저으며,

"……엘 메이데의 용사가 그나마 사리분별을 하는 거였군."

"그건 무슨……."

"문답은 끝났다, 용사. 슬슬 추던 춤을 마저 추지."

하드리어스는 자세를 취했다. 그러나 아까처럼 마법으로 검에 번개를 두르진 않았다. 조절하려는 걸까. 그러나 몸에서 새어 나오는 무위는 그대로이며, 빈틈도 없다. 그리고 검을 땅에 찔러 박았다.

"……간다."

하드리어스의 몸이 휘청 기울어지는가 싶더니, 검이 슥 하고 땅에서 뽑혀 날아왔다. 참격이 어디서 날아온 것인지 알기에 피하면 그뿐이다. 그러나 섣불리 피하려고 움직이면 눈짐작과는 반대로 검이 날아와 베인다.

첫 번째 일격은 그걸 몰라서 섣불리 피하는 바람에 이마에 핏줄 하나가 그였다.

"쯧……!!"

하드리어스는 춤을 추듯 회전하며 검을 휘두를 때마다 그 기세 그대로 땅에 꽂았다가 다시 베려고 달려들 때 뽑았다. 두 번째 참격의 속도는 어마어마하여 궤도를 파악하는 것이 고작이었다.

(어째서…… 땅에 검을 꽂았는데 이렇게 빠른 대응이 가능한 거지?)

땅에 검을 박는 동작은 틀림없이 빈틈이다. 그러나 그럴 터인데도 어찌된 일인지 이쪽의 공격은 허용되지 않는다. 검을 땅에 꽂은 빈틈을 찔러 베려고 달려들어도, 마치 알고 있었다는 듯이 우아하게 몸을 날려 이쪽의 검을 피하고, 이번에는 헛스윙을 한 이쪽의 빈틈을 찔러왔다.

그리고 이 검은 소극적인 검도 아니다. 크게 거리를 벌리자 마치 무도회장을 거닐듯 차분히 걸음을 내디뎌, 눈앞에서 검을 땅에 꽂고, 춤사위를 벌이듯 격렬한 손짓으로 공격해 왔다.

시작은 눈앞에서 춤을 신청하는 것처럼 예법에 따라 예를 갖추고, 이쪽이 그에 응하듯 검을 내밀면 만족한 듯이 검을 들고 춤추기 시작한다.

"어째서……."

무심코 새어 나온 의문에 하드리어스가,

"이상하게 생각할 건 없어. 풍류를 모르는 자는 검객으로서 미숙한 것이다. 그래서 귀하는 이 검의 이치를 모르고 우왕좌왕하고 있어. 단지 그것뿐이다."

"풍류……."

이쪽은 그 말뜻을 모른다. 풍류는 그저 미의식이 아닌가. 그것을 얻음으로써 알게 되는 것이 무엇이며, 어째서 이 검에 적용할 수 있는 걸까.

하드리어스의 춤이 격렬함을 더해갔다. 이어지는 검격에 검 한 자루로 버티고 있는데, 문득 칼자루 끝에 충격이. 어느새 하드리어스의 발차기가 칼자루 끝을 쳐낸 것이다.

"망했……?!"

바로 밑에서 들어온 일격에 오리할콘의 검을 놓치고 말았다. 그리고 그 틈을 놓칠 상대가 아니다.

"이 일격은 미숙한 귀하에 대한 응징이라고 생각해둬."

하드리어스가 검을 번쩍 쳐들었다. 참격의 예비 동작으로, 그것은 피할 수 있는 것이 아님을 깨달았다. 회피를 용납지 않는 날카로움과 속도, 그리고 위엄이 그 참격에 실려 있었다.

"——으윽!!"

"레이지 님!"

"레이지!"

"쯧! 레이지!"

페르메니아와 레피르가 소리치고, 이오 쿠자미가 다시 끼어들려 한 그때였다.

"——풍류 말이네. 뭐, 그것도 아버지가 말했던 『로망(낭만)』과 통하는 건가. 어쨌든, 레이지의 검이 닿지 않는 이유는 『훌륭한 춤사위를 따라잡지 못해서』라는 건가?"

하드리어스의 등 뒤에서 그런 싸늘한 목소리가 울려 퍼졌다. 자기가 찾지 못한 무언가를 찾았다는 듯한 그 말. 그리고 그와 동시에 끝이 뾰족하게 갈린 돌멩이가 하드리어스를 향해 날아왔다.

"큭. 누구냐!"

하드리어스가 그렇게 묻는 것과 동시에 돌아보았다. 그리고 그곳에 있던 것은——

"누구냐니, 나 말이야? 난 거기 용사 친구 1호야. 일단 너도 안면 정도는 있을 텐데?"

그렇다. 그곳에 있던 것은 이 세계의 복장을 한 스이메이였다. 도대체 어디서 나왔을까. 녹색 재킷 차림은 그대로이고, 문도 창문도 열린 모습은 없고, 방문의 기척조차 느낄 수 없게 소리 없이 나타난 그. 던진 돌멩이도 갑자기 나타난 듯하고, 마치 줄곧 그곳에 있었다는 듯한 모습이었다.

"너는……?"

"스이메이 님!!"

하드리어스는 스이메이의 얼굴이 기억나지 않는지, 들어도 짐작 가는 것이 없는 모양이었지만── 페르메니아의 외침을 듣고 당황한 표정을 지었다.

"스이메이……? 스이메이 야카기……라고? 어째서 네가 여기에 있지?"

"어째서고 뭐고, **용사를 구하러 왔어**."

그 말을 들은 하드리어스는 미간에 주름을 잡은 채다. 그도 스이메이의 침입을 전혀 눈치채지 못했던 걸까. 역시 그것은 스이메이의 마술 덕분이리라.

"그렇군. 용사가 양동을 펼쳐서 널 저택 안에 침입시킨 건가. 아무리 그래도 용케 그 경비를 뚫고 들어갔군."

"뭐, 그 정도는 쉽지."

스이메이는 그렇게 말하며 실실 웃었다. 그런 장난치는 듯한 태도에 하드리어스는 방해받은 사실을 불쾌하게 여긴 걸까. 기분을 해친 듯이 표정을 일그러뜨리고 노려봤다.

"하지만 나와 용사의 싸움을 방해하는 건 곤란해. 당장 물러나라."

"그렇게 쌀쌀맞게 말하지 말고 나도 끼워줘. 너도 잘난 귀족님이잖아? 영지를 가진 자의 여유와 도량을 보여달라고."

"너 따위 평민한테 보여줄 건 없다. 제2대! 앞으로!"

하드리어스는 페르메니아와 레피르에게 보낸 사병을 향해 지시를 내렸다. 그러자 그녀들을 막고 있던 사병들 중 일부가 무리에서 떨어져 나와 스이메이 쪽으로 향해갔다.

그에 스이메이는 언제나처럼 질린 반응을 보였지만 잔뜩 어깨를 움츠리고는—— 짝짝 손뼉을 치기 시작했다.

"이거 참. 평민이라니 또 심한 말을 하네……. 아, 아니다. 늘 듣던 소린가. 헤—헤—. 평범한 얼굴이라서 죄송합니다~."

"스이메이! 그런 말 할 때가 아니야! 조심——."

"괜찮아. 이 정도로 **그럴 것**까지 없어."

병사들이 돌진해 와도, 이쪽의 조심하라는 소리에도 그는 별일 아니라는 듯 미소 지었다. 그것은 유쾌해서 짓는 미소가 아니라 무언가를 도발하거나 얕은 생각을 비웃는 듯한 겁 없는 미소. 지금까지 본 적 없는, 그의 지독히 싸늘한 미소였다.

순간, 스이메이의 등 뒤에 번개가 친 듯 번쩍였다. 눈부신 군청의 빛이 시야를 덮친 직후, 그의 뒤에는 수많은 소마법진이 질서정연하게 전개해 있었다.

"무슨……?!"

"이건?!"

동시에 외친 경악한 목소리는 자신과 하드리어스의 것. 스이메이의 등 뒤에 늘어선 소마법진 오십여 개. 그 모두에 심상치 않은 술식이 새겨지고, 그 모두가 마치 포대처럼 마력을 품고 있었다.

마법진은 포대와 포신, 포수까지 담당하고 있을까. 나머지는 오른손을 쳐든 술자가 그 손을 내리기를 기다릴 뿐——.

"——Ad centum transcription Augoeides randomizer trigger(광휘술식 약식가동. 폭장은 1번부터 50번까지 무작위 전개, 전략폭격)."

그런 주문이 흘러나오고 공기를 전파하며 손이 내려간 직후였다. 마법진이 재차 빛나는가 싶더니 총 오십 개의 빛줄기가 스이메이를 노리듯이 그의 앞을 가로막아 선 병사들에게로 쇄도했다. 비쳐 보일 듯 투명한 불빛과는 전혀 다른 성질의, 밀도를 더해 기둥처럼도 보이는 섬광의 창이다. 그것에 맞으면 어떻게 될지 상상도 할 수 없다.

이윽고 착탄과 함께 이어지는 빛의 폭발. 병사들이 있는 곳은 이미 눈부신 빛과 수많은 불꽃이 튀어 참상조차 판별되지 않았다.

뒤따라온 병사들은…… 눈앞의 광경에 몸이 묶여 옴짝달싹 못하고 있다. 당연하다. 섣불리 발을 디디면 빗발치듯 쏟아지는 불꽃에 노출될 것이다. 움직이지 않는 것은 현명한 판단이라고 할 수 있다.

아비규환의 현장 속에서 이윽고 섬광 장치의 점멸 같은

빛과 그 잔상이 걷히자 스이메이를 다루려 움직였던 전위의 병사들이 모조리 자리에 쓰러져 있는 것이 보였다.

눈에 띄는 상처는 없지만 갑옷이 그을리거나 망가진 것으로 보아 상당한 힘을 받은 것은 상상하기 어렵지 않다.

스이메이는 꼼짝도 하지 않는 병사들을 쳐다보지도 않고, 주저하고 있는 나머지 병사들을 미소로 도발했다.

그리고 곧바로 "와라"라고 말하듯이 손바닥을 눕혀 손가락을 까닥거렸다.

——너희 따윈 내 상대가 못 돼. 아무리 내 앞을 가로막아도 변하는 건 없어.

스이메이의 태도에서 그런 속뜻을 깨달은 병사들은 분노를 그대로 드러내며 돌진했다. 곧장 그에게로 쇄도해 검과 창을 휘둘렀다. 그러나 스이메이는 날아오는 여러 개의 칼날을 아무렇지 않게 피하고 손가락을 튕겼다.

팡. 우아하고도 경쾌한 소리를 퍼뜨리는 핑거 스냅. 그 소리와 함께 앞쪽의 공기가 터지고, 발생한 충격파에 의해 병사들이 무리 단위로 튕겨 날아갔다. 전선이 무너진 것을 기회로 스이메이는 무방비하게도 안으로 뛰어들어 병사들 한가운데에 착지했다. 정원에 깔린 타일에 오른손을 짚고 방대한 마력을 단숨에 해방했다.

——마력은 마법으로 만들지 않으면 공격 효과는 열다. 그러나 너무나도 폭력적인 양을 방출하면 주위의 신비조차 난폭해져, 압력 한계에 도달한 에테르가 폭발까지 일으킨

다.

스이메이는, 레이지는 알 수 없었던 그 법칙을 이용해 공격했다. 하늘을 위협할 정도의 폭발은 병사들은 물론이고 스이메이까지 삼키고—— 이윽고 불꽃과 검은 연기는 부자연스러운 바람에 휩쓸려 사라졌다.

그곳에 모습을 드러낸 것은 어느새 검은 정장 차림을 한 마술사.

폭발로 인한 불꽃을 마치 날벌레를 쫓듯 물리치며 따분하다는 듯이 한숨을 토했다.

(이건…………….)

눈앞에서 벌어진 참상. 그리고 그 참상을 만들어낸 친구의 실력에 말문이 막혔다. 그것은—— 모든 게 상상을 초월했다. 페르메니아 때도 깜짝 놀랐지만 지금은 그때를 가볍게 뛰어넘었다.

마술사라는 것을 들었을 때, 그녀들에게 이야기를 들었을 때, 어렴풋이나마 그의 실력은 파악했을 터였다. 스이메이는 이 세계의 것과는 다른 기술을 가졌고, 그것이 페르메니아를 강하게 만들었다고. 그러나 뚜껑을 열어보니 어떤가. 지금 이 순간까지 그의 실력을 오해하고 있었다는 것을 깨달았다.

그때 스이메이는 현실과 몽상의 격차에 괴로워하던 자신에게 "그건 다른 세계니까"라고 말해주었다. 자신이 "이 세계 사람들의 죽음"에 실감하지 못하는 것을, 그도 그걸 이해하고, 같은 마음이라고 말했다.

그러나 그런 공감은 지금 이 순간 깨졌다.

이 정도로 싸울 수 있는 자가 이 세계를 저쪽 세계와『다르다』고 생각할까. 사람이 몽상이라고 생각하는 요인이 현실에서 동떨어진 정도라고 한다면 이쪽도 저쪽도 다르지 않으리라. 이런 난폭한 짓을 할 수 있는 시점에, 그가『자신이 아는 현실』에 없었다는 것을 여실히 상상할 수가 있다.

그렇다면——

(우리가 있던 세계는 얼마나——.)

위험하고 피비린내 나는 곳이었을까. 그렇게 생각하지 않을 수 없다. 그토록 평화로운 세계 어디에 그런 것이 숨어 있었을까. 믿을 수 없다. 믿을 수 없지만 이 친구는 그곳에서 분명 싸워왔기에 이런 싸움이 가능한 거다.

그 사실을 알게 된 지금, 오히려 절로 웃음이 터져 나왔다.

"스이메이 너 말이야. 치사하다고."

"뭐? 이곳에 와서 터무니없이 강해진 녀석이 잘도 그런 말을 하네. 나의 착실한 12년 세월이 우습게 됐다고."

스이메이는 세모눈을 뜨고 욕을 했다. 그 태도는 언제나의 스이메이지만, 왠지 늘어난 듯한 빈정거림이 살짝 다른 듯한 기분도 든다. 이것이 그의 마술사적 측면일까. 그때,

"메니아. 레피. 그쪽은 괜찮아?"

"이쪽도 괜찮아! 막는 것뿐이라면 문제없어!"

"그래! 그럼 미안하지만 두 사람은 나머지 녀석들을 저쪽

까지 밀어내줘! 이쪽에서 얼쩡거리면 방해돼!"

스이메이가 페르메니아와 레피르에게 그런 부탁을 하자, 두 사람은 그 정도는 간단한 걸까. 붉은 바람과 흰 불꽃으로 트리아의 용사와 하드리어스의 사병을 몰아내고 자기들도 막기 위해 이동했다.

한편 스이메이는 하드리어스에게 싸늘한 시선을 던졌다.

"그래서? 보조 출연은 이걸로 끝? 사람은 잡어 취급한 것 치고는 너무 변변찮은 거 아냐? 공작님?"

어느새 조금 전까지 태연했던 하드리어스의 얼굴이 경악으로 물들어 있었다. 지금 자신이 그랬듯이, 스이메이의 실력이 이 정도일 줄 모르고── 아니, 설마 싸울 힘을 가지고 있었다고는 눈곱만큼도 생각하지 않았을지도 모른다. 그 증거로──

"이 무슨……. 엘리멘트에 호소하지 않은 마법은 차치하더라도, 싸울 수 있었다니……. 넌 힘을 갖지 않은 겁쟁이 아니었나……?"

그 놀란 반응에 어째선지 스이메이는 불쑥 얼빠진 표정을 지으며,

"아~. 그랬군~. 그렇겠지~. 그야 너도 아스텔 사람이니 날 그렇게 인식하겠지……."

아스텔 사람들은 스이메이를 싸우지도 못하는 겁쟁이라고 욕했다. 물론 그것은 스이메이가 실력을 숨겼기 때문이고, 그래서 하드리어스도 그의 실력을 알 기회를 얻지 못했다.

"……그렇군. 아스텔 사람은 모조리 속았다는 거군."

"이봐. 속이다니. 남 듣기 나쁜 말 하지 마. 그보다, 그쪽이 그런 말 하는 거 아냐. 사람한테 마족 대군 따위를 보내고 말이야. 전부 해치우느라 꽤 힘들었다고."

"그럼 그건 네가……. 그렇군. 그때 그 마족 장군이 외친 흑의를 입은 남자라는 건."

하드리어스의 물음에 호응하듯 스이메이는 재킷과 코트가 일체화된 정장. 그 끝자락을 튕겨 펄럭였다. 때마침 발생한 강풍이 산울타리를 흔들고, 신비로운 존재의 출현으로 주위의 역장은 균형을 잃고 마력등의 부자연스러운 점멸을 불러왔다.

그리고,

"그래. 라쟈스가 원망스럽게 외쳤다는 건 나야. 결사의 마술사, 야카기 스이메이——."

그렇게 말한 그는, 하드리어스를 향해 뼛속까지 얼어붙을 듯한 냉기를 내뿜었다.

★

레이지와 하드리어스의 싸움에 끼어든 스이메이는 지금, 여태 깊이 가둬둔 마력을 해방해, 레이지 대신 하드리어스를 상대하고 있다.

내뿜는 것은 마력, 무위, 그리고 지금까지 쌓이고 쌓인,

채 가시지 않은 노기다. 재 속에 묻어둔 숯불이 "어쭙잖은 짓만 골라 하는군……"이라는 연료(너무나 타기 쉬운 땔감)를 얻어 활활 타오른 거다.

한편 그와 대치한 하드리어스도 스이메이가 마술사라는 것을 알기 전에는 경악에 사로잡혀 있었지만, 지금은 상황을 바로 이해하고 조금 여유를 되찾았을까. 표정도 조금 전 레이지와 싸웠을 때로 돌아가 있었다.

"좋아, 스이메이 야카기. 넌 내 인식이 부족했던 것뿐이다."

"자, 그 실수가 네 목을 어떻게 조르려나?"

"건방 떨지 마라. 요는 **겨룰 상대**가 한 명 더 늘어난 것뿐이다."

"겨룬다라……."

하드리어스는 농담을 한심하다는 듯 일축하고, 땅에 꽂아 둔 검을 뽑듯이 베어 올렸다. 그 동작과 검에 실린 무위에 위기감을 느끼고 풀쩍 물러나자, 충격파가 뚫고 지나갔다.

흘끗 뒤돌아보자, 충격에 의한 소음이 스쳐 지나간 곳에는, 조각난 타일과 흙이 일직선의 홈 주위에 말려 올라가 있었다.

물론 하드리어스의 검이 벤 것이 아니다.

"어이어이, 이건…… 소드 웨이브(검격파)? 그것도 엄청난 위력이잖아……."

——소드 웨이브. 그것은 하츠미의 간격을 무시한 참격, 절인의 태도와는 또 다른 검기 중 하나. 본디, 재빠른 참격

에 의해 칼끝에 발생하는 회오리바람에서 비롯되어, 역사 속에서는 횡운(橫雲) 따위로 알려져온, 참격의 위엄을 퍼뜨리는 기술이다.

"스이메이! 공작의 검기는 그게 다가 아냐!"

"헤에?"

레퍼토리가 다양하다는 것을 알았을 때, 문득 입가가 미소로 휘어졌다. 겁 없는 미소를 지은 채, 정장 안주머니에서 시약병을 꺼내고 자신도 검을 쥐었다.

"――Permutatio. Coagulatio. Vis lamina(변질, 응고, 이루는 힘)……."

그때 문득 레이지가,

"스, 스이메이?! 그거, 수은 아냐?!"

"응? 그런데?"

"그런데가 아니잖아!! 그걸 직접 쥐면 위험한 거 아냐?!"

"아――."

레이지가 걱정한 대로, 수은은 맹독이다. 상온에서 휘발된 증기를 들이마시는 형태로 독성을 발휘한다. 학교에서 온도계를 사용할 때 조심하도록 주의받는 것인데――

"마술로 어떻게 해볼게~. 괜찮아요~."

"뭐, 뭐든 가능하구나, 마술은……."

"뭐, 꼭 그런 건 아니지만."

레이지는 문득 보인 복잡한 표정을 싹 바꾸고,

"앗…… 그건 그렇고, 스이메이. 조심해! 공작은 검에 마법의 힘을…….”

레이지가 채 말을 끝맺기 전에 하드리어스가 걸음을 내디뎠다. 그리고 그 김에 한 수라는 듯이 그가 뭐라고 중얼거리자, 그의 검에 녹색 번개가 휘감겼다.

파밧 하고 불꽃이 튀는 녹색 번개를 흘끗 본 스이메이는 길게 늘어뜨린 수은도를 피를 털어내듯 휙 휘두르고는 하드리어스가 오기를 기다렸다.

“흥──. 검술이 다가 아닌 거군.”

“당연하다. 마기(魔技)를 쓸 수 있는 건 너뿐만이 아니야.”

하드리어스의 말과 함께 뻗어 나온 검격에 스이메이는 곧바로 카운터 매직으로 대응했다. 수은도 끝이 소마법진을 꿰뚫고 그 검신에 깊디깊은 원진을 휘감지만, 칼과 칼이 충돌했을 때, 수은도가 번개에 의해 튕겨나갔다.

“무슨……?!”

“후──.”

하드리어스가 만든 장치에 이번에는 스이메이가 경악할 차례였다. 그러나 스이메이도 검의 도를 아는 자. 이어서 뻗어 나온 검을 적절히 피해 참격에서 벗어났다.

입가에 옅은 미소를 띤 귀족에게 인상을 찌푸리는 스이메이.

“인챈트(부여 술식)가 아니……라고?”

혼자 중얼거린 것은 그런 당혹감이다. 본 대로라면 레이지의 말대로 마법을 검에 이용해 번개를 휘감은 것처럼 보인다. 그러나 인챈트를 무효화시키는 대응 술식은 효과가 없었다.

그렇다면 하드리어스는 과연 무엇을 만든 걸까. 다시 춤추듯 검을 휘두르는 하드리어스에게 스이메이는 검으로 대응하지 않고 이번에는 자신의 황금 방패를 내밀었다.

"Primum ex Secondom excipio(제1, 제2성벽 국소 전개)!"

"음── 마법 수비인가! 허나──."

"아아?! 어이, 어이, 어이……!"

검과 방패가 충돌하고, 눈앞에서 일어난 광경에 경악을 금치 못했다. 마법진이 내뿜는 마력 빛에 오히려 번개를 휘감은 칼끝이 파고든 것이다. 마법진이 내뿜는 마력 빛을, 서서히 깎아내듯이.

"큭, 요새의 수비도 깎이는 거냐……!"

아마도 신비에 더해 검객으로서의 무위도 그 위력을 뒷받침하고 있는 것이리라.

일단 거리를 두기 위해 스이메이는 주문을 읊조렸다. 그에 의해 튀어나온 황금빛의 마법진이 회전하자 하드리어스는 날아갔지만── 그는 자세를 무너뜨리는 일 없이 멀리서 깔끔하게 착지했다.

금빛 요새의 성벽은 그대로 유지. 소드 웨이브에 대한 수비를 남겨두고, 하드리어스의 기술을 추측했다.

"어떻게 된 거야. 지금 이건 인챈트가 아니었어……?"

다른 현상에 신비한 힘을 휘감는 기술로는 먼저 인챈트를 들 수 있다. 그 경우 생각해볼 수 있는 현상은 마력과 술식을 검에 동조시켜 검격의 위력을 증강하는 것이다. 그러나 하드리어스의 검격은 마술에 대한 수비인 제2성벽을 파괴했다.

인챈트라면 그런 일은 있을 수 없다. 그렇다면 대체 무엇일까. 방심하지 않고 상대를 응시한 채 생각을 굴렸다. 그러나 섣부른 추측은 악수다. 명확한 근거가 없는 판단은 그 모두가 어림짐작으로 전락한다.

어쨌든 그런 생각 중인 스이메이에게 실마리를 제시한 것은 다름 아닌 이오 쿠자미였다.

"——틀렸어. 야카기 스이메이. 저건 검에 마법을 부여한 게 아냐."

"아니, 라고?"

"그래."

수은도를 고쳐 쥐고 하드리어스를 보니, 그의 검은 녹색 번개를 휘감고 있었지만—— 사라졌다.

"아? 사라졌어?"

인챈트라면 방출, 발산하거나 마력 공급이 있는 한은 사라지지 않을 터다. 그러나 마치 지금 이건 일시적인 효과였다는 듯 순간 사라졌다.

이오 쿠자미는 그것을 아는 모양으로.

"네가 살던 세계 말로 하면, 빙의라고 하나?"

"빙의…… 그렇군! 그런 거였냐……!"

그 힌트로 스이메이의 머릿속에 섬광이 스쳤다. 빙의. 그것이 강령술을 이용한 것이라면 전혀 모르는 이야기는 아니다.

알아챈 직후, 그것을 확인하기 위해 성벽 수비를 없앴다. 하드리어스는 성벽이 사라진 것을 보고 눈썹을 살짝 실룩거렸지만, 꾐에는 응해줄 모양으로 느긋한 발걸음으로 다가왔다.

나머지는. 타이밍을 맞출 뿐이다. 상대가 검객이므로 처음부터 최고 속도를 낼 가능성도 생각해야 한다. 그렇지 않으면 아무것도 하지 못하고 베이는 것이 수순이다. 시기를 오판하면 해명하기 전에 두 동강 나버릴 것을 염두에 두고서, 수은도 자루를 꽉 쥐었다. 하드리어스가 다시 검에 번개를 휘감았다. 몸이 흔들린 것을 보고, 마술사의 눈을 집중. 레이지의 참격에도 필적할 고속의 올려 베기를 확인하고, 이쪽에서 검을 부딪쳤다.

——키잉 하고 새된 고음이 울려 퍼짐과 동시에 중얼거린 것은,

"——Return, Returner(돌아가라, 여자. 있어야 할 장소로)."

"무슨?!"

여성성을 쫓아 보내는 주문에 반사되어온 경악의 목소리는 역시 하드리어스의 것. 주문을 읊고 마술이 발동한 직후, 검이 휘감고 있던 녹색 번개가 순식간에 날아가 사라졌다.

그러나 번개가 사라졌을 뿐. 하드리어스는 낭패한 기색 없이 곧바로 스이메이의 수은도를 힘으로 튕겨냈지만——

야카기 스이메이는 마술사다. 검에 구애받을 이유는 물론 그에게 없고, 하드리어스가 수은도를 튕겨낼 때 생긴 빈틈을 훌륭하게 찔렀다.

팡.

"크억……."

눈앞의 공기가 튀고 충격파가 일고 에테르 윈드가 흩어졌다. 그리고 스이메이는 손가락을 튕긴 자세 그대로 폭발의 여운 안에. 하드리어스는 코앞에서 스이메이의 지탄의 마술에 맞아 생울타리 쪽으로 날아갔다.

하드리어스는 충격을 그대로 받았을 터인데 금세 머리를 흔들고는 회복했다. 등 뒤가 생울터리였던 것도 그에겐 행운이었을까. 원래부터 상당히 튼튼하기도 했으리라.

어쨌든,

"그렇군. 넌 인챈트(부여 술식)를 써서 자기 검에 마법을 걸었던 게 아니라, 자기 검에 엘리멘트의 환영을 불러서 그 힘을 이용했던 거군? 하── 검객 주제에 강령술의 기초가 가능하고, 묘한 재주를 보여주네."

스이메이의 도발 같은 칭찬에 하드리어스의 얼굴이 험악해졌다. 물론 그 표정의 원인은 스이메이의 불손한 말씨가 아니라 그 해명에 있었다.

"……이렇게 쉽게 비전을 간파하다니. 하지만 이걸 막을 수 있다고 해도, 내 검이 부러진 건 아니야."

"그래. 하지만──."

스이메이는 그렇게 말하고 하드리어스에게 광휘 술식을 쐈다. 당연히 하드리어스는 그 공격을 막지 못하고 회피에 전념하는 수밖에 없었다.

"검으로는 너한테 못 이기더라도 난 마술사니까. 미안하지만 난 그쪽 무대에서 싸울 생각은 없어. 그보다, 레이지, 슬슬 움직여줘. 모처럼 2대 1이 가능하다고."

"그, 그래! 그렇지……."

레이지는 이제 와서 그 사실을 깨달았는지 황급히 옆에 나란히 섰다. 멍하니 있었던 것은 홀려 있었던 걸까, 생각보다 소모가 심했던 걸까.

그런 레이지에게 치유 주문을 걸었다.

"우와……."

레이지의 발아래 녹색 마법진이 떠오르고, 대지의 숨결이 솟아올랐다. 레이지의 몸이 그 부드러운 바람에 휩싸였다. 이윽고 녹색 마법진은 마력광의 실이 되어 바람과 함께 사라지고, 레이지는 다치기 전의 상태로 돌아왔다.

"이거, 회복 마법?! 굉장해, 상처가 순식간에!"

"**치유 마술**이야. 그리고 그렇게 큰 상처가 아니라서 그렇게 대단한 것도 아니야. 난 그쪽 프로(전문가)도 아니고."

스이메이는 그렇게 말하며 미소 지었다. 이로써 싸움에 임하기 위한 컨디션은 완벽해졌다.

"역시 두 사람을 상대하는 건 불리한가…… 하지만."

하드리어스는 두 사람을 앞에 두고도 아직 물러설 마음은 없다는 듯이 검을 겨누고 섰다. 그러나 무위는 조금 전보다 충만했다. 난관 앞에 검객의 기개를 자극받은 걸까. 귀기와도 닮은 기백 탓에 하드리어스의 몸이 두세 배 커진 듯한 착각을 불러일으켰다.

"……저 녀석은 해볼 모양이네."

"그러게. 이제야 진짜라는 걸까……."

무위로 흘러넘치는 것으로 볼 때 지금까지는 다소 조절하며 싸운 것이리라. 내뿜는 투기가 물리적인 영역에 들어서, 생울타리가 타닥타닥 튀고 깨진 타일 파편이 달그락거리며 들썩였다.

"——날 잊으면 곤란하지."

그렇게 오만한 투로 말하며 다가온 것은 이오 쿠자미다. 그런 그녀에게 스이메이는,

"뭐야. 너 있었냐?"

"……이 자식, 크나큰 전력한테 말씨가 그게 뭐냐…… 두고 봐라."

"에? 아니, 저기…… 이미 여러 가지로 배부른데 좀 참아주면 안 되겠냐?"

음울한 시선, 낮은 목소리로 위협하는 이오 쿠자미에게 스이메이는 질린 얼굴로 그렇게 말했다. 더 이상의 민폐는 진심으로 사양하고 싶었다.

"스이메이."

"응."

어쨌든 지금은 그녀를 내버려 두고, 레이지와 함께 방심은 금물이라는 자세로 공격 태세를 갖추었다.

그러나 **그때, 그것은 사뿐히 내려왔다**.

갑자기 땅에 충격이 스치고 흙먼지가 가득 피어올랐다. 마치 건물이 무너지고 잿빛 연기가 불어온 듯했다.

폭풍 같은 기세로 불어오는 흙먼지가 자신을 덮칠 것을 우려한 스이메이는 곧장 레이지와 함께 뒤로 물러났다.

"쯧…… 어이, 대체 뭐야?"

"아마 위에서 뭔가, 거대한 게 떨어진 것 같은데……."

확신은 없는 모양이지만 레이지의 강화된 동체시력은 흙먼지가 피어오른 원인을 파악한 모양이다.

이윽고 흙먼지가 걷히자, 자신들과 하드리어스 사이에 거대한 무언가가 서 있었다.

"어이어이어이……."

"이건……."

"호오?"

스이메이와, 레이지, 이오 쿠자미가 동시에 말했다. 그리고 돌연 눈앞에 나타난 것은, 검은 광택이 도는 흙색의 거대한 인형—— 골렘이었다.

그 크기는 눈짐작으로 약 5, 6미터다. 체형은 골렘(진흙 인형)에 걸맞게 절구통 같지만, 손가락은 정교하고 주위에는 마력을 띤 돌덩이가 위성처럼 부유했다. 관절은 마력으로 이어져 있는지 붉은 마력광이 발광하는 것이 식별될 정도로 농밀하게 응축되어 있다.

"공작 짓인가……? 아니……."

그 추측은 빗나간 모양이다. 하드리어스 쪽을 보니 그도 이 상황이 이해되지 않는 모양으로, 어째선지 계속해서 지붕 위를 신경 쓰고 있는 모습이다. 게다가 골렘의 세부도 이 세계의 것과 일치하지 않는다.

그렇다면 이건——

"역시 그런 거냐……."

지금까지 품고 있던 추측이 확신으로 바뀌었다. 하드리어스가 엘리어트를 붙잡아둔 이유. 역시 그것은 그들과의 연결고리가 있어서라는 것을.

스이메이는 입꼬리를 끌어올리면서, 남은 흙먼지를 손으로 쫓아냈다. 그때 레이지가 검을 겨눈 채 뛰쳐나갔다.

"흙으로 굳힌 거인 따위……!"

"어이, 잠깐, 레이지! 서두르지 마!"

승기를 발견하고 돌진한 이유는, 『흙으로 만들어진 거니까』라는 지극히 단순한 것이리라. 확실히 흙덩이 정도는 여신의 힘을 빌린 레이지와 오리할콘(눈부신 오레이칼코스)의 검이면 베는 것 따위 일도 아닐 것이다. 그러나 그것은 저것이 이 세계의 골렘일 때다.

스이메이의 제지는 한 박자 늦은 것이었기에, 레이지의 검이 흙덩이 거인에게 닿았다.

그러나 혼신의 일격이었음에도 불구하고, 귀에 울려 퍼지는 소리는 없었고, 레이지의 몸에도 검을 내리쳤을 때 생기는 반동이 보이지 않았다.

"때린 느낌이…… 큭."

골렘이 마치 달라붙은 모기를 쫓듯이 덤덤히 팔을 휘둘렀다. 레이지가 곧장 옆으로 뛰어 피하자, 목표물을 잃은 골렘의 팔이 땅을 깨 부쉈다.

멀리서 울리는 천둥처럼 배를 울리는 충격과 함께 징, 하고 땅이 흔들렸다. 흙먼지가 낮게 피어오르고, 돌과 흙덩이가 날아다니는 와중에도 레이지는 두려움 없이 다시 한 번 공격을 감행했다. 움직임이 느린 골렘의 팔── 이번에는 관절을 노리고 검을 휘둘렀지만──

"이, 이것도 효과가 없어?! 어떻게 생겨먹은 거야?!"

역시 골렘은 레이지의 검격을 용납하지 않았다. 그리고 그대로 레이지를 쫓으려 귀찮다는 듯 팔을 휘둘렀지만── 역시 이 또한 움직임이 느린 탓에 레이지에게는 맞지 않았다.

성가신 적의 등장이었다. 어쨌든 상대가 꼭두각시라면 술자를 치는 것이 정석이다. 그러나 이곳에 술자의 모습은 없고, 그렇다고 하드리어스를 공격한다 해도 소용없을 것이다. 게다가 여기서 간접적으로 하드리어스를 노린다 해도 분명 골렘이 비호에 나설 것이다.

역시 저 보기보다 튼튼한 것 같은 골렘을 제거하는 것이 먼저인가 하고 스이메이가 움직이려 한 그때, 이오 쿠자미가 앞으로 나갔다.

겁 없이 팔짱을 낀 채. 빨간 목도리를 휘날리며 당당하게.

"슬슬 나도 활약해야지—— 음?"

멋지게 레이지에 가세하려 앞으로 나선 이오 쿠자미가 어째선지 돌연 그 자리에 주저앉았다.

"어이, 무슨 일이야?"

이오 쿠자미는 몸을 조금씩 떨었다. 무슨 일일까. 거기 멈춰 있는 건 위험하다며, 스이메이가 움직였다. 그러자 이오 쿠자미가 갑자기 일어났다.

"……어라? 어라?"

평소의 **미즈키가 낼 법한** 목소리를 내며, 당황한 듯 주위를 두리번대기 시작했다.

그런 그녀를 향해 레이지가 골렘의 움직임을 피하면서 외쳤다.

"이오 쿠자미 씨? 무슨 일——."

"아, 아—?!?! 레이지가 불온한 이름을 꺼냈어!! 농담으로라도 날 그런 식으로 부르지 않기로 약속했었잖아?!"

"에? 에? 혹시, 미즈키?! 미즈키야?!"

"혹시고 뭐고 나야! 근데 여기가 어디야?! 우린 연합의 동굴 안에 있었던 거……."

——아노 미즈키, 이 잡기판에서 설마 했던 복귀다. 이오 쿠자미는 대체 어떻게 된 걸까. 레이지가 당황한 한편, 그녀도 정신이 들었더니 든 대로 잡기판인 탓에 당황하고, 스

이메이도 역시 아연실색한 모습으로,

“미즈키, 너 무슨 타이밍에 돌아온 거야…… 잠깐, 아까 복수라는 게 이거였냐! 질이 너무 나쁘잖아, 그 수수께끼 정령!”

스이메이는 외쳤지만 물론 그 목소리는 사라진 수수께끼 정령(이오 쿠자미)에게는 닿지 않았다. 그러나 스이메이와 레이지의 당혹감은 미즈키에게는 제대로 전해졌다.

“저기, 두 사람 다 아까부터 무슨 소리야?! 돌아왔다니?! 근데 어떻게 스이메이가 있어?! 게다가 정장을 입고…… 아, 뭔가 코트 같은 느낌의 검은 정장, 좀 멋있는 것 같기도…….”

역시 검은 정장과 코트는 중2심(心)을 건드린 걸까. 살짝 부드러워진 미즈키의 시선이 문득 근처에 있는 거대한 존재에게 향했다.

거대한 존재. 물론 그것은 바로 골렘이다.

“오? 오잉……?”

울려 퍼진 얼빠진 목소리. 눈앞의 거대한 존재가 이해되지 않은 그녀는 순간 경직됐지만 금세 뭔가를 깨달은 모양이다.

“에? 이, 이거, 이거, 골렘이야?! 어떻게 된 거야? 에? 뭐야?! 뭐야? 이거?! 스이메이, 설명 좀 해봐!!”

“설명은 나중에! 지금은 잠자코 얌전히 있어! 방해되지 않는 곳으로 물러나!”

"무, 물러나라고 해도……."

"아아, 진짜!"

갑작스러운 복귀 탓에 두뇌 회전이 나빠진 모양이다. 꾸물대며 우왕좌왕하는 미즈키에게 짜증을 낸 스이메이는 마술을 써서 두둥실 떠오르는 듯한 동작으로 그녀에게로 다가가 그녀를 안아 올렸다.

"와, 스이메이는 꽤 파워 풀했구나——."

"입 닫고 있어. 혀 깨문다."

그렇게 말하고 뒤로 뛰기 요령으로 크게 뒤로 뛰어올라—— 그대로 마술 행사.

"레이지, 물러나!"

아직 골렘 주위를 돌아다니는 레이지에게 경고한 뒤, 특기인 마술 영창에 들어갔다.

"——Fiamma est lego Vis Wizard. Hex agon aestua sursum, Impedimentum mors(불꽃이여 모여라. 마술사의 분노에 찬 절규와 같이. 그 단말마는 형태가 되어 불타오르고, 내 앞을 가로막는 자에게 가공할 운명을)."

주문이 끝날 무렵 타이밍 좋게 레이지가 뒤로 뛰어 물러났다. 곧이어 골렘의 주위에 붉은 마법진이 떠올랐다. 하드리어스 저택의 정원은 순식간에 마력광이 내뿜는 빛으로 대낮처럼 환해졌다.

그리고,

——Fiamma o Ashurbanipal(빛나라! 아슈르바니팔의 눈부신 돌이여)!

스이메이가 건언을 외친 직후, 골렘에게 저주의 불꽃이 쇄도했다. 불꽃이 떨어지자, 마치 화구에서 분출된 마그마처럼 불꽃이 튀어 올랐다. 골렘은 순식간에 홍련의 불꽃에 휩싸여, 그 거체로 인해 밤하늘을 붉게 위협했지만—— 골렘은 불꽃이 사라져도 아무 일도 없었다는 듯 건재했다.

아무리 아슈르바니팔의 불꽃이 생물에 대한 마술이라고 해도,

"젠장! 전혀 효과가 없다는 건 **진짜**인 거냐! 그런 걸 내보내는 건 비열하다고——."

"우왓! 굉장해, 굉장해! 스이메이가 지금 굉장한 마법을 썼어! 스이메이, 언제 그런 걸 할 수 있게 됐어?! 저기! 저기! 나도 가르쳐줘——."

"아아아아아아아아진짜시끄럽네!! 지금 엄청 바쁘니까 가만히 좀 있어, 진짜!!"

"그치만그치만그치만!!"

"그치만이고 뭐고 입 좀 닫아!!"

품안에서 장난 아니게 떠들어대는 미즈키에게 호통 쳤지만 물론 그녀가 얌전해질 낌새는 없다. 오히려 그런 건 상관없다는 듯이 이번에는 의미심장한 미소를 입가에 띠기 시작했다.

"후후후후후…… 스이메이! 레이지! 골렘의 약점, 내가 알려줄까?!"

그 말에 가장 빨리 반응한 건 레이지다.

"미즈키는 저것의 약점을 아는 거야?!"

"당연하지! 골렘의 약점은 마술 지식 중에서도 기본 중의 기본이라고!"

쯧, 쯧, 쯧 하고 미즈키는 조수인 의사에게 설명하는 탐정을 흉내 내어 손가락을 흔들며 말했다.

"알겠어? 골렘의 이마에는 진리를 나타내는 『emeth』, 이 엠이티에이치라는 글자가 적힌 부적이 붙어 있어! 그 첫 글자인 『e』를 제거하면 적힌 단어가 『진리』에서 『죽음』으로 바뀌어서 골렘은 그 존재를 유지할 수 없게 돼! 이마에 보이지? 저기에도 부적이 붙어 있어."

척! 하는 소리가 들릴 듯한 기세로 미즈키가 손가락으로 가리켰다. 확실히 골렘의 이마에는 미즈키 말대로 표 같은 것이 붙어 있었다. 레이지도 금세 그걸 알아챈 모양으로.

"그래…… 그럼 이마의 부적을 잘 베면……."

"아니, 무리야. 잘 봐. 저걸."

"에?"

스이메이의 즉각적인 부정에 레이지가 당황해 외쳤다.

한편 미즈키는 스이메이의 말을 듣고 골렘의 이마를 다시 쳐다봤다.

"무리라니, 그러니까……."

"어라? 미즈키가 말한 거랑 달라? 글자가……."

"그래. 저긴 『에르 메스(אל מת)』라고 적혀 있어. 저건 원래 진리를 나타내는 뜻으로 만들어진 게 아니야."

"에? 에? 그치만 골렘은……."

"……뭔가 여러 가지로 착각하는 것 같은데, 네가 말하는 건 영어 표기 『emeth』야. 확실히 히브리어 표기에서도 『에메스(אמת)』에서 『메스(מת)』로 바꾸면 그건 그 힘을 잃지만── 그런 화석 같은 골렘 사용법을 쓰는 녀석이 이 세상에 있겠냐."

골렘을 만들어내 그것을 움직이는 기술. 마술 중에서는 비의로 분류되며 자유자재로 행사하는 데는 고도의 기술이 필요하다. 그 반면, 미즈키도 알 만큼 잘 알려져 있고 시정에 널리 나도는 측면도 있다.

그러나 그렇기에 마술사들은 골렘, 오토맨, 돌(인형)을 만들 때는 저마다 궁리를 해서 간단히 멈추지 않게끔 손을 쓴다.

스탠드 얼론(자립 행동)은 기본적으로 술자처럼 유연성이 없다. 따라서 그 대부분은 커맨드(명령)에 의해 정해진 행동밖에 하지 못해 마술사를 상대로 쓰기에는 불안하다. 그래서 공격 시에는 온갖 방벽을 구축하는 것이 일반적이다.

그리고 이 골렘에게는,

"그, 그럼 스이메이! 저기엔 뭐라고 써져 있어?!"

"아까도 말했다시피 『에르 메스(אל מת)』……『에메스(אמת)』 사이에 한 글자를 추가해서, 『신』과 『죽었다』라는 두 단어를 이어서, 추측이지만 『신은 죽었다』 같아. 원래 진리로 불리는 게 아닌 이상, 설령 앞머리 글자를 줄여서 죽은 걸로 해도 의미는 없어."

일단 뜻은 통했을까. 미즈키는 자기가 알던 지식과는 다른 설명에 스이메이의 품속에서 열을 내기 시작했다.

"잠깐, 그, 그런 게 가능해?! 치사해! 치사해, 그런 거!"

"시끄러워! 일일이 쫑알대지 마! 마술에 치사하고 말고는 없어!"

그때 레이지가 심각한 표정으로 말했다.

"그럼 스이메이. 미즈키 말대로 해도 저건 쓰러뜨릴 수 없는 거네? 그럼 어떻게 해야……."

"그런 것보다, 저, 저게, 이쪽으로 오고 있어!"

미즈키가 향한 쪽으로 시선을 돌리자, 골렘은 느린 움직임이지만 확실한 걸음으로 스이메이 쪽으로 다가와 있었다. 레이지는 다시 골렘을 농락하기 위해 그 주위에 들러붙었지만 역시 공격해도 소용없었다.

"젠장. 어지간히 성가신 걸 내보내고 말이야……. 그보다, 『신은 죽었다』고? 뭐야, 그게. 짜라투스트라냐? 니체냐? 그만두라고. 그럼 저게 초인인 거냐?"

스이메이는 푸념처럼 생각한 걸 중얼거리면서 레이지와 골렘을 주시한 채 생각했다.

(이 앞에는 아르스 콤비나토리아에, 이번에는 초인을 본뜬 골렘? 어이어이어이어이…… 얘기가 전혀 맞물리지 않잖아.

어떻게 된 거야?)

골렘을 내보낸 술자. 필시 연합에서 나타난 신기루의 남자겠지만, 거기에 대해 스이메이는 처음부터 『어떤 인물』을 짐작하고 있었다. 그러나 저것이 초인을 나타낸 거라면 그것과는 또 다른 인물의 소행일 가능성도 생긴다.

그러나 역시 아르스 마그나 라이문디(루루스의 위대한 기술)를 계승한 아르스 콤비나토리아가 사용된 이상, 거론될 이름은 그 이름뿐일 터——

"그래. 니체에게 영향을 줬다면, 사고방식도 미래의 인물에게 전해지나……. 그래서 도입해서 쓰고 있다는 거냐."

스이메이가 혼잣말을 하는 가운데, 미즈키는 지금 개선되지 않는 이 상황이 걱정됐는지 목소리를 높였다.

"스, 스이메이, 스이메이! 레이지한테, 그, 원호 같은 건?!"

"아니, 지금은 원호해도 소용없어—— 어이, 레이지! 일단 그 녀석한테서 떨어져!"

아직 골렘 대처에 고심하는 레이지에게 크게 외치자, 레이지도 곧바로 골렘에게서 물러났다. 눈부신 오레이칼코스의 검이 효과가 없다면, 다른 대책을 강구하지 않으면 더 이상의 공격은 무의미하다는 것을 그 역시 깨달았으리라.

이쪽도 미즈키를 안은 채로 골렘에게서 떨어져 그늘에 몸을 숨기자, 머지않아 레이지도 그곳으로 뛰어 들어왔다.

그늘에서 몸을 웅크리고 달라붙어서 속삭였다.

"하드리어스 공작, 뭘 내보낸 거야……."

“아니, 녀석이 아니야. 아마 어딘가에 다른 술자가 있고, 그 녀석이 한 걸 거야.”

“다른? 그렇다는 건…….”

“응. 역시 저 자식, 우니베르시타스와 이어져 있어. 게다가 저건 이 세상의 기술로 만든 것과는 다른 거야.”

지금 말한 대로 골렘은 이 세계에도 있지만, 지금 뜰 앞에서 움직이고 있는 골렘은 그것과는 전혀 다른 별종으로, 완전히 자신들의 세계의 것이다. 히브리어가 적힌 부적의 존재가 그 증거이며, 골렘이 나타났을 때, 이곳에 있는 자들이 가진 것과는 또 다른 마력의 낌새가 희미하게 느껴졌다. 분명 처음부터 근처에서 레이지와 하드리어스의 동향을 살피다가, 하드리어스가 열세에 몰리는 것을 보고 골렘을 내보냈을 것으로 짐작된다.

“스이메이. 저건 미즈키가 말한 대로 골렘인 거지?”

“그래.”

“당연하지! 저건 생긴 게 꼭 골렘이야! 골렘이라고밖에 생각할 수 없어!”

미즈키는 자신의 예상대로라는 말에 에헴 하고 가슴을 활짝 폈다. 그런 아이 같은 태도는 조금 귀엽기도 하지만 그녀는 일단 제쳐두고——

“그래. 저건 골렘이 틀림없어. 구약성서에 나오는, 랍비(도사)가 만들어낸 무적의 거인.”

“무적의?”

"거인?"

스이메이는 두 사람의 되묻는 듯한 말에 끄덕여 보였다. 그러는 한편 골렘에게 시선을 향했지만 골렘이 움직일 낌새는 없다. 자기들이 자리에 없으니 상황을 지켜보기라도 하는 걸까. 이쪽에 적극적으로 손을 댈 작정이 없는 것은, 하드리어스가 말한 대로 시합── 즉, 역량을 시험하고 있기 때문인 것으로 짐작된다.

그때 미즈키가 레이지에게 물었다.

"레이지. 검으로 벨 때는 어땠어?"

"아, 으응. 검을 있는 힘껏 부딪쳐도 느낌이 없어. 뭔가 단단한 걸 때린 느낌도 없었고……."

"그렇겠지."

"에?"

"방금 말했잖아. **저건 무적이라고**. 반응── 즉, 반작용이 있으면 충격이 발생했다는 게 되니까. 효과가 없다는 건 다시 말해 그런 거야. 저 녀석의 바로 코앞에서 정지당했거나 헛스윙을 한 거겠지."

"그, 그럼, 스이메이?! 저 녀석한테는 뭘 해도 소용이 없다는 거야?!"

"아니, 그렇게까지 말하진 않았어. 하지만 지금 이대로는 공격해도 소용없어. 어떻게든 하고 싶으면 저 무적을 흔들어서 이쪽의 공격을 받아들이게 해야 해."

"받아들이게……."

"그만큼 특수하다는 거야."

그렇다. 특수하다. 보통의 골렘이라면 그나마 여유가 있다. 그러나 저것이 진짜에 근접한 골렘이고, 더구나 초인을 모방한 거라면 인간으로는 결코 상대할 수 없다. "인간은 초인을 위해 몰락해라"는 니체가 주장한 말이다. 그래서 인간은 저 골렘 앞에 굴복해야 하는 거다.

트와일라잇 신드롬(종말 사상)으로 영원을 부정당했기에 이 세상에 불사나 영원은 없다. 언젠가는 모두 다 반드시 멸할 운명에 있다. 따라서 완벽한 무적은 없다 해도——

"무적에 가깝다는 건 성가셔……. 기본적으로는 지금 말한 대로 이쪽이 하는 건 전부 무효화시키니까."

그러자 미즈키의 표정이 불안으로 어두워졌다.

"그럼 어떻게 흔들어? 우리의 공격이 무효화되면 그거야말로……."

"아니, 흔들 수 있는 거면 접촉시키는 건 가능해. 영향을 줄 수 있는 거니까 무효화되진 않아."

"그래…… 그렇다는 건, 쓰러뜨릴 방법이 전혀 없는 건 아닌 거네……."

걱정이 조금이라도 줄어든 사실에 미즈키가 안도한 표정을 지었다.

그때 레이지가 새삼 시선을 향해왔다. 강하고 올곧은, 어떤 이의 마음도 유혹할 수 있을 듯한 온화하고 강인한 시선. 레이지가 그 시선을 향해온 이유는 물론 한 가지다.

"스이메이. 우리는 어떻게 해야 할지 몰라. 저 녀석을 쓰러뜨릴 수 있는 방법을 알려줘."

"그래. 알아."

걱정하지 말라며 옅은 미소를 짓자, 미즈키가 빙긋 웃으며,

"뭐랄까, 작전 수립은 스이메이의 일이고 말이야."

"맞아. 뭔가 이런 게 언제나의 세 사람이랄까."

"……다시 말해서 우리가 그만큼 힘든 상황에 말려들었다는 거야. 부탁인데 조금은 자중해라……."

두 사람이 마주 보고 웃는 반면, 스이메이는 질림과 피로로 가득 찬 표정을 지었다.

어쨌든 생각하는 것은 당연히 이쪽의 역할이다. 기분을 새로이 하고 골렘에게 걸린 기술을 해명하기 시작했다.

"――저 골렘의 이마에 히브리어가 적힌 양피지가 있는 이상, 저게 우리 세계의 골렘이라는 건 틀림없어. 그리고 진리라는 명칭 없이 움직인다는 건, 그 대부분을 루아흐(숨결)에 기대고 있다는 거야."

"루아흐?"

"그거, 성령! 성령 맞지?!"

레이지가 몰라서 되물어온 반면, 낯익은 단어를 들은 미즈키가 흥분해서 달려들었다.

그러나,

"아니. 달라. 미즈키, 네가 말하는 그건 성서에서 말하는 루아흐 카도쉬야."

"에? 거짓말. 다른 거야?"

"여기서 말하는 루아흐는 분명 구약성서에도 나오지만…… 이건 히브리어의, 원뜻이 많은 루아흐야. 골렘으로 본떠진 진흙 인형이 랍비의 예지를 가진 숨결을 코로 빨아들임으로써 호흡이라는 생명 활동을 부여받아 저렇게 움직이고 있어."

숨결, 루아흐. 그것은 마술사의 힘과 같은 것이다. 엄밀히 분류하면 술식이나 주술을 포함한 마력에 의해 호흡하는 것을 명령받은 것으로 여겨진다.

골렘은 진리라고 적힌 양피지에 의해 움직였다고 하는데, 진리 단독으로 움직이면 명령을 받아들이지 않는 지능이 낮은 인형으로 변하기 때문에 숨결을 불어넣어 생명 활동과 함께 지성을 부여해야 한다.

"저기, 저기, 스이메이, 스이메이. 엄청 새삼스러운 건데……."

"뭔데?"

"왜 그런 걸 아는 거야?"

정말 새삼스러운 질문에 스이메이는 한숨이 멎지 않았다.

"……그 설명은 나중에."

"응. 그 설명은 나중이지."

"후, 둘이서, 너무해……."

스이메이와 레이지의 매몰찬 거절에 미즈키는 눈물을 글썽이며 우는소리를 했다.

한편 레이지는 레이지대로 골렘을 쓰러뜨릴 방법을 생각한 모양으로,

"로봇을 움직이지 못하게 하려면 다리를 어떻게 하든지, 뿌리를 끊는…… 에너지원을 어떻게 하는 게 정설일 건데."

"하지만 무적인 이상, 다리는 꺾을 수 없고 루아흐를 직접 공격한다 해도 역시 무효화돼. 물론 무거운 걸 얹거나 몸통을 묶어서 물리적으로 움직임을 봉쇄하는 것도 불가능해. 어쨌든 우선적으로 해야 할 건 존재에 차질을 주는 거야."

"잠깐, 잠깐, 스이메이! 부적 자체는 있으니까 그걸 어떻게 하는 건 어때? 어때?"

"그것도 안 돼."

"왜?"

"간단해. 그건 지금처럼 누구나 금방 생각해낼 수 있는 거니까."

"호에?"

"무슨 말이야?"

"그야 그렇잖아? 표(부적)를 어떻게 한다는 건 지금 내가 말했다시피『누구나 생각해낼 법한 손쉬운 방법』이야. 그것에 대한 대책이 없겠어? 마술사로서는 쉽게 떼지 못하게끔 하는 건 제일 먼저 해야 할 일이고, 그것에 대한 방어는 물론 두텁게 할 거야. 나머진…… 그래, 어느 영화처럼 전자레인지나 적의 시체와 같은 취급을 할지도 모르지."

"부비트랩……."

"그런 거야. 저걸 건드리는 순간, 펑! 그래서 잘못 보기 쉽도록 『에르 메스(אל מת)』로 해둔 거겠지."

스이메이는 잔가지를 주워 이마에 붙였다가 툭 놓아서 폭발을 연출했다. 그 후, 거기서 한 번 대화를 끊고 스스로에게 몰입. 생각을 가속시켰다.

"……생각해, 스이메이. 힌트는 갖춰질 대로 갖춰졌어. 그럼 쓰러뜨리는 건 어렵지 않을 거야. 공격할 대상은 골렘이 아니야. 골렘을 움직이는 동력도 아니야. 저것을 존재하게 하고 움직이게 하는 그 사상이다. 『신은 죽었다』. 그게 니체의 말이고 저게 신의 존재를 무시하는 초인을 체현한 거라면, 요컨대 저건 신의 부정을 표방한 일련의 주의 사상의 화신이야. 이 세상에 진리나 선악은 없고, 제멋대로 살아감으로써 비로소 초인은 만들어져. 신의 가르침에 따라 청렴하고 올바르게 사는 것이 결코 옳은 게 아니야. 부자를 내쫓아라. 빈자를 짓밟아라. 행복해지기 위해 오로지 발버둥쳐라. 그런 사상의 카운터펀치는 뭐지? 잠을 부르는 노인? 오소리로 살기로 결심한 소인? 중력을 다루는 마물? 아니잖아? 저것과 가장 단순히 상대할 수 있는 건——."

——르상티망.

그렇다. 르상티망이다. 크리스트교가 빈부의 존재와 신의 존재의 양립을 긍정하기 위해 만들어낸, 빈자에게 거짓

된 행복을 부여하는 이론이자 기득권의 이익을 존속시키기 위한 서민에 대한 주박이다. 그것은 니체가 『무력함에서 오는 분노』로 칭하며, 세상을 저주한 것. 그리고 그를 죽을 때까지 괴롭힌 『불평등』, 그 원한. 그것이 『프리드리히 빌헬름 니체』라는 존재에게 가장 위협이 될 터다.

답은 나왔다. 그러나 저쪽 세계의 요소를 이쪽 세계에서 사용하는 것은 무르다. 이 세계에는 르상티망이라는 개념이 없는 이상, 단순히 이것을 들이대기만 해서는 위력이 따르지 않는다.

그러나 이 세계에는 **적격인 마법**이 있다. 그렇다. 세상의 원한과 질투가 응집된 오탁(汚濁)의 결정체――

"리리아나…… 네 마법, 좀 빌릴게."

즉 그것은―― 암마법. 리리아나나 이 세계의 마법사들이 엘리멘트 중 하나로 착각했던 원념의 결집체와 함께 일어나는 레프트 핸드(마법). 스승으로서 그녀에게 사용하지 말라고 말한 이상, 자기가 이 마법을 쓰는 것은 매우 바람직하지 않지만, 이 자리에서는 예외다.

혼잣말을 중얼거리다가 입을 다문 것을 이상하게 생각했으리라. 레이지가 들여다보듯 물어왔다.

"스이메이?"

"……생각은 정리됐어. 레이지, 난 무적인 골렘을 흔들 기술을 준비할게. 넌 먼저 나서서 저 녀석을 한 방 먹일 수 있는 틈을 확보해줘. 교란하듯 움직이면 돼―― 할 수 있지?"

스이메이는 잔가지를 지시봉 삼아 레이지에게 척 하고 향했다. 그에 레이지는 끄덕이며,

“응. 움직임은 내가 더 좋으니까 골렘한테 접근해서 타이밍을 엿보는 건 그렇게 어렵지 않아.”

“좋아. 일단 나도 궁지에 몰린 것처럼 마술을 퍼부을게. 뭐, 그것도 나름대로 교란이 되겠지.”

그런 식으로 대강 안을 내놓자, 미즈키가 몹시 당황한 듯 소리쳤다.

“자, 잠깐만! 그건 무슨 작전이야?! 기술을 준비할 테니 파고들라니……. 게다가 스이메이도 뭘 할지 말하지 않았잖아?”

“그걸로 충분하잖아? 기술이 먹히면 무적이 아니게 돼.”

“맞아. 그리고 소용없으면 또 다른 방법을 생각하면 돼.”

“그건 그럴지도 모르지만, 하지만…….”

스이메이는 물러서지 않는 미즈키를 타이르듯 말했다.

“저기 말이야, 미즈키. 내가 레이지의 전법에 참견해서 어쩌겠어? 이렇게, 이렇게 해서 상대를 베라고 이 녀석한테 지시라도 내려야 하는 거야?”

“그건 움직이기 힘들지……. 그 부분은 그냥 맡겨줬으면 좋겠어.”

“…………그래, 레이지랑 스이메이는 항상 그런 느낌이지.”

대화를 듣고 무언가가 떠올랐을까. 미즈키는 결국 질린 한숨을 내쉬며 납득했다. 그러나 질릴 정도는 아니리라. 저

쪽 세계에서 무슨 일이 있었을 때는 대개 이런『느슨한 느낌』이었으니 말이다.

어쨌든 그건 그렇다 치고, 스이메이는 그늘에서 얼굴을 내밀고 하드리어스를 엿봤다.

"공작 쪽은 역시 움직일 생각이 없는 모양이네."

"저 사람은 날 시험한다고 말했으니까 위해를 가할 마음은 없을 거야. 지금은 골렘이라는 새로운 계측기가 있으니까 분명 골렘을 쓰러뜨릴 때까지 움직일 생각은 없겠지."

레이지의 말 뒤에 스이메이는 잔가지를 한 손으로 꺾으며,

"좋았어. 후딱 쓰러뜨려서 흠씬 패주자."

"오케이. 그 계획으로 가자."

"그럼 작전 회의는 끝!"

"그럼 내가 먼저 갈 테니까 스이메이는 그 마술을 잘 부탁해. 만약 효과가 없으면 나중에 뭐든 한 턱 쏴야 할 거야."

"그래, 맡겨둬."

스이메이의 대답에 레이지는 작전대로 골렘에게 접근하기 위해 그늘에서 힘차게 뛰쳐나갔다.

스이메이는 그 모습을 지켜본 뒤 광휘 술식을 발동해 골렘을 향해 쏘기 시작했다.

결정된 후에는 돌아보는 일도 말을 거는 일도 없다.

그것은 두 사람이 지금까지 구축해온 확고한 신뢰가 있어서다.

——스이메이라면 비아냥대긴 해도, 말리긴 해도, 한 번 정해지면 끝까지 전력을 다해 돌진한다. 그러니 그라면 무슨 일이 있어도 자신이 바라는 원호를 한다. 해준다, 라고.

——레이지라면 믿은 것은 끝까지 믿는다. 굽히지 않고 꺾이지 않고 한길을 간다. 그래서 돌아보지 않는다. 외치지도 않는다. 오직 내 결정을 믿고 돌진한다, 라고.

두 개의 신뢰. 굳게 결속된 그 믿음에 역시 상황은 좋은 쪽으로 응답해주었다.

골렘은 레이지의 움직임에 농락당하고, 스이메이의 마술에 움직임이 둔해졌다. 하드리어스는 움직이지 않았다. 어딘가에 있을 신기루의 남자 역시 움직이지 않았다. 이 방식을 궁지에 몰린 걸로 판단했을까. 골렘은 움직임이 둔해져 모든 것이 좋은 쪽으로 굴러갔다.

한편 스이메이와 레이지는 서로의 움직임에 한 치의 의심도 없기에 망설임으로 인한 빈틈은 전혀 생기지 않았다. 행동 하나하나가 마치 계산된 것처럼 맞춰져 오직 하나의 결과를 향해 움직였다.

물론 그것을 멈출 방법은 없다. 그들 사이에 분명히 존재하는 한 가닥 끈을 끊지 않는 한.

"……골렘. 원래는 랍비가 창조한 인조인간이야. 그건 자신의 명령을 충실히 이행하는 존재, 인간을 만들어낸다는 인간이 가진 끝없는 욕망이자 카발라의 비의 중 하나. **넌** 그걸 할 수 있는 한 완벽한 것으로 출현시키기 위해── 아니, 우리의 힘과 지식을 시험하기 위해 니체의 사상을 이용해 이곳에 현계시켰어."

묻지도 않은 말을 그렇게 해명해나가기 시작했다. 이제부터 할 것을 성공으로 이끌기 위해 현상을 강화시키듯이.

"신은 죽었다는 유명한 말이야. 오늘날까지 이 말은 온갖 해석 아래 다뤄지면서 인간의 자유를 긍정하고 인간의 죄업을 부정해왔어. 그 근본은 팽배한 기득권익에 대한 제약이자 사람들에게 새로운 길을 제시하기 위한 확실한 한 걸음이 됐어. 그리고 그걸 부각시킨 건 크리스트교가 설파한『약자에게 용기를 주는 이론』으로, 약자가 강자에게 품는 것── 그래, 르상티망(원한)이야."

그렇다. 크리스트교가 서민에게 주입해온 것이 이것이다. 빈부 격차에 의해 약자가 품는 불평불만을, 신을 끌어내 긍정했다. "부자가 천국에 가는 건, 낙타가 바늘구멍을 통과하는 것보다 어렵다"는 말대로 강자는 지옥에 약자는 천국에 가는 거라고, 일부러 빈부 격차를 긍정함으로써 청빈한 것이 올바른 거라고── 다시 말해 그것이 올바르다고 설파하는 크리스트교의 가르침이 절대적이라고 주장하는 것이다.

그것이 약자에게 용기를 주기 위한 말이라면 듣기에는 좋지만, 그런 것은 기득권익에 대한 봉기를 봉쇄하기 위한 방편에 불과하다. 부자를 원망해도 좋다. 그러나 자신은 청빈함을 관철해라. 그렇게 해서 죽은 뒤 천국에 가 지옥에 떨어진 자를 비웃어라, 라고.

빈자는 빈자인 채로 죽을 때까지 불행을 관철해라, 라고

그래서 니체는 그런 세계에 절망했다. 이 세계에 존재하는 한, 자신은 결코 인정받지 못하고 죽을 때까지 괴로워해야 한다는 것을 알았으므로. 그래서 구축되어 온 그 가치관을 타파하기 위해 신은 죽었다고 제창한 것이다. 청빈함은 결코 빈자를 행복하게 해주지 않는다고. 인정받지 못하는 자는 인정받도록 노력하지 않으면 평생 인정받지 못하고 묻혀 있을 뿐이라고. 그렇게 해서 그는 크리스트교의 가치관이 만들어낸 유럽 세계의 존재 방식을 부정했다.

그렇다면 그런 르상티망의 존재는 사상에 대한 카운터펀치가 될 수 있고, 원한, 질투, 증오로 구성된 암마법은 이 골렘에 대한 카운터 매직이 될 수 있다.

암마법의 근본이 부정적인 것을 담당하는 감정이라면, 그 안에 약자의 르상티망(강자에 대한 질투)은 반드시 존재할 것이므로.

"——Come come follow me. The guide is my blasphemy voice. Everyone hates swirling intention(나를 따라 오라. 모멸해야 할 썩어빠진 내 목소리를 그 앞길의 지표로. 이 세상 모든 이가 혐오하고 경멸해 마지않을 넘실거리는 의지들이여……)."

서둘러 미즈키의 발아래에 외계 방호의 마법진을 전개한

뒤, 마법의 효력을 높이기 위해 다시 마력을 해방해 자신의 격위를 잠정적으로 끌어올렸다. 도인으로 역전된 별을 그리자, 주위에 가득 찬 마력이 환기된 악의에 잡아먹혀, 밤의 어둠보다 한층 짙은 빛을 띤 절망의 색채가, 암막이 드리운 하늘에 무수한 거품을 만들어갔다.

……암포말(闇泡沫). 짙은 어둠 속을 떠돌며 더욱 그 존재를 명확히 드러내는 악의를, 거품으로 보고 구상화된 암마법의 공성 주력. 그것이 나타난 순간, 주위에 원념의 목소리가 소용돌이쳤다.

그것은 원한을 부르짖는 여자의 새된 비명일까. 아니면 질투에 사로잡힌 노인의 갈라진 목소리일까. 어쩌면 끊임없이 원망을 토해내는 남자의 굵고 거친 목소리일까. 혹은 울부짖는 아이의 짜증 섞인 목소리일까.

귀를 위협하며 뇌수를 찌르는 듯한 격류가 거대한 물결이 되어 울려 퍼지고 메아리쳐, 하드리어스 저택의 정원을 아비규환으로 만들어갔다.

돌연 그 소용돌이 속에 빠진 레이지가 긴박하게 외쳤다.

"스, 스이메이! 아무리 그래도 이건 좀 힘들어!!"

"참아! 이 정도는 해야 효과가 있어! 너한테는 여신님의 가호인가가 있어서 괜찮다니까!"

"어, 엉망진창이네! 적한테 무너지기 전에 자기편한테 무너지는 건 모양 빠진다고!!"

역시 이대로는 레이지도 두려울까. 레이지의 우는소리를

들으면서,

"——어둠이여. 그대 끝없이 피안을 채색하는 남보랏빛의 무상함. 눈부심은 불길함에 구애받지 않고 변화하여 온갖 운명의 싹을 뜯어라. Eva, Zurdick, Rozeia, Deivikusd, Reianima……."

그리하여 내뱉은 건언은 끝없는 절망을 노래하는 만가.

——트랜전트 호프(희망은 한결같이 실망으로 귀결된다).

무적의 붕괴를 기대하며 쏜 것은 리리아나가 사용했던 암마법. 그것에 레트릭 노미나 발바라(신비 수사 기법, 만명)를 더한 강화판이다.

주위를 가득 메울 정도로 떠오른 암포말이 돌연 예각의 어둠이 되어 골렘에게 쇄도했다. 역시 암포말을 생성해낸 무수한 예각의 쐐기는 스이메이의 계획대로 골렘의 몸을 찔렀다.

골렘은 발밑이 흔들린 것처럼 순간 휘청였다. 그것을 본 스이메이는 골렘을 정면으로 상대하는 레이지를 향해 외쳤다.

"흔들렸어! 레이지!"

"어!!"

레이지의 씩씩하고 믿음직한 대답이 돌아왔다. 그리고,

"하아아아아아아아아아아!"

레이지의 날카로운 기합 소리가 주위에 울려 퍼졌다. 마치 어림겨냥으로 총을 쏘듯 검을 겨누고 우렁차게 외쳤다.

거대한 외침이 주위에 울려 퍼지고 그것이 끝나자, 레이지는 고요한 몸짓으로 눈부신 오레이칼코스의 검을 골렘에게 겨누었다.

"——쯧!!"

소리 없는 기합으로 무적의 쓰러진 골렘을 베려고 달려들었다. 괴로운 나머지 뻗은 거대한 팔을 단칼에 베어낸 즉시, 지나치게 거대한 품 안으로. 골렘의 중심을 노리고 눈부신 오레이칼코스의 검을 꽂았다.

"오오오오오오오오오오오!"

다시 레이지가 기합을 외쳤다. 꽂은 검을 골렘의 더욱 깊은 곳까지 밀어 넣듯이. 멈추지 않는 레이지의 공격에 골렘이 발버둥 쳤다. 남은 팔이 레이지를 위협하려 하지만 레이지는 골렘의 절살(絕殺)에만 의식을 집중해 신경 쓰지 않았다.

"스, 스이메이, 워, 원호를 하는 게 어때……?"

"안 돼. 지금 마술을 쓰면 레이지가 위험해. 그리고 저 녀석의 숨통을 끊을 수 있는 건 레이지뿐이야."

"레이지뿐……?"

"그래. 니체가 부정하고 싶었던 건, 역시 신이라는 우상으로 귀결돼. 결국은 니체도 신에 사로잡혀 있었으니까. 그리고 그 가호를 받은 레이지니까 골렘을 무너뜨릴 수 있어."

그렇다. 레이지는 여신 아르주나의 가호를 받았다. 그 가호로 레이지의 힘이 강화되고 그 몸과 마력에 가호가 익숙해져 있다면 그것도 골렘에 대한 카운터펀치가 될 수 있다.

그렇다. 이 세계도 분명 신에 의해 인간의 재앙과 복이 결정될 것이므로.

따라서 여신의 힘이 깃든 마력을 쏟아부을 수 있다면——

"레이지! 찔러 넣어! 찔러 넣어서 마력을 모조리 털어내!"

그 외침에 응답하듯 레이지는 높아진 마력을 모아 검을 통해 골렘에게 쏟아부었다.

그때, 눈부신 오레이칼코스의 검이 골렘을 찌른 부분부터 부러졌다.

"큭?! 검이!!"

"레이지!!"

낙뢰가 일어난 듯 튀어 오르는 불꽃, 그 한가운데에 있는 레이지를 마술을 써서 떼어냈다.

그러나 골렘은 쓰러지려던 몸을 다시 일으켰다.

"……큭, 틀렸어. 마지막 한 걸음, 한 걸음이 부족해……!"

"어지간히 끈질긴 걸 만들었어……. 조금만 기다려, 지금 검을 만들게!"

정장 주머니에서 다시 시험관을 꺼내 수은도를 만들어내려 했을 때,

"아니."

"레이지?"

레이지는 위험에도 아랑곳 않고 앞으로 내디뎠다. 그 행위는 뭘까. 승기에 힘입은 한 걸음일까, 자포자기한 자가 망설이며 내디딜 때의 만용일까.

그리고 그 대답은 레이지의 입에서 나왔다.

"나에게 힘을…… 나의 새크라멘트, 다시 한 번 내 바람에 답해줘!!"

레이지가 새크라멘트를 꽉 쥐고 외치자, 그의 몸이 라피스 유다익스가 내뿜은 푸른 오로라에 휩싸였다.

★

——승기는 확실히 잡았을 터였다.

친구가 내민 작전은 완벽했고, 확실히 그 흙덩이 거인을 쓰러뜨리는 데 일조해 마지막 한 걸음까지 몰아붙였다.

그러나 흙덩이 거인은 끝내 쓰러지지 않고 아직 움직이고 있다.

그것은 오직 자신이 부족했던 탓이리라. 자신에게 저 흙덩이를 쓰러뜨릴 만큼의 힘이 없었기에 마지막 한 걸음을 바라며 몰아붙이는 것에 그쳤던 것이다.

그래서 빌었다. 새크라멘트에게 응답해달라고. 기도했다. 다시 한 번, 마지막으로 자신의 목소리에 응답해달라고.

——그리하여 다음 순간, 자신이 내려앉은 곳은 여태껏 본 적 없는 세계였다.

그것은 언젠가의 기나긴 터널 속도, 진흙 같은 어둠 속도 아니다. 하드리어스 저택 정원에 있었을 터인 자신은 보리 이삭이 석양에 빛나는, 마치 서양 회화 속 같은 풍경에 서 있었다.

"여긴……."

대체 어딜까. 길을 찾으려 두리번거려도 펼쳐진 것은 보리밭뿐, 멀리 보이는 산맥에는 안개 같은 것이 끼여 산기슭이 있는지조차 분명치 않다. 이따금 불어오는 바람에 보리 이삭이 금빛 파도처럼 일렁일 뿐이다.

그런 곳을 천천히, 정처 없이 걸어갔다.

아직 앞길을 비추는 지표는 없지만 나아감에 따라 보리밭 안쪽에 흰 정자가 보였다.

마치 그곳은 썩어 문드러진 유적 같았다. 다가가 보니 새하얀 기둥은 무너져 있고, 역시 새하얀 석량과 천개, 의자와 탁자가 놓여 있었다.

"이곳은 대체……."

그렇게 당혹감을 입 밖에 내면서, 썩어도 서 있겠다는 듯한 기둥에 손을 대자, 서늘한 감촉과 살짝 얼얼한, 약한 전류에 닿은 듯한 통증이 전해져왔다.

새하얀 기둥은 돌기둥처럼도 보였지만 예상과 달리 돌기둥이 아니었다. 금속. 그렇다. 그것은 금속이었다. 만져보고 그렇게 이해했다. 물론 그렇게 이해할 수 있었던 것은 이것을, 새크라멘트를 잡았을 때도 느꼈기 때문이다.

"그럼 이 흰 게 전부……."

정자를 구성한 이 모든 것이 새크라멘트의 도신과 동일한 금속일까. 백자의 외관을 가졌으면서 금속인, 매우 불가사의한 재질에 놀라면서, 무너진 기둥을 올려다보자니——

"——어이쿠, 설마 이곳에 손님이 올 줄이야. 아니, 이 경우는 내가 손님일지도 모르지만."

바로 옆에서 들려온 것은 젊디젊은 남자의 목소리였다. 그리하여 그 목소리에 돌아보니, 이마에 일직선의 흉터가 난 북유럽계의 남성이 정자 의자에 힘을 빼고 앉아 있었다.
언제부터 거기에 있었을까. 자신이 이곳에 도착했을 때는 분명 없었을 터다. 갑자기 나타나놓고 줄곧 그곳에 있었다는 듯이 앉아 팔도 다리도 아무렇게나 내뻗고 쉬고 있었다.
흉터남은 금발을 짧게 잘랐고 눈동자는 푸른색이었다. 군데군데 장갑(裝甲)을 두른 흰 군복을 입었고 한 손에는 흰 창을 들었다. 그리고 그 몸에서는 삼엄한 분위기를 풍겼다.
다만 왼쪽 귀만 엘프처럼 뾰족하고 그것이 세 갈래로 갈라져 있었다. 오른쪽 귀는 평범한 인간의 것임에도 불구하고.
"아——."
그리고 그것을 알아챈 순간이었다. 문득 깨달았다. 이 남자는 **인간이 아니다** 라고. 인간의 모습을 하고 있지만 뭔가 다른, 좀 더 큰 생물이라는 것을.
그 남자는 이쪽이 당황하건 말건 흥미진진하게 여러 각도에서 자신을 응시해왔다. 값을 매기는 것까지는 아닌 그 시선에 당황하고 있자니 무언가를 깨달았는지 의외라는 표정을 지으며 손뼉을 쳤다.

"호호오? 넌 인간 소년이군. 설마 너 같이 올곧아 보이는 녀석이 뽑히다니, 정말 세상도 말세야. 뭐, 말세는 훨씬 전부터 시작됐지만——."

흉터남은 자기가 한 말에 웃음보가 터졌는지 혼자 껄껄 웃기 시작했다.

그런 남자에게,

"저기, 당신은 누굽니까?"

"나? 난 그것의 소유자야. 네가 여기 왔다는 건, 거기에 『전』이나 『전직』이라는 말이 붙겠지만—— 그건 아무래도 좋나. 뭐, 요컨대 그런 거야."

"그것?"

"네가 지금 손에 쥐고 있는 그거 말이야, 그거."

남자의 손가락이 가리킨 곳을 보니, 그곳에는 굳게 꽉 쥔 자신의 주먹이 있었다.

무의식중에 주먹을 쥐고 있었던 모양이다. 그리고 남자의 손끝은 어쩐지 이 주먹 안을 가리키는 것 같았다.

남자가 끄덕이는 것을 보고, 주먹을 펼치자——

"새크라멘트……."

"그래. 결정검, 이샤르크라스터야."

그곳에 있던 것은 일자르와의 전투 때, 그리고 그라라지라스와의 전투 때 자신을 구해준 신비의 무장, 새크라멘트.

언젠가 그 스이메이가 터무니없는 것이라고 말했던, 이 세계에서 손에 넣은 무기, 그것이 장식품일 때의 모습이었다.

그러나 이것은 자치주의 신전에 사장되어 있던 것. 전 소유주라고 말하면 남자의 말은 납득이 되지 않는다.

"이것의 이전 소유자는 죽었다고……."

"그래, 맞아."

"마, 맞다니…… 그럼 지금 여기 있는 당신은 대체 뭡니까?"

"글쎄. 하지만 네가 말한 대로 죽은 것은 틀림없어. 내가 죽었을 때의 기억이 제대로 여기 잔재로 남아 있으니까."

남자는 자신의 머리, 관자놀이를 탁탁 손가락으로 두드리며 자조 섞인 웃음을 지었다. 그 호방함과 담백함에 살짝 당황하고 있자 순간 남자의 표정은 진지한 것으로 바뀌었다.

"뭐, 내가 살았는지 죽었는지는 지금 너와는 관계없는 일이야. 그보다, 어서 앉아."

"아, 네……."

남자의 권유에 어색하게 정자의 의자에 앉았다. 서늘한 금속의 감촉과 얼얼한 자극이 둔부에서 올라왔다.

반면 남자는 사양이라는 말과는 무관한 듯 털썩 자리에 앉았다.

"어쨌거나 흥미로워. 나 때는 이런 일은 일어나지 않았는데 말이지. 이런 형태로 여러 가지를 알게 되기도 하는 건가. 너, 흔치 않은 일에 서 있는 건지도 몰라."

뭔가를 아는 듯한 얼굴로 씨익 웃는 남자에게 솔직히 물었다.

"저기, 여긴 어디죠?"

"여기? 글쎄…… 나도 자세히는 몰라. 여기가 아스트랄라인의 한복판인지 새크라멘트가 모이는 소드의 끝인지 누구나가 당도한다는 최후의 황혼인지. 결국 그걸 알 수는 없었어. 다만, 근원에 뽑힌 자가 다다르는 장소라는 건 분명하겠지. 나나 네가 여기에 있는 거야. 결국 그런 거지."

"근원……이요?"

분명 그것은 스이메이가 일전에 새크라멘트에 대해 이야기했을 때 말했었다. 이 세상에서 소비된 모든 에너지가 다다르는 장소이자 열적 종언으로부터 이 세상을 구하기 위한 열쇠라고.

"……뭐야. 너, 일반인? 하—! 이건 또 무슨 뜻이람?! 너 같은 나이도 차지 않은 애송이가 아무것도 모른 채 그걸 가져버리고 선택돼버린 거야? 아아, 정말 말세군, 말세야."

"저기……."

"저길 봐."

남자의 말을 이해하지 못해 당황하고 있자 문득 남자가 성대한 한숨을 내쉬고는 손으로 가리켰다. 그 손이 가리킨 곳에는 마치 묘지에 있는 화강암류의 석재처럼 검고 거대한 돌이 있었다.

"저건, 묘비……인가요?"

"묘비라고 하지 마. 비문이라고 해, 비문. 아직 죽지 않은 녀석의 이름도 올라 있을 거야."

의자에서 일어나 가까이 다가가서 보니, 확실히 검은 바탕에 푸른 라피스로 글자가 적혀 있었다. 글자는 다양한 나라의 말로 쓰여 있고, 빛나는 것과 빛나지 않는 것 두 종류다. 문득 시야 끝에 비친 푸른 잔상에 이끌려 시선을 향했다.

"……이건, 내 이름이야."

검은 비문에는 분명 샤나 레이지라는 자신의 이름이 푸른 글씨로 적혀 빛나고 있었다.

그러자 남자가,

"그건 너희가 말하는 합격 발표 벽보고, 예약표야."

"합격 발표와, 예약표?"

"그래. 이로써 너도 죽으면 순조롭게 저쪽행이라는 거야. 푸른빛의 소용돌이에 삼켜져서 말이지. 그렇게 되거나 놈들에 의해 황혼의 우물로 돌려보내지거나 둘 중 하나겠지만——."

남자의 말은 종잡을 수 없다. 뭔가 다른, 무척 중대한 사실을 말하고 있다는 것은 직감적으로 알았지만 그것을 언어화하는 것도 그것에서 의미를 발견하는 것도 지금의 자신에게는 불가능했다.

"저기 말이야, 상관없는 이야기긴 하지만 지금도 젤바나 왕국이라는 건 있어?"

그 이름은 들은 적이 있었다.

"네. 분명 아직 전쟁 중이지만요."

"있었어. 그럼 괜찮겠지. 우리(기사)가 남아 있는 한, 아직 어떻게든 되겠지."

남자는 그렇게 말하고 껄껄 웃기 시작했다. 그리고,

"그래서, 넌 대체 여기에 뭘 하러 왔어? ——아니, 이건 우문이었네. 여기에 살아서 오는 녀석은 저항할 힘을 원해서 오는 거지. 너도 힘을 찾아서 여기에 온 거고."

그 말이 맞다. 자신은 앞길을 가로막는 것을 쓰러뜨리기 위해 새크라멘트에게 빌어서 이곳에 다다랐다. 그래. 그렇다. 그렇다면 지금 눈앞에 있는 이 남자야말로 분명 그 대답일 것이다.

따라서 물었다.

"저기, 전 이것의 사용법을 배우고 싶어요. 전 이걸 자유롭게 쓰지 못하니까요……."

"자유롭게 쓴다라는 건 의미가 너무 중의적인데. 잘 쓰고 싶다는 건지, 기술을 원한다는 건지, 아니면 단순히 이샤르크라스터의 독자 검술을 원한다는 건지. 나는 몰라."

"……그렇군요."

너무 추상적이라고 말하고 싶은 것이겠지. 남자의 무뚝뚝한 말에 저도 모르게 어깨를 떨구었다. 그러자 남자는 어딘가 질린 듯한 표정으로,

"이봐, 그런 얼굴 하지 마. 너도 여기까지 온 기사잖아?

너도 하나의 뜻을 가지고 여기에 왔잖아? 게다가 능력의 한계에 부딪힌 것도 아니잖아?"

"눈앞의 위협을 극복하기 위해 전 반드시 힘이 필요해요. 뭐든 좋으니 싸울 힘이."

그렇다. 거짓 없는 진심을 털어놓자 남자는 자신의 귀를 만지면서 큰 한숨을 내쉬었다.

"……할 수 없군. 빈손인 것도 힘들 거고── 그래. 너한테 기술을 하나 줄까."

"기, 기술이요?"

"그래. 하지만 …… 흠. 서클셉트(자진 형상)는 아직 이르겠고."

"네……."

"뭐, 에스트라이크(오의)가 적당하겠어."

"에스트라이크?"

"그래. 새크라멘트의 능력의 잔재를 사용한 기술이야."

"자, 잔재……."

잔재. 듣기에 좋지 않은 단어를 듣고 그만 표정에 드러내고 말았다. 그러자 남자는 의미심장한 미소를 지으며,

"뭐, 잔재라고 해도 지금 너한테는 엄청난 기술이야. 어디, 그거 좀 빌리자."

남자가 내민 손에, 들고 있던 새크라멘트를 건넸다. 그 직후, 눈부신 푸른빛이 흘러넘치더니 그 빛이 검 같은 형상을 취하고, 이윽고 이샤르크라스터로 변했다.

"봐."

그렇게 말한 남자는 자세라고도 할 수 없는 자세를 취했다. 아무렇게나 취한 자세지만 칼끝은 보이지 않는 존재를 겨누고 있는 듯하다.

그리고 서서히 겁 없는 미소를 짓더니 이샤르크라스터의 푸른 보석, 라피스 유다익스에서 푸른빛이 방출되고, 그 주위에 떠오른 두 종류의 백자(白磁)로 된 수레바퀴가 조용히 움직이기 시작했다.

주위에 갈 곳을 잃은 바람이 모이는가 싶더니 빠지직 하고 마치 살얼음에 금이 가는 듯한 소리가 주위에 퍼지기 시작한 순간, 단숨에 결정(結晶)으로 된 기둥이 몇 개나 솟아올랐다.

만들어진 것은 거대한 푸른 결정. 남자는 그 중심을 노리고 검을 내찔렀다. 그러자 주위의 결정이 푸른 번개를 동반하고 그 끝에 모여, 거대한 결정의 중심에 닿았다.

귀를 막은 손째 찢겨나갈 듯한 굉음이 충격파와 함께 주위를 에워쌌다.

눈을 향하자 거대한 푸른 결정의 기둥은 산산이 부서져 다이아몬드 더스트(세빙)처럼 공중을 떠다니고 있었다.

"――크리스터리오스, 제우드 라스 시아라(결정봉살검, 파옥). 결정 속에 적을 가두고 으스러뜨린다. 뭐, 그다지 궁리할 필요 없는 단순한 기술이야."

"이게, 이샤르크라스터의 에스트라이크……."

그 광경을 눈으로 직접 확인하고 반쯤 넋이 나가 있자, 돌연 보리밭에 강풍이 불어 닥치고 주위의 풍경이 희미해지기 시작했다. 그것은 마치 꿈에서 깨는 전조 같다.

"——어이쿠. 이제 시간이 다 됐나 보군. 할 일을 했으니 볼일은 끝났다는 건가. 역할이 끝나자마자 작별이라는 건 너무 시시한데."

"시, 시간이 다 됐다니!"

이제 끝인가. 자신이 원하는 건 그것뿐만이 아닌데.

그런 생각에 초조한 표정을 짓자, 남자는 역시 안다는 듯이,

"그렇게 불안해할 거 없어. 단순한 얘기야. 상대가 강해지면 더 강한 뭔가로 날려버리면 돼. 그게 이 세상의 이치야. 그리고 허접한 인형놀이를 끝내기 위한 준비는 네 친구가 해줬잖아? 남은 건 네가 전력을 다하는 것뿐이야."

"어떻게 그걸——."

"그건 지금 네가 신경 쓸 일이 아냐. 뭐, 새크라멘트는 현상, 사상을 베는 검이야. 그 검으로 벨 수 없는 건, 누가 한 말인지는 몰라도 사람과 사람의 인연뿐이야."

남자는 그렇게 말하고는 유쾌한 듯 웃었다. 그런 그에게 아직 가슴 속에 맺힌 불안을 부딪쳤다.

"하지만 이번 상대는 그렇게 단순한 녀석이 아니에요."

"아직 그 인형한테 걸린 주술이 불안한 거야? ……아이고, 잘 생각해보라고. 한 번 헝클어진 걸 원래대로 되돌리려면

그에 상응한 시간이 필요하잖아? 그럼 그 시간이 다하기 전에 쓰러뜨리면 그뿐이야. 지금 한 대로 새크라멘트를 찌르기 전에 결정으로 격리시켜서 쓰러뜨려. 그걸로 끝이야."

남자는 그렇게 말하며 이 이야기는 끝이라고 언외로 잘라버렸다. 그런 그에게 아직 묻지 않은 질문을 던졌다.

"아까 말한 자진 형상이라는 건 뭐죠?"

"그건 언젠가 알게 돼. 힘이 부족하면 원해. 그리고 내면의 목소리에 귀 기울여. 근원에게 선택받은 이상, 근원은 반드시 네 상념에 응답해줄 거야."

남자는 그렇게 말하고는 들고 있던 이샤르크라스터를 건넸다. 남자가 떠맡기듯 자신의 손에 그것을 쥐어주자, 그 모습이 서서히 희미해지기 시작했다.

꿈이 깨고 그 꿈에 나온 인물도 사라진다는, 그런 징조.

"자, 잠시만요! 난 아직 이걸 무기로 만드는 방법도 몰라!"

남자는 "그것도 모르는 거냐……"라며 희미해진 채로 어이없는 듯한 한숨을 내뱉었다.

"한 번만 말해줄 거야. 잘~ 들어."

그리고,

——내 라피스의 푸른빛으로 정화(晶化)해라. 검령. 결정검, 이계 소환.

"네가 검을 원할 때, 그렇게 말하면 돼."

"이계, 소환……."

"그래. 내면의 목소리에 그렇게 답하면, 그 녀석은 무기가 되어줄 거야."

입꼬리를 끌어올린 남자는 떠날 채비가 되었다는 듯이 등을 돌렸다. 그리고 깜빡한 말이 생각난 듯 돌아보며 손가락으로 가리키며,

"마지막으로 충고 하나 해주지! 넌 지금부터 터무니없는 싸움에 말려들지도 몰라."

"터무니없는 싸움? 마왕과 사신과의 싸움입니까?"

"유감이게도 그게 아니야. 마왕이나 사신 같은 거면 뭐, 노력하면 쓰러뜨릴 수도 있겠지만, 내가 말하는 건 더 터무니없는 거야."

"더 터무니없는…… 것?"

사신이나 마왕보다 터무니없는 것이란 대체 뭘까. 당황해 말문이 막혀 있자 남자는,

"뭐, 그럴지도 모른다는 거야. 나와 너의 인식에 살짝 차질이 있었으니까. 어쩌면 내가 있던 세계와 네가 있던 세계는 다를지도 몰라. 만약 그게 아니라면 큰일이라는 거야."

남자는 그렇게 말하고는 손을 휙휙 흔들며 보리밭 너머를 향해 걷기 시작했다. 그런 그를 다시 한 번 붙잡았다.

"저기!"

"……아직 뭔가 남은 거냐? 이제 마지막이다?"

난처한 듯 돌아본 그에게 물은 것은,

"저기, 전 샤나 레이지라고 합니다! 당신의 이름을 가르쳐주세요!"

원래는 처음에 했어야 할 질문이지만 마지막에야 하게 됐다고. 그렇게 있는 힘껏 외치자, 남자는 놀라 눈을 동그랗게 뜨고는―― 순간 웃음을 터뜨렸다.

"하, 하하하하하하!! 그, 그래! 그렇지! 분명 그건 중요하지! ――내 이름은 라이제아 루베룬이다. 뭐, 잊더라도 상관없어! 너한테는 이미 볼일 없는 이름이니까."

"고맙습니다, 라이제아 씨! 당신의 이름은 평생 잊지 않겠습니다!"

"기사 라이제아다. 내 이름을 쓸 거면 그렇게 불러."

기사 라이제아는 그렇게 내뱉고는 다시 걸음을 떼기 시작했다. 이윽고 그 모습도 보리밭과 석양과 함께 희미해져 푸른빛에 휩싸였다.

"――내 파트너를 잘 부탁한다. 최대한 잘 써줘."

기사 라이제아의 그 말을 끝으로 레이지의 의식도 푸른빛에 삼켜졌다.

결국 레이지의 외침과 함께 흘러넘친 푸른 오로라는 금세

잠잠해졌다.

대체 뭐였을까. 눈에 새겨진 잔상이 이내 사라지고 그의 모습을 확인하자 그곳에는 조금 전과 다름없는 레이지가 있었고——

"——내 라피스의 푸른빛으로 정화(晶化)해라. 검령. 결정검, 이계 소환."

돌연 그가 쩌렁쩌렁한 목소리로 무언가를 외쳤다. 그 순간, 꽉 쥔 주먹 안에서 푸른빛이 흘러넘치고, 그것이 한곳에 모이자 푸른 검 한 자루가 그 손에 쥐어졌다.

"어, 어이어이, 너, 언제 그런 걸 할 수 있게 된 거야……."

"레이지! 그거, 혹시 그 전설의 무구?! 우와! 완전 멋져!!"

백자로 된 길고 가는 도신에 푸른 보석—— 라피스 유다익스가 장식된 검, 결정검 이샤르크라스터. 싸늘한 푸른 안개와 번개를 주위에 띤 그것은 확실히 레이지의 손 안에 있다. 조용히, 그리고 터무니없는 힘을 쏟아내면서.

"레이지!"

"마지막 일격은 이걸로 할 거야! 스이메이는 미즈키랑 같이 물러서 있어!"

"기다려! 그 녀석을 새크라멘트로 쓰러뜨릴 수 있는지 없는지는 아직 몰라!"

"괜찮아! 그러니까……."

"괜찮다니 넌 대체 무슨 근거로……."

레이지의 자신에 찬 태도에 스이메이는 눈썹을 찌푸리며

신음했다. 그의 저 넘치는 자신감은 뭘까. 너무나도 의문이지만 그러나 레이지는 막 회복한 골렘을 향해 망설임 없이 돌진해갔다.

그러자 미즈키가,

"스이메이, 레이지의 저 무기로 어째서 쓰러뜨리지 못할 수도 있다는 거야? 뭐랄까, 엄청 굉장한 것처럼 보이는데."

"확실히 새크라멘트는 터무니없는 물건이야. 하지만 저것에는 라피스 유다익스가 묻혀 있어."

"라피스?"

"날밑 가장자리에 있는 저 푸른 보석 말이야. 저건 근원과 이어져 있고, 적은 마력으로 소비됐을 것으로 여겨지는 모든 에너지를 끌어낼 수 있어. 그건 말하자면 무한한 순환이자 영겁 회귀와 맞먹어."

"근원에, 에너지에, 영겁 회귀……."

스이메이의 설명에는 배려가 없었기에 전문용어가 쏟아졌다. 그래서 미즈키의 머리로는 이해하지 못해 과부화 직전인 형국이다. 김을 뿜으면서 고장 난 표정을 짓는 미즈키를 본 스이메이는 질려하면서도 요약했다.

"그러니까, 지금 레이지가 죽이려 하는 골렘에게는 니체의 사상이 이용됐어. 하지만 그러기 위한 저 녀석의 무기에는 니체의 사상을 긍정하는 요소가 포함되어 있어."

"그럼 뭔가 위험한 거야?"

"몰라. 아까 난 니체의 사상과 대립하는 요소를 써서 골렘

의 수비에 흔들림을 줬지만, 이번엔 사상을 보강해버리는 듯한 요소를 가진 것으로 영향을 주려 하고 있어. 라피스 유다익스의 영향으로 수비가 보강되기 전에 레이지가 쓰러뜨린다면 문제없지만, 만약 그보다 먼저 무적이 복원되거나 후속 공격이 필요해지면——."

"부, 부활한다는 거야?"

"최악의 경우, 타도의 기회를 잃고 우리로서는 더는 손을 쓸 수 없게 돼. 상대의 힘을, 우리 손으로 보강한 것이 되니까."

스이메이가 미즈키에게 설명하는 와중에도 레이지는 앞으로 걸어 나가 골렘의 정면으로 다가갔다. 좌우로 움직여 혼란을 주는 일 없이 곧장 베어 죽일 생각일까.

이윽고 한 걸음 할 걸음 내디딜 때마다 새크라멘트가 그 힘을 토해내기 시작했다.

"어이어이어이…… 역시 위험해……."

"우와, 우와아! 이거!"

바람이 정원을 뚫고 지나갔다. 그것은 너무나도 강렬한 바람으로, 레이지의 주위로 모여들었다. 이윽고 바람은 라피스 유다익스가 내뿜는 푸른빛을 휘감고 레이지의 사방으로 뻗어나가 레이지와 골렘의 주위에 마치 제단이나 신전처럼 결정으로 이뤄진 기둥을 세워나갔다. 그것은 냉기가 불어 닥쳐 서릿발이 이는 영상을 몇 십 배 빨리 돌리기로 본 듯한 현상.

돌연 세워진 거대한 결정의 기둥은 그 끄트머리에서 푸른 번개를 번쩍이며 그 자리에 진좌했다. 번개는 움직임이 둔한 골렘을 덮치고 그 몸을 포박해 흙덩이로 만들어진 거대한 몸을 순식간에 결정 안에 가두었다. 마치 얼음에 절이듯이. 그런 현상을 상기시키는 눈앞의 그것은 수정처럼 투명한 동시에 라피스 유다익스처럼 푸르디푸르게 빛났다.

결정에 갇혀 꼼짝 할 수 없게 된 골렘에게 레이지가 서서히 칼끝을 겨누고 푸른빛을 소용돌이치게 했다. 그러자 도신에 푸른 결정이 떠오르기 시작했다.

이윽고 그것은 순식간에 거대해져 한 자루의 칼을 본뜨기 시작했다. 그리고,

"——크리스터리오스 제우드 라스 시아라!"

결정의 감옥에 갇힌 골렘에게 회피할 수단은 없다. 결정의 검에 의한 절대 불가피한 일격에 골렘은 결정과 함께 푸른 번개를 흩뿌리며 산산조각 났다.

"해냈어!"

골렘 타도를 목격한 미즈키가 기쁨의 탄성을 내질렀다. 스이메이가 그런 미즈키와 함께 레이지 곁으로 다가가자, 레이지는 어딘가 만족스럽게 결정이 흩어지는 모습을 응시하고 있었다.

"일단 수고했어."

"응, 하지만……."

"그래. 쓰러뜨린 건 성가신 골렘뿐이야. 그 녀석은 아직

건재해. 그리고 물어야 할 것들이 산더미고.”
“……그래.”
스이메이가 그렇게 말하자, 어째선지 레이지는 만족스러워 하던 얼굴에 그림자를 드리웠다. 무슨 일일까. 그건 그렇고 하드리어스에게 시선을 향하자, 하드리어스의 얼굴이 험악함을 띠고 있었다.
“그분의 기술을 깨다니…… 예상했던 것 이상이군.”
“멍청한 소리. 그건 깰 수 있도록 만든 싸움이야. 그렇지 않으면 용사의 힘을 약점으로 할 필요가 없잖아? 처음부터 끝까지 시험하고 말이야…….”
그렇다. 설마 그것이 운 좋게 용사의 힘── 여신의 가호가 약점일 리 없음을. 아마도 거기까지 다다를 수 있을지 없을지 시험한 것이리라.
스이메이는 혼잣말처럼 짜증을 토해내고는 그대로 자세를 바로 했다.
“스이메이?”
레이지의 당황한 목소리에 아랑곳 않고 스이메이는 정중한 투로 말을 꺼냈다.
“──이제 슬슬 모습을 드러내주시죠. 아니면 우리의 실력이 아직 당신의 눈에 차지 않는 걸까요?”
갑자기 정중한 투로 말하기 시작한 스이메이에, 레이지도 미즈키도 하드리어스마저 당황했다. 그리고 상위의 마술사에 대한 최상의 예의를 갖춘 스이메이가 부른 상대── 신기루의 남자는 조용히 응답했다.

"——아니, 잘했다고 말해두지, 네스테하임 경의 제자. 생각보다 일찍 해답에 다다른 건 칭찬받아 마땅하지."

칭찬과 함께 하드리어스 저택 지붕 위에 모습을 드러낸 것은 구불구불한 연자주색 장발을 기른 거한이었다. 그 남자는 지붕에서 뛰어내려, 낙하 속도와 충격 따위 없다는 듯 사뿐히 착지. 하드리어스 옆에 나란히 섰다.

"고트프리트 님……."

설마 모습을 드러낼 줄은 몰랐을까. 하드리어스가 경악한 표정을 지었다. 그런 그에게 신기루의 남자—— 고트프리트는 스이메이에게 연자줏빛 시선을 붙박은 채 매우 태연한 모습으로 답했다.

"예를 갖추니 나도 모습을 드러내야지. 루카스. 귀공이 주눅들 필요는 없어."

하드리어스는 걸음을 내딛는 그에게 가벼운 목례로 응답했다.

한편 스이메이도 자신의 오른쪽 가슴 부근에 오른손을 대고 한 걸음 앞으로 나와 연자줏빛 시선에 붉은 시선을 돌려줬다.

그리고,

"제 이름은 야카기 스이메이. 우리 마술의 창시자이자 위대하신 마술사 폰 네스테하임 아래 진리를 추구하는 제자 중 한 명. 마도의 선배이신 스승께 실례를 무릅쓰고 이름을 여쭙습니다."

그 물음에 고트프리트는 그 이름을 밝혔다.

"내 이름은 고트프리트 빌헬름 라이프니츠. ……아직 신비에 몸담고 있지만, 지금은 영락한 이름을 가진 자다."

"……신을, 이용한 철학자."

역시 예상이 맞은 걸까. 스이메이는 그렇게 이를 으득 갈았다. 연합에서 대치했을 때부터 줄곧 짐작했던 것이 이 이름이다. 자신보다 아득히 상위에 존재하는 마제스티(수괴급) 마술사나 그리드 오브 텐에 필적할 정도의 마술사.

신기루의 남자, 고트프리트는 온화한 미소를 지었다. 그리고,

"물러나는 게 좋아, 네스테하임 경의 제자. 지금의 너로는 날 어떻게 하지 못해. 날 상대하려거든 **본래의 힘을 회복하고**, 상응하는 힘을 손에 넣은 다음이 좋아."

"그걸 아는 건가."

"물론. 그건 여기에 불려온 나도 지나온 길이야. 내 길에 이의를 제기하고 싶으면 스스로 해야 할 일을 끝마친 뒤에 다시 날 찾아오는 게 좋아."

그는 스이메이에게 그렇게 말하고, 이번에는 레이지에게── 레이지가 가진 새크라멘트에 눈길을 주며,

"용사. 그건 기사 라이제아의 검이다. 소중히 다루도록."

"이걸── 아니, 당신은 그 사람을 알고……."

"그 남자도 나도 불려온 몸이니까."

어딘가 그리워하는 듯 옅은 미소를 짓는 고트프리트에게 레이지는,

"——쯧, 당신들은 어째서 이런 짓을 하는 겁니까?! 이 세계가 마족 손에 무너져도 좋다는 거야?!"

"그렇게는 생각하지 않아. 하지만 모든 것을 답하기엔 아직 때가 일러."

"때가 일러?"

"그걸 말해주면 지장이 생긴다?"

"그렇다."

스이메이의 물음에 고트프리트가 끄덕였다.

"그럼 마족에게 손을 빌려준 게 아닌 거죠?"

"물론이다. 언젠가 마족은 사신과 함께 모두 멸망시켜야 하는 존재로 인식하고 있다."

"그 말은, 믿어도 되는 겁니까?"

"그렇다. 다만, 그 앞을 듣고 싶다면."

여기서도 전력을 쓸 수 있게끔 됐을 때 다시 앞에 서라는 걸까.

고트프리트와 대화를 주고받고 있는데, 페르메니아와 레피르, 저택 안에 있던 티타니아와 리리아나, 엘리어트, 갇혀 있던 하츠미가 나타났다.

"티아!"

"레이지 님, 저자가 흑막입니까?"

곁에 선 티타니아는 고트프리트를 수괴로 보고 눈을 가늘

게 떴다. 고트프리트가 가진 형용할 수 없는 분위기가 그런 생각을 부추긴 것이리라. 이어서 티타니아는 그 옆으로 시선을 옮겼다.

"공주 전하."

그 자리에 조용히 무릎 꿇은 하드리어스에게 티타니아는 노려보는 듯한 시선을 향하며,

"공작. 그자와 나란히 섰다는 건, 아버님께 검을 겨눈 걸로 간주해도 될까요?"

"맹세코 두 임금을 섬긴 일은 없습니다. 제 주군은 평생 알마디아우스 폐하 오직 한 분뿐입니다."

진지한 하드리어스의 목소리에 티타니아는 뭔가를 생각하는지 잠시 침묵했다. 그리고 그런 그녀에게 말을 건 것은 고트프리트였다.

"이 나라의 공주인가."

"………….."

여전히 침묵한 채 시선만 향한 티타니아에게 고트프리트는 이어서 말했다.

"지금 루카스가 말한 대로다. 그의 검은 오롯이 그가 섬기는 왕에게 바친 것이 틀림없다. 만약 내가 그대의 부친에게 칼날을 겨눈다면, 루카스는 망설임 없이 내 적이 되겠지."

그 말을 들은 티타니아는 잠시 주저…… 혹은 생각한 뒤 마지못한 모양으로,

"……물러나죠."

"물러나다니……."

"이 상황에선 어떻게도 할 수 없어요. 하드리어스 공작을 심판한다 해도 그를 심판할 명분은 어디에도 없어요. 엘리어트 님은 자신의 의지로 이곳에 있었던 것에 불과하니까요."

티타니아의 말에 레이지는 곤혹감을 감추지 못했다. 그런 그는 옆에 선 스이메이에게 시선을 향했다.

"……스이메이는 그걸로 괜찮아?"

"솔직히 난 어떻게 해야 좋을지 모르겠어. 저 귀족님은 패주고 싶지만, 이렇게까지 상황이 바뀐 마당에 그러는 건 생각 없는 짓이야. 상황이 너무 복잡해."

"그걸로 괜찮아?"

"싸워서 이기고 지는 문제가 아니야. 애당초 우리의 승리가 뭐냐는 거야. 목적(엘리어트)을 달성한 이상 승리한 거고, 나머지는 쓸데없이 손을 대는 게 돼. 지금까지는 기세라고 해도 되지만——."

여세는 시들었고, 더욱이 냉정해질 자리도 만들어졌다. 여기서 더 나가면 변명 따위 통하지 않을 것이다.

스이메이도 분한 마음을 표정에 드러낸 가운데, 문득 고트프리트가 레이지를 다시 향했다.

"용사. 귀공에게 한 가지 충고를 해두지."

"뭡니까?"

"자신을 잃고 싶지 않다면 여신의 뜻에 저항해야 해. 그것

말고 귀공에게 길은 없어."

"……난 내 의지로 싸우고 있어! 그것 말고는 없어!"

하드리어스와 닮은 듯한 지적에 레이지는 무심코 소리쳤다. 한편, 페르메니아가 스이메이의 옆에 서서 동향을 묻듯 불렀다.

"스이메이 님."

"가자. 더 이상의 대치는 무의미해. 모두."

스이메이가 모두에게 시선을 향하자 하츠미가 불만스럽게 한숨을 내쉬었다.

"개운치 않은 끝맺음이네."

"이런 상황에선 어쩔 수 없어. 저 남자를 패주는 건 다음으로 미뤄야겠어."

레피르 역시 불만일까. 스이메이와 마찬가지로 하드리어스를 흠씬 두들겨 패주고 싶었기에 화가 가라앉지 않은 것은 부정할 수 없다.

어쨌든 스이메이 일동은 더 이상은 어쩔 수 없다며 그 자리에서 물러났다.

고트프리트는 물러나는 모습을 끝까지 지켜보고는 하드리어스에게 뭐라고 말한 뒤 함께 저택 안으로 사라졌다.

그들이 떠난 것을 본 레이지가 문득 물어왔다.

"스이메이, 아까 라이프니츠라고 말했는데 혹시 그?"

"맞아. 수학자이자 철학자. 자신의 이론을 증명하기 위해 신을 이용한 남자야."

그 이름은 유명하진 않더라도 아는 사람은 많을 것이다. 표면적으로는 수학자, 철학자, 과학자, 사상가지만, 그가 살았던 시대는 물리 법칙이 무르익지 않은 때이기에 당시의 모든 학문에 정통한 것만으로 신비에도 뛰어나게 됐다.

즉, 마술사(신비학자), 고트프리트 빌헬름 라이프니츠. 아르스 마그나 라이문디를 계승하고, 세상에 아르스 콤비나토리아를 제창한 바로 그 남자다.

에필로그 짧은 이별

스이메이 일행은 크란트 시로 향해 하드리어스 저택에서 엘리어트를 구출한다는 목적을 달성했다. 그 후 하드리어스와 고트프리트와의 대치에서는 전력 부족과 증거 불충분이라는 이유로 물러나야 했지만, 패전이라고 할 정도의 쓰라림을 맛보는 일 없이 제도로의 귀로에 올랐다.

물론 가슴 속에 맺힌 응어리는 풀리지 않고, 다들 화제에 올리진 않았지만 생각하는 바가 있었다.

어쨌든 현재는 제도로 돌아와 거점 앞 공터에 모여 있었다.

물론 그 자리에는 엘리어트와 크리스터, 이번에는 마족과의 전쟁 수습으로 동행하지 못했던 그라체라의 모습도 있다.

"이번에는 정말로 감사했습니다."

신관복 차림의 크리스터가 스이메이, 레이지들에게 머리를 숙였다. 돌아오기를 기다릴 동안은 정신이 정신이 아니었겠지만 엘리어트가 무사히 돌아와 안심했는지 혈색도 무척 좋다.

"이거, 이번엔 여러모로 신세를 졌어. 나도 정식으로 인사할게. 고마워."

그녀 옆에 서 있던 엘리어트도 고마움을 전하며 이번 일에 관계한 자와 차례로 악수를 나누었다. 이윽고 레이지 차

례가 되어,

"어쨌든 엘리어트가 무사해서 다행이야."

"너한테 빚을 져버렸어. 언젠가 제대로 딱 맞춰 갚을 테니까 그렇게 알아줘."

"하하하, 지난번엔 나도 신세를 졌고, 신경 쓰지 않아도 돼."

"그럴 순 없어. 빚을 갚지 않고 잠자코 있는 건 내 체면과도 관계되니까. 그리고 그 빚은 네 게 아니라——."

엘리어트는 거기서 말을 끊고 스이메이에게 의미심장한 시선을 향했다.

"나하고는 악수 안 하냐?"

"뭐야. 넌 나랑 악수가 하고 싶었냐?"

"아—, 사양할게. 한다면 여자랑 하는 게 훨씬 좋아."

"헤에? 여자한테는 면역이 없어 보이는데 그런 말을 하네? 혹시 무리하는 거냐?"

"시끄러—! 그렇게 보여서 미안하구만!"

엘리어트가 입가에 희미하게 조소를 띠자, 어깨를 움츠리고 있던 스이메이의 여유가 바닥났다. 이번에는 완전히 긁어 부스럼이었다.

"하지만 설마 네 도움을 받다니. 평생의 오점이야."

"마음대로 떠들어. 이걸로 지난번 레이지들 건은 쌤쌤인 거다!"

"정말이지, 네 말투는 품위가 없구나."

"시끄러. 난 너랑 다르게 평범하게 자랐다고."

스이메이와 엘리어트는 그렇게 빈정거리거나 불평하기 시작했다. 이런 싸움에는 비아냥쟁이에 입이 험한 스이메이보다 관조적인 태도의 엘리어트가 유리하지만—— 말다툼이 끝나지 않을 것을 짐작했는지 레이지가 중재에 나섰다.

"자자, 두 사람 다 싸움은 그쯤 해. 오늘의 메인이벤트로 넘어가자."

"그래. 그거라면 나도 꽤 궁금해."

"일단 그게 오늘 모이라고 한 목적이니까."

레이지의 화제를 벗어난 제안에 엘리어트도 스이메이도 동조해 공터 모퉁이 쪽으로 향했다.

다들 졸졸 따라간 곳은 이전에 페르메니아가 풀을 만들었던 곳. 지금은 수조 대신 거대한 마법진이 깔려 있다.

엘리어트 감금의 결과에 대해서만 들으러 왔던 그라체라가 마법진 앞에 웅크리고 앉아 흥미진진하게 그것을 응시했다.

"이게 너희가 있던 세계로 돌아가기 위한 마법진……."

술식의 구성을 알아보는 걸까. 그라체라는 그것을 해독하려 마법진을 만졌다. 그런 그녀에게 대답한 것은 당연히 스이메이다.

"맞아. 그보다, 없는 사이에 멋대로 만지거나 지우지 마라?"

"그런다 해도 빈틈없는 너야. 이미 오고 갈 방법을 알아뒀잖아?"

"뭐."

그렇다. 귀환 마법진을 완성했을 때 이미 오고 갈 수 있도록 좌표는 외워뒀다. 무방비한 상태의 마법진에 의존하면 어떤 요인으로 사라져버렸을 때 돌아올 수 없기 때문이다. 몇 가지 수단을 만들어두지 않으면 곤란하다.

"하지만 설마 풀이 힌트가 될 줄은 몰랐어."

"그건 페르메니아 양한테 고마워해야 해."

"그것도 그렇겠지만 뭔가 아이러니야."

이 세계로 불러들인 것이 페르메니아고, 돌아갈 방법을 떠올릴 실마리를 만들어준 것도 그녀다. 뭐랄까. 뭐랄까다.

그때 레피르의 말을 들은 페르메니아가,

"스이메이 님! 칭찬해주세요!"

꼬리를 흔들며 매달리는 강아지처럼 스이메이에게 달라붙어왔다. 스이메이는 그런 그녀에 질린 모습으로 한숨을 내쉬었다.

"……저기 말이야, 그것에 대해서는 충분히 칭찬했고 고맙다고 했잖아? 아직 부족한 거냐."

"후후후, 하루에 한 번씩 말해도 좋아요! 칭찬하는 건 공짜예요. 오히려 득이 돼요."

뭐가 득이 된다는 걸까. 잘 모르겠지만 이미 열 번도 넘게 한 인사와 칭찬도 질렸기에,

"헤—헤—. 감사합니다—. 역시 백염 페르메니아 님이십니다—."

"우, 그건 너무 대충이에요!"

페르메니아는 생각대로 되지 않자 두 팔을 파닥거렸다. 스이메이가 마술사라는 게 밝혀지고 집안사람 사이에서는 체면을 신경 쓰지 않게 됐는지 종종 보이는 아이 같은 모습도 거침이 없다.

"뭐, 어쨌든 저거야── 어이, 미즈키, 이제 그만 기분 풀어."

스이메이는 페르메니아는 무시하고 미즈키에게 말했다. 스이메이 말대로 미즈키는 못마땅한 표정으로 구석에서 뺨을 잔뜩 부풀리고 있었다.

"흥. 스이메이 바보, 바보, 바보! 마법에 실패해서 죽어버려!"

아노 미즈키, 울분 풀 길 없음. 그런 분위기로 외치는 그녀에게 페르메니아가 쓴웃음을 지으며,

"미즈키 님, 그건 좀 곤란해요…… 저희도 따라가니까요."

"그럼 스이메이만 실패하면 돼. 핀 포인트에서."

스이메이가 험한 꼴을 당하는 것을 고집하는 미즈키에 이번에는 레피르가 팔짱을 끼고 난처한 듯 말했다.

"그렇게 되면 이번엔 우리가 돌아올 수 없게 되는데……."

"그럼 스이메이만 험한 꼴을 당해버려! 뭐든 좋으니까!"

계속 기분을 풀지 않는 미즈키에 스이메이는 큰 한숨을 토했다. 하드리어스 저택에서의 싸움이 있은 뒤, 수수께끼 정령이 어딘가로 사라지고 원래의 미즈키로 돌아왔기에 그녀에게도 자신이 마술사임을 고백했는데── 이렇게 됐다.

당연하다면 당연한 결말이지만 말한 당일은 물론이고 돌아오는 마차에서도 말을 하지 않고, 말을 걸어서 대답이 돌아온 것은 불과 몇 시간 전이다.

마술사인 것을 숨겨왔다는 사실……보다는 아무래도 지금까지 그녀의 중2병을 강력히 부정해왔던 사실에 화가 난 모양이다. 어떤 의미로는 그녀가 좋아하는 오컬트 정보를 독점해온 듯한 측면도 있기에 분노가 두 배일 것이다.

그래서 스이메이는 그날 밤부터 미즈키에게 계속 사과하고 있었다.

"내가 미안하다니까. 이제 그만 용서해주라……."

"시끄러워! 계속 사과해! 죽을 때까지! 평생!"

"아무리 그래도 그건……."

"바보! 바보! 바—보! 흥!"

미즈키는 유치한 매도를 퍼붓고는 다시 뺨을 부풀리고 삐짐 모드에 돌입했다. 미즈키가 그러는 한편 엘리어트가 물어왔다.

"그래서 지금 갈 거야?"

"응. 빨리 돌아가서 왕창 쌓여 있을 걱정을 어떻게든 수습해야 하니까."

"……그래. 학교나."

"……친구나."

"……응. 가족이나."

걱정. 그 말에 민감하게 반응한 것은 당연히 레이지와 미즈키, 하츠미다. 지금까지 신경 쓰지 않도록…… 아니, 애써 생각하지 않으려 했던 사항이다. 저쪽은 대체 어떻게 됐을까. 그다지 상상하고 싶지 않다.

그때 레피르가,

"미안. 다 같이 가기로 했지만, 난 남을까 해."

"갑자기 무슨 일이죠?"

놀란 듯이 눈을 크게 뜬 리리아나에게 레피르는 결심한 표정으로,

"난 남아서 수련을 쌓으려고."

"남아서 수련을?"

"응. 역시 지금 내 근심을 해결하는 데 지름길은 없다고 생각해. 나도 검객인 이상, 검을 휘둘러서 그 길을 찾아야 한다고 생각했어."

확실히 검객의 걱정은 검을 휘두르지 않으면 해결되지 않는 것이 이치다.

그러나 그 말은 스이메이가 부정했다.

"――아니, 레피는 반드시 건너가야 해."

"어째서?"

"그러니까, 난 레피를 사범님과 만나게 해줄 생각이야."

"사범님?"

"아버지를?"

레피르와 하츠미의 말에 스이메이는 "그래" 하며 끄덕였다. 스이메이가 말하는 사범이란 하츠미의 부친이자 스이

메이가 다니는 도장의 주인이다. 무계 백검의 정점, 사성 팔달 중 한 명이자 소드 오브 포(제4위). 쿠치바 쿄시로. 검객으로 대성한 이 남자를 만나 이야기를 들으면 분명 얻는 것이 있을 터다.

"사범님은 내 부친 세대의 괴물 중 한 명이야. 이야기만 하는 거라도 시간낭비는 아닐 거야."

"확실히 나도 뭔가 얻을 게 있을 거라고 생각해."

한 번 겨뤘던 하츠미도 동의하자, 레피르는 관심이 생겼는지 진지한 표정으로 물었다.

"하츠미 양의 아버님이라. 이전부터 종종 언급되긴 했지만…… 얼마나 강한 거야?"

"……얼마나라."

"……으음. 일률적으로 말할 수 없다고 해야 하나."

스이메이도 하츠미도 시선을 피했다. 구리가라타라니 환영검 쿠치바류, 쿠치바 쿄시로. 고층 건물을 칼놀림 한 번으로 **세로로 두 동강 낸다**는 유별난 인외(人外)다. 그 힘이 인간의 범주를 훌쩍 뛰어넘은 것이기에 확실히 뭐라고 규정지을 수 없다.

"그러니까 레피도 와. 이건 결정 사항이야."

"알았어, 알았어."

스이메이는 레피르의 팔을 잡고 마법진 위로 끌어당겼다. 그러자 페르메니아도 폴짝 뛰어 마법진 위에 섰다.

"스이메이 님의 세계, 기대돼요!"

리리아나와 하츠미가 그 뒤를 이었다.
“저도 기대돼요.”
“동물도 많아! 저쪽에 도착하면 동물원 갈까?”
“동물원, 이요?”
“세계의 다양한 동물을 기르는 곳이야.”
하츠미의 말을 들은 리리아나가 눈을 반짝였다. 저쪽 세계. 그녀가 가고 싶은 곳은 산처럼 많을 것이다. 조금 전 하츠미가 말한 동물원을 시작으로 펫 숍, 체험 목장, 고양이 카페 따위에 데리고 가면 좋아서 어쩔 줄 모를 것이 틀림없다.
그렇게 한껏 고조된 분위기에 찬물을 끼얹는 눈치 없는 한 명.
“우린 놀러 가는 게 아니야. 물론 어느 정도의 휴식은 좋지만 첫 번째 목적은 관광이 아니라――.”
“스이메이, 융통성이 없어요.”
“그래. 스이메이. 그 발언은 최악이야! 정말 분위기 파악을 못 한다니까.”
“글렀어. 응. 스이메이답다면 스이메이답지만.”
“스이메이 님. 죄송하지만 그 발언에 옹호할 수 없어요…….”
“바보, 바보! 스이메이 바―보!”
“윽…….”
잇따른 비난과 그것에 편승한 미즈키. 거기에 말문이 막혀 있자 레이지가,

"확실히. 진지하기만 한 건 평소의 스이메이가 아니지."

"시끄러워. 좋겠다. 넌 새로운 힘에 눈떠서 여유롭고."

그렇다. 레이지는 그 마지막 순간에 새크라멘트의 힘을 이끌어내 눈부신 레벨 업을 달성했다. 여신의 힘에 더해 새크라멘트다. 이미 반칙 수준을 넘어섰다.

그러나 레이지는 레이지대로 그렇게 생각하지 않는 듯 표정이 살짝 어두워졌다.

"……나도 딱히 여유롭다고 생각하지 않아."

"그렇게 말도 안 되는 힘을 쓸 수 있게 됐는데?"

"……스이메이 네가 그런 말을 해? 그렇게 종횡무진해 놓고."

레이지는 너도 만만치 않다며 비난의 시선을 보내왔다. 그런 것치고는 평소처럼 되받는 목소리에 힘이 없다.

어쨌든 레이지의 눈동자 속에 어딘가 골몰한 듯한 빛이 깃들어 있는 것을 알아챈 스이메이는,

"……레이지, 무슨 일이야? 너, 기운이 없어 보여."

"아니, 좀 신경 쓰이는 게 있어서."

"신경 쓰이는 일이라."

레이지가 말한 신경 쓰이는 일. 그것에는 스이메이도 짚이는 구석이 있었다.

"그때 들은 말을 신경 쓰는 거야? 하지만 그건 흔한 정신 공격 같은 거야. 그렇게 신경 쓸 거 없어."

"그렇겠지만. 그래도 뭔가 걸려서 말이지."

고트프리트가 충고한 "자신을 잃고 싶지 않으면 여신의 뜻에 저항하라"는 말. 그것은 스이메이도 모르는 말이 아니다. 레이지의 마왕 토벌은 그만큼 갑작스러운 것이었다. 모르는 사이에 신에게 조종당하고 있다. 놀아나고 있다. 그런 식의 말을 들으면 분명 짚이는 것이 있고, 그것에 관해서는 당사자인 본인이 강한 위화감을 갖고 있을 터다.

"……역시 너도 일단 돌아가는 게 좋겠다. 돌아가서 저쪽 공기를 쐬고 한숨 돌리는 게 좋아. 모르는 사이에 갑갑해진 거야."

"그런가…… 하지만."

"넌 너무 달리고 있어. 쉬는 것도 필요하잖아? 나도 크란트 시에 가기 전에 한숨 돌렸는데 유익했어. 메니아가 알아채줬거든."

"제 덕분이라니, 말도 안 돼요……. 에헤헤."

페르메니아가 실실거리며 칠칠치 못한 웃음을 흘리기 시작했다. 스이메이는 그런 그녀를 무시하고,

"이쪽으로 와. 일단 돌아가자!"

"아니. 역시 난 남을게. 다 같이 가버리면 여기서 일어날 문제에 대응하지 못할지도 모르고."

"하지만……."

"미안. 내 뜻대로 하게 해줘."

레이지는 생각보다 더 완고했다. 그만큼 이 세계가 걱정되는 걸까. 그런 생각이 드는 한편 역시 지금은 그것도 고

트프리트가 한 말과 관계가 있는 것처럼 느껴져서 견딜 수 없다.

그러나 결심을 굳힌 이상, 더 매달려도 소용없나.

"…………그래. 알았어. 네가 그렇게 정한 거면 내가 더 말하는 것도 멋없는 짓이겠지."

"응. 고마워."

레이지는 성실히 고마움을 전했다. 그런 그는 문득 공터 구석에서 뚱해 있는 미즈키를 향해,

"미즈키는 괜찮아? 안 돌아가도."

"난 남을래. 레이지가 남으니까. 나도 같이 있을래."

"미안해."

"됐어. 신경 쓰지 마."

그렇게 말한 미즈키는 레이지에게 미소를 향했다. 그런 미즈키에게 스이메이는 불쑥,

"원래대로 돌아왔으니 좋은 타이밍이라고 생각하는데."

아무렇지 않게 했던 말의 어디가 잘못이었을까. 순간 미즈키의 얼굴이 새파래졌다.

그리고 그 의미를 알아챈 스이메이는 그녀의 속마음을 짐작하고 거북한 듯 얼굴을 돌리고 사과했다.

"……아니, 미안. 아무것도 아니야. 지금 한 말은 잊어줘."

"그만해! 동정은 그만해. 부탁이니까!"

미즈키는 양손으로 얼굴을 가리고 히잉 하며 비탄에 잠겼다. 그 슬픔의 원인은 물론 그거다. 그거. 스이메이와 레이

지는 그걸 짐작하고 더 이상 언급하지 않았지만, 물론 미즈키의 과거를 자세히 모르는 이들도 있는 법으로,

"——뭐야, 미즈키, 구천 성왕 이오 쿠자미가 그렇게 나쁜 거야?"

"——여러모로 고생은 했지만 이오 쿠자미 님께는 도움을 받았고, 저도 그렇게 나쁜 인상은 없는걸요."

그런 부주의한 말을 한 것은 그라체라와 티타니아였다. 구천 성황 이오 쿠자미가 과거에 저지른 실수의 산물인 것을 모르기에 건넨 말이 위안이 되지 않는 위안이 되어버렸다.

한편 미즈키는 미즈키대로 과호흡이 온 듯 후—하— 하고 호흡을 반복했다. 그런 와중에도 두 사람은 그만두면 좋을 것을 위로라는 이름의 추격을 이어서,

"이오 쿠자미의 마술로——."

"미즈키. 지배당했던 걸 부끄럽게 여길 필요는 없어요——."

"으아아아아아아아아아아아아아! 그라체라 씨, 티아! 제발 더 이상 내 흑역사를 들추지 마아아아아아아! 이제 그만해애애애애애애애애!!"

참지 못한 미즈키가 머리를 감싸 안고 울음을 터뜨렸다.

"그래? 대활약을 했는데……."

"네."

"대활약이라니 어떤 의미의 대활약인데? 내가 대체 무슨 짓을 한 거야?!"

미즈키의 물음에 그라체라와 티타니아는,
"아니……."
"그건, 뭐……."
"거기서 시선 피하지 마! 한순간에 설득력이 없어지잖아!"
그런 가운데 쓴웃음을 지은 레이지가 스이메이를 향해,
"그거라면 스이메이가 재현할 수 있지 않아?"
"잠깐, 레이지?! 이 상황에 날 왜 끌어들이는 건데!!"
"왜, 지난번에 제국군 진지에서 했었잖아? 후하하하하 하고 웃으면서."
역시 한계일까. 미즈키는 눈을 부라리며 그 자리에 주저앉아 입에서 거품과 액체를 뿜어냈다.
"그만해…… 들추지 마…… 안 그러면 죽을 거야. 나, 정신적으로 죽어버릴 거야……."
그 모습을 보고 있던 스이메이는 화제를 바꾸지 않으면 위험하다고 생각했을까,
"……그럼, 슬슬 기동할까."
"잠깐, 스이메이! 도망칠 셈이야?!"
"도망치긴. 지금 간다고 말했잖아~! 미즈키는 너희끼리 해결해!"
"잠깐, 비겁한 자식아!"
스이메이는 붙잡으려는 레이지에게 혀를 쭉 내밀고는 페르메니아를 재촉했다.
"메니아. 보좌를 부탁해. 이상해지기 전에 빨리 가자!"

"앗, 네! 맡겨주세요!"

이미 이상해진 것은 무시하고, 스이메이는 페르메니아와 함께 귀환 마법진을 기동시켰다.

그러자 그 자리에 함께 있던 셀피가 하츠미를 불렀다.

"하츠미, 다녀와요."

"응. 저쪽에서 할 일을 끝내면 돌아올 테니까, 그때까지 가이어스와 바이처를 부탁해."

두 사람의 온화한 대화는 스이메이들의 정신없는 대화와는 대조적이다.

한편 레이지도 마법진이 기동한 것을 보고 체념했을까. 한숨을 내쉬고 기분을 새로이 하고 미소를 보였다.

"다녀와. 저쪽 일은 미안하지만 잘 부탁해."

"스이메이! 알겠지만 선물 부탁해! 나한테 사과하는 마음이 어느 정도인지는 그걸로 결정될 테니까!"

"예이예이, 알았습니다요—."

마법진을 타고 출발하는 자, 그것을 배웅하는 자 모두 손을 흔들었다.

마침내 스이메이 일행은 푸른 빛줄기에 삼켜져, 이세계에서 현대 세계 지구로 전이했다.

후기

여러분, 오랜만입니다. 히츠지 가메이입니다.

이번에는 오래 기다리게 해드려 죄송합니다. 아니, 이번에도요…… 매번 죄송합니다.

어쨌거나 이번 이야기는 The 수영복 편과 스이메이와 레이지의 첫 태그 배틀, 그리고 레이지 각성 편 제2탄! 그리고 편집자님이 바뀌고 첫 번째 권입니다.

일러스트레이터가 네코나베 아오(猫鍋 蒼) 선생님인 것도 있어, 편집 회의를 할 때 "이번에는 수영복 편으로 할까 하는데요……"라고 했더니, "분명 편집자가 집어넣었다고 생각하겠죠!"라는 지적을 받기도 했습니다(웃음).

적은 스이메이가 줄곧 패주고 싶어서 안달이었던 하드리어스 공작과 기억을 되찾아 짐짝이 된 미즈키 양. 그리고 설마 했던 골렘의 등장(웃음). 지금은 오래 써먹어 낡아버린 카발라의 골렘이지만 꽤 성가신 적으로 등장시켜 봤습니다.

곳곳에서 등장하지만 잡몹 취급이거나 정해진 머리글자를 빠뜨려서 쓰러뜨리거나, 이미 신선함이 없는 질린 적인 것은 알았지만 그래도 카발라의 골렘은 빠질 수 없지……라는 생각에 이번에 파워 업시켜 등장시켰습니다.

그리고 본문에서 크리스트교나 니체를 언급했습니다만, 제 의견이 아니라 이야기를 고조시키기 위한 무대 장치라고 할까, 그건 등장인물의 견해로 봐주시면 좋겠습니다.

핵심을 벗어난 것까지는 아니지만 상당히 터무니없는 소감이라…….

자, 다음 권은 대망의 현대 편으로 돌입합니다! 기대해주시길!

그럼 끝으로 감사 인사를. 새로운 담당 편집자 Y 님, 일러스트레이터 네코나베 아오 님, 장정의 cao, 교정 회사 오라이도, 감사합니다.

끝.

이세계 마법은 뒤떨어졌다 8

2018년 6월 15일 1판 1쇄 발행
2020년 4월 15일 1판 2쇄 발행

저 자 히츠지 가메이
일러스트 네코나베 아오
옮 긴 이 김보미
발 행 인 유재옥
본 부 장 조병권
담당편집자 김민지
편 집 1팀 정영길 김민지 조찬희
편 집 2팀 김다솜 이본느
편 집 3팀 오준영
라이츠담당 김슬비 한주원
디 지 털 박상섭 박지혜 이성호
미 술 강혜린 박은정
발 행 처 ㈜소미미디어
인쇄제작처 코리아피엔피
등 록 제2015-000008호
주 소 서울시 마포구 토정로 222, 403호 (신수동, 한국출판콘텐츠센터)
판 매 ㈜소미미디어
마 케 팅 한민지
경영지원 김서진
물 류 허석용 최태욱
전 화 편집부 (070)4164-3962, 3963 기획실 (02)567-3388
판매 및 마케팅 (02)567-3388, Fax (02)322-7665

ISBN 979-11-6507-514-9 04830
ISBN 979-11-5710-085-9 (세트)